DIE KÖNIGIN DES GLÜCKS

MOLLY SUTTON MYSTERIEN
BUCH II

NELL GODDIN

Die Königin des Glücks, Molly Sutton Mysterien 2

Von Nell Goddin

Urheberrecht © 2015 und 2024 bei Nell Goddin

ISBN: 978-1-949841-33-6

Für meine außergewöhnliche Lehrerin, Helen Tanner

❊   I   ❊

2005

In der großen alten Villa in der Rue Simenon, im Zentrum von Castillac, saß Joséphine Desrosiers in einem tiefen Sessel, bezogen mit einem Stoff, der so teuer war, dass er einen Kleinwagen hätte finanzieren können, und schaute eine Quizsendung. Sie trug ein Nachthemd, das ihr Mann, schon lange verstorben, ihr vor dreißig Jahren in Paris gekauft hatte. Sie blinzelte, als der Moderator in seinem aufgesetzt fröhlichen Ton schnell sprach und die Lichter auf der Bühne aufblitzten, weil ein Kandidat die richtige Antwort murmelte.

Madame Desrosiers war einundsiebzig, und ihr Gehör war so scharf wie eh und je. Sie hörte, wie sich die Küchentür drei Stockwerke tiefer schloss, obwohl Sabrina, die Haushälterin, die jeden Morgen kam, ein ruhiges Mädchen war und keineswegs eine Türenschlägerin. Joséphine stand auf und schaltete den Fernseher aus, dann glättete sie das Kissen des Sessels, sodass es frisch und unbenutzt aussah. Und dann kletterte sie flink in ihr riesiges Bett mit seinen verzierten Pfosten und geschnitztem Kopfteil und kniff die Augen zu.

Sabrina konnte das gesamte vierstöckige Haus nicht an einem Tag reinigen, so jung und fleißig sie auch war. An diesem Tag erledigte sie das gesamte Erdgeschoss und den Großteil des ersten Stocks, kam aber nie in Madame Desrosiers' Schlafzimmer. Madame Desrosiers hatte ihr gesagt, dass sie sehr krank sei und nicht die Kraft habe, Besucher zu empfangen, einschließlich Sabrina, also wurde sie in Ruhe gelassen. Sie hatte eine Schachtel Cracker unter ihrem Bett und etwas Brie, der schon über seinen Zenit hinaus war – durchaus genug Nahrung, vielen Dank –, sodass sie nie die Dienstbotenklingel läutete.

Als Madame Desrosiers hörte, wie sich die Tür am Ende des Tages leise schloss, glitt sie aus dem Bett und schaltete den Fernseher wieder ein. Dann machte sie ihre Übungen vor einem riesigen, vergoldeten Spiegel, zählte ihre Bewegungen, beugte sich nach rechts und dann nach links und atmete schwer von der Anstrengung, ihre Zehen zu erreichen. Sie bereitete sich auf den besten Teil des Tages vor, wenn sie an ihrem Schreibtisch saß und Briefe schrieb. Jeder einzelne war ein belästigender und verleumderischer und anweisender Brief, von denen jeder beim Öffnen mit dem gleichen Gefühl der Niedergeschlagenheit und sogar Scham vom Empfänger begrüßt wurde, genau wie Joséphine es beabsichtigte.

Joséphine Desrosiers war eine glückliche Frau gewesen, was materielle Dinge betraf. Ihre Familie war nicht wohlhabend gewesen, aber ihr Mann hatte etwas erfunden, das ihn zum Millionär gemacht hatte. (Sie konnte nicht genau sagen, was – etwas Elektrisches, glaubte sie?) Und jetzt war sie in der Lage, die bedeutende Rolle der reichen Witwe zu spielen, komplett mit jüngeren Familienmitgliedern, die sich zu ihren Füßen versammelten und auf den gelegentlichen Krümel hofften, der ihnen zufallen würde.

Nun, es gab ein Familienmitglied, das das tat: Michel, ihr Neffe. Er würde wahrscheinlich heute Abend vorbeikommen, wie er es gewöhnlich spät in der Woche tat, und versuchen, sich bei ihr einzuschmeicheln. Sehr selten schrieb sie ihm einen kleinen Scheck. Sie mochte es manchmal, sich als großzügig zu betrachten, und mit beeindruckender Selbstbeherrschung leugnete sie in ihrem Geist jede Verbindung zwischen Michels Aufmerksamkeit und dem Geld, das sie ihm gab. Während sie noch an Michel dachte, ertönte die Türklingel und sie hörte, wie er sich selbst hereinließ. Sie war noch nicht ganz angezogen und genoss es, ihn warten zu lassen. Joséphine gefiel die Vorstellung des jungen Mannes, der in ihrem Salon saß, Däumchen drehte und nichts anderes zu tun hatte, als auf den Moment zu warten, in dem sie oben auf der breiten, geschwungenen Treppe erscheinen würde.

Ein Schminktisch stand in einer Ecke des weitläufigen Badezimmers neben ihrem Schlafzimmer, bedeckt mit Kristallflakons mit Parfüm und alten Dosen mit Eyeliner und Foundation. Sie saß da und betrachtete sich im Spiegel, während sie ihre spärlichen weißen Haare nach oben bürstete. Sie tupfte ihre Fingerspitzen in einen Topf mit Rouge und rötete ihre faltigen Wangen. Sie trug Lippenstift auf und tupfte ihn mit speziellen Löschblättern ab. Es kam ihr, nicht zum ersten Mal, in den Sinn, dass etwas Musik angenehm wäre, während sie ihre Vorbereitungen traf, aber der Plattenspieler war vor Jahrzehnten kaputt gegangen und sie wollte absolut nichts Hässliches und Modernes im Haus.

Schließlich, mit einem Spritzer Parfüm, war Joséphine Desrosiers bereit, ihren Neffen zu begrüßen. Sie war rüstig für ihr Alter und hatte keine Probleme mit den Treppen. Sie hätte fast vor sich hin gesummt, als sie hinabstieg, hielt sich aber zurück, weil sie Summen für eine Beschäftigung der Unterschicht hielt. Ihr Neffe, an einem Fingernagel kauend, saß ganz vorn auf der Sofakante, sein braunes Haar fiel ihm über ein Auge.

„Ah, Michel, comment vas-tu?"

Michel sprang vom Sofa auf und küsste seine Tante auf beide Wangen, wobei er die höflichsten Murmeleien von sich gab, die er zustande bringen konnte.

Er verabscheute seine Tante.

Er hielt sie für gemein und narzisstisch, was keine überragende Wahrnehmung erforderte.

„Was möchtest du heute Abend unternehmen, meine Liebe?", fragte er sie, so fürsorglich, dass er es fast selbst glaubte. „Wie wäre es mit etwas Fernsehen? Ich habe gehört, es gibt eine neue-"

„Fernsehen ist vulgär", sagte Madame Desrosiers.

„Ah. Nun, soll ich dich dann zum Essen ausführen? Hast du Hunger?"

Sie überlegte. Sie mochte es durchaus, ein Restaurant zu betreten und zu sehen, wie die Leute, die sie kannte, aufsprangen, um sie zu begrüßen. Aber andererseits, der lästige Service! Die Kosten! Sie hatte vor Jahren ihren Appetit auf Essen verloren, und sie sah keinen Sinn darin, so viel Zeit und Geld für etwas auszugeben, an dem sie nicht besonders interessiert war. „Wenn du mir mein Übliches machen würdest", sagte sie.

Michel seufzte innerlich und ging zu einem Beistelltisch. Er nahm ein gefährlich zerbrechliches Likörglas aus dem Schrank und stellte es auf ein Silbertablett. Dann goss er etwas Dubonnet aus einer Kristallkaraffe ein und brachte das Glas zu seiner Tante. Das Zeug roch muffig wie der Rest des Hauses und er hielt die Luft an, bis sie es ihm abnahm.

Er hätte selbst gerne einen Drink gehabt, hatte aber gelernt, dass es ein Fehler war, sich selbst zu bedienen oder auch nur höflich zu fragen, ob er sich ihr anschließen dürfe. Und bei Tante Joséphine Desrosiers wollte man keine Fehler machen. Nicht, wenn man ohne eine grausame Zurechtweisung davonkommen wollte.

Und ganz sicher nicht, wenn man ihr Geld erben wollte.

❦

MOLLY SUTTON RIEB mit ihrem Ärmel am Fenster, um die Kondensation zu entfernen, die ihr die Sicht auf die Wiese versperrte, aber es war kein Nebel auf dem Fenster, sondern Eis.

Auf der Innenseite. Ihr erster Winter in Frankreich, und oh, es war ein kalter. Die niedrigsten Temperaturen seit Jahrzehnten, und *La Baraque*– ihr wunderschönes, seltsames, altes Haus – war nicht isoliert.

Sie war Ende des Sommers in das Dorf Castillac gezogen. Ein Neuanfang an einem schönen Ort: ein Leben voller Gartenarbeit, fabelhaftem Essen, dem Betreiben einer *Gîte*-Unterkunft und Gesprächen mit Ziegenbauern – das hatte sie sich vorgestellt. Stattdessen hatte sie eine Leiche im Wald entdeckt und war in eine Mordermittlung verwickelt worden, nicht gerade die Ruhe und Gelassenheit, die sie angestrebt hatte.

Aber im Großen und Ganzen war Castillac sogar besser als sie es sich erträumt hatte: Sie hatte Freunde gefunden, sogar gute Freunde; die Schönheit des Dorfes und der Umgebung raubte ihr immer wieder den Atem; und das Gebäck war *himmlisch*.

Molly war bereit, jeden Tag, der mit einem Mandelcroissant von der *Pâtisserie* Bujold begann, zumindest als teilweisen Erfolg zu bezeichnen. Natürlich waren sie auf ihrem Höhepunkt, wenn sie absolut frisch waren, was bedeutete, dass sie den anderthalb Kilometer ins Dorf laufen musste, um eines zu kaufen, noch warm aus dem Ofen. Und das Café de la Place war schließlich nur zwei Schritte von der Pâtisserie entfernt – warum nicht auf einen *Café crème* vorbeischauen und dem umwerfend gutaussehenden Kellner Pascal *bonjour* sagen?

Sie flirtete nicht wirklich mit ihm. Sie war sowieso zu alt für ihn. Trotzdem zeigten sie ihre Wertschätzung füreinander, wenn er ihre Bestellung mit einem Funkeln in den Augen aufnahm, als wollte er sagen: In einem Paralleluniversum hätte ich sicher ein Techtelmechtel mit dir, oh ja.

Molly erlaubte sich, zurückzufunkeln.

Aber das war eher ein sommerlicher Austausch gewesen, all dieses Funkeln, als es sich so gut angefühlt hatte, mit der Sonne im Rücken draußen zu sitzen, und die Tage so lang gewesen waren, dass es manchmal schwer war, sie zu füllen. Der Winter war eine ganz andere Sache. Restaurants schlossen ihre Terrassen, und alle hüllten sich in schwere Mäntel und Pullover. Es fühlte sich nicht sehr sexy an. Statt warm, locker und entspannt fühlte sich das Leben steif und eingeengt an.

Mollys bester Freund in Castillac war Lawrence Weebly, aber er war für einen Monat nach Marokko abgereist, und der Dezember hatte begonnen, sich ein wenig hinzuziehen. Sie war einsam.

Anstatt ins Dorf zu gehen, fuhr sie ihren Computer hoch und checkte ihre E-Mails. Keine Buchungsanfragen für das Häuschen. Also einsam *und* mit Geldsorgen. Aber zumindest das erste Problem war leicht zu lösen. Sie schrieb Frances, ihrer besten Freundin aus den USA, eine E-Mail und lud sie zu einem langen Besuch ein. Das Häuschen stand sowieso leer und Molly würde sich über die Gesellschaft freuen.

Frances musste zur gleichen Zeit an ihrem Computer gesessen haben, denn drei Sekunden später mailte sie zurück: PACKE GERADE.

Molly grinste, empfand aber einen Anflug von Reue über ihre Impulsivität. Ja, Frances war eine alte Freundin und unheimlich lustig, und Molly liebte sie. Aber Frances war auch, nun ja, die Art von Person, der der Ärger zu folgen schien. Häuser brannten nieder, Autos wurden gestohlen, es gab epische Missverständnisse – das war Frances' Alltag. Molly konnte nur hoffen, dass ihre schwarze Wolke auf der anderen Seite des Atlantiks bleiben würde oder dass Frances ihr vielleicht inzwischen entwachsen war. Schließlich gingen sie auf die Vierzig zu.

Jemand hämmerte an die Haustür.

„Ich komme!", rief Molly und wünschte sich wieder einmal einen Hund. Sie verspürte immer einen Funken Sorge, wenn sie die Tür öffnete und keine Ahnung hatte, wer auf der anderen Seite stand. War sie zu misstrauisch? Übermäßig ängstlich? Sie nahm sich vor, Frances zu fragen, ob sie dasselbe empfand.

Constance, die junge Frau, die gelegentlich zum Putzen kam,

stand mit einem breiten Grinsen auf der Türschwelle. Sie hatte ihre Haare zu einem hohen Pferdeschwanz zurückgekämmt, von dem Molly wusste, dass es ihre Arbeits-Frisur war. Sie begrüßten sich und Constance kam herein und stellte sich vor den Holzofen.

„Es ist wirklich kalt hier drin, Molls", sagte sie. „Bist du sicher, dass du nicht willst, dass Thomas ein paar elektrische Heizungen einbaut, damit du nicht erfrierst? Ich würde ungern herkommen und dich ganz steif und vereist vorfinden!"

„Ach, so schlimm ist es nicht. Der Frühling ist sowieso gleich um die Ecke."

„Es ist Dezember."

Molly zuckte mit den Schultern. „Es tut mir leid, dass ich heute keine Arbeit für dich habe. Ich wusste, dass die Buchungen zurückgehen würden, sobald das Wetter umschlägt, aber es ist schlimmer als ich erwartet hatte. Ich schätze, etwas zu erwarten ist nicht dasselbe wie es durchzumachen. Seit du es das letzte Mal geputzt hast, hat niemand einen Fuß in das Häuschen gesetzt."

Constance sah niedergeschlagen aus. „Na ja, aber – wie wäre es, wenn ich stattdessen dein Haus putze?" Sie sah sich im Wohnzimmer um und zog die Augenbrauen hoch angesichts der Spur von Rinde und Zweigen, die sich über den Boden zog, weil Molly Armladungen von Holz hereingebracht hatte.

„Tut mir leid, Constance. Ohne Buchungen habe ich kein Geld, um dich zu bezahlen. Möchtest du eine Tasse Kaffee? Wie wäre es, wenn du dich hinsetzt und mir all die Neuigkeiten erzählst. Ich *weiß*, dass du Neuigkeiten hast." Molly lächelte und deutete auf das Wohnzimmer.

Constance strich sich eine verirrte Haarsträhne hinters Ohr. „Nun", sagte sie, „hast du von Madame Luthier gehört? Du kennst sie, sie wohnt in diesem verfallenen Haus in der Rue Saterne?"

Molly schüttelte den Kopf und holte eine weitere Kaffeetasse. Constance war eine schreckliche Putzfrau, daran gab es keinen Zweifel, aber sie hatte immer Neuigkeiten und war auch nicht geizig damit – Eigenschaften, die Molly sehr schätzte. Zumindest genauso sehr wie die Geschicklichkeit mit einem Staubsauger, zu Constances Glück.

„Ich glaube, ich habe sie eines Tages auf dem Markt getroffen. Kleidet sich ganz in Schwarz, mit wirklich dicken Strümpfen?"

„Ja", lachte Constance. „Und schwarze Schuhe, die, ich weiß nicht, aussehen, als würde sie gerne jemanden damit treten?"

„Hat sie etwas Skandalöses getan?", fragte Molly, während sie Constance den Kaffee reichte und sich auf das Sofa setzte. Sie lehnte sich vor, in der Hoffnung auf einen saftigen Leckerbissen.

„Kommt drauf an, ob du es für skandalös hältst, ihre Tochter aus dem Testament zu streichen."

„Ooh, vielleicht nicht skandalös. Aber gemein. Hat die Tochter etwas Schreckliches getan? Oder ist Madame Luthier einfach ein kontrollsüchtiges altes Schlachtross?"

Constance kicherte. „Na ja, vielleicht sollte ich nicht sagen, dass sie ihre Tochter enterbt hat, denn in Frankreich kann man das nicht einfach so machen. Aber sie hinterlässt ihr nur den gesetzlich vorgeschriebenen Anteil, und ich denke, jeder würde zustimmen, dass die Tochter nach all den Jahren mit Madame Luthier mehr als das verdient hätte!"

„Du meinst, es gibt Gesetze darüber, was man in seinem Testament machen darf?"

„Oh ja", sagte Constance. „Deine Kinder bekommen automatisch die Hälfte oder so? Ach, ich bin nicht gut mit den Details", fügte Constance hinzu. „Mathe war so gar nicht mein Ding, und es ist ja nicht so, als würden mir meine Eltern etwas anderes als Schulden hinterlassen. Aber jedenfalls habe ich gehört, dass die Tochter – sie heißt Prudence, und früher nannten uns alle Pru und Con, obwohl ich persönlich nicht verstehe, was daran so lustig sein soll – also Prudence soll angeblich stinksauer sein. Aber sie sollte ihre Mutter besser nicht umbringen, es sei denn, sie ändert vorher ihr Testament!" Und Constance lehnte sich lachend zurück aufs Sofa und amüsierte sich köstlich über die missliche Lage ihrer ehemaligen Schulkameradin.

※   2   ※

Am nächsten Tag war es noch kälter. Ich wusste, dass Castillac nicht gerade der Süden Frankreichs ist, dachte Molly, aber ich dachte, es wäre zumindest *südlich*. Sie zog eine dicke Jacke an und ging zum Holzstapel, dankbar, dass das Holz zumindest trocken war. Constance hatte gestern großzügigerweise das Wohnzimmer gesaugt, und hier war Molly nun und verteilte schon wieder Rinde und Sägemehl über den ganzen Boden.

So ist das Leben, nicht wahr? Ein endloser Kreislauf des Aufräumens der Unordnung, die man selbst verursacht hat.

Sie schürte das Feuer, legte etwas Blues auf und machte es sich mit einer Decke und einigen Gartenkatalogen, die sie aus Amerika mitgebracht hatte, auf dem Sofa gemütlich. Es war nicht besonders praktisch, Kataloge einzupacken, aus denen sie in Frankreich nicht bestellen konnte, aber Molly liebte es, die Fotos anzuschauen und sich die Pflanzen in verschiedenen Kombinationen in den Beeten auf ihrem Grundstück vorzustellen. Sie wollte nicht einkaufen; sie suchte nach Inspiration.

Bestimmte Pflanzen liebte sie sehr: alle Artemisien, definitiv Baptisien, die meisten Rosen. Aus irgendeinem Grund wurde ihr beim Anblick anderer Pflanzen leicht übel – Fackellilien, Amarant und besonders Prachtspieren. Sie verstand nicht, warum das so war, denn die Abneigung, die sie empfand, konnte nicht einfach eine Frage der Ästhetik sein, oder? Trotzdem war die Abneigung ziemlich stark. Die Hälfte davon hatte sie sowieso nur in Katalogen gesehen. Vielleicht würde sie sich anders fühlen, wenn sie sie in einem Garten sehen würde.

Eine lange Stunde verging. Sie legte Holz in den Ofen nach, spielte an den Luftklappen herum, fegte die Unordnung auf. Trank noch eine Tasse Kaffee. Überlegte, ihre Nachbarin, Madame Sabourin, zu einer Tasse Tee einzuladen. Nur mochte Molly gar keinen Tee. Sie erwog, Lawrence in Marokko anzurufen, erinnerte sich aber daran, dass er etwas davon gesagt hatte, sein Handy ausschalten und eine Pause von der elektronischen Welt machen zu wollen. Es hatte einen Moment – und eine Nacht – gegeben, als sie gedacht hatte, dass vielleicht etwas zwischen ihr und Ben Dufort, dem Gendarmerie-Chef, gefunkt hatte, aber der Moment schien vorübergegangen zu sein, und sie wusste nicht, was sie davon halten sollte.

Sie suchte sowieso nicht nach Romantik.

Sie war zum Teil nach Frankreich gekommen, um sich von einer Scheidung zu erholen. Sie war in der Ehe nicht besonders glücklich gewesen, aber trotzdem hatte deren Ende sie aus der Bahn geworfen. Und dieser französische Winter, in dem sich alle in ihren eigenen Häusern verschanzten und das Dorf still wie ein Grab war, ließ einige dieser miesen Nachscheidungsgefühle zurückkehren, wie eine Flut, die eine Linie von Trümmern am Strand hinterließ.

Gott sei Dank kommt Frances. Ich brauche dringend etwas Ablenkung.

Schließlich schob sie die Kataloge unter das Sofa und unternahm einen Spaziergang um ihr Grundstück. Sie hatte zwei Hektar, knapp fünf Morgen, mit einem kleinen Waldstück und einer abfallenden Wiese zusätzlich zum Rasen und den Gärten um das Haus herum. Es war schwierig, sich bei diesem kalten Wetter üppige Gärten vorzustellen, also dachte sie stattdessen über Gebäude nach. Im Moment hatte sie nur das eine Cottage zu vermieten, aber um auch nur annähernd finanzielle Sicherheit zu erreichen, brauchte sie mehr Gebäude mit Betten darin. Ein alter *Pigeonnier* – wo ein früherer Besitzer Tauben fürs Abendessen gezüchtet hatte – begann zu zerfallen, würde aber ein charmantes *Gîte* zum Vermieten abgeben, wenn sie einen guten Maurer finden könnte.

Als sie zum Haus zurückkehrte und Mantel und Schal auszog, wurde ihr klar, dass sie vergessen hatte, vor dem Ausgehen mehr Holz in den Ofen zu legen, und jetzt fühlte sich das Wohnzimmer an wie ein Gefrierschrank.

Das ist lächerlich, ich hätte genauso gut in Massachusetts bleiben können!

Aber sie war nicht wegen einer Klimaveränderung nach Frankreich gezogen. Sie hatte Ruhe und Frieden und Gebäck gewollt, und die hatte sie in ihrem Bostoner Vorort mit seinem völlig falschen Verhältnis von Kriminalität zu Bäckereien nicht finden können.

Aber die Wahrheit war, jetzt, da sie Ruhe hatte, wollte sie sie nicht mehr. Sie wollte Anregung und Aufregung. Vielleicht nicht die

Aufregung, eine Leiche im Wald zu finden.

Aber *irgendetwas*.

JOSEPHINE KONNTE NICHT SCHLAFEN. Es war eine der Beleidigungen des Älterwerdens, und sie nahm es nicht gut auf. Sie stieg aus dem Bett, zog das Nachthemd aus, das ihr Mann ihr aus Paris mitgebracht hatte, ließ es zu Boden fallen und wanderte nackt durch das Haus. Die Heizung war voll aufgedreht, sodass ihr nicht kalt war, und die Fensterläden waren geschlossen, sodass sie Privatsphäre hatte. Es fiel gerade genug Mondlicht durch die Lamellen, um etwas zu sehen.

Sie suchte nach etwas, aber sie hatte keine Ahnung, was es war.

Niemand ruft je an. All diese Cousins, die in Paris leben, kommen sie je zu Besuch? Nein. Meine Schwester ruft kaum noch an. Alles, was ich habe, ist dieses winselnde Exemplar von einem Neffen, der es nie zu etwas gebracht hat.

Sie kam in ein Wohnzimmer im ersten Stock, ein Raum, in dem ihr Mann Albert früher an seinen Erfindungen gearbeitet hatte. Damals war es ein großes Durcheinander aus Werkzeugen und Teilen und Kisten mit seltsamen Dingen gewesen, die er irgendwoher bestellt hatte. Bücher und Papiere in turmhohen Stapeln drohten, den Mann zu ersticken.

Was für ein Langweiler Albert gewesen war, dachte sie. Immer bei der Arbeit. Hatte immer den Kopf in irgendeinem Handbuch oder so. Schenkte mir, seiner *Frau*, nie die Aufmerksamkeit, die ich verdient hatte.

Nachdem er gestorben war – aus heiterem Himmel, ein Herzinfarkt und er war auf der Stelle tot gewesen, völlig ohne Vorwarnung oder Zeit, sich vorzubereiten – hatte Josephine angeordnet, dass all sein Krempel aus dem Zimmer entfernt werden sollte. Jeder einzelne Draht, jede Mutter, jede Schraube. Und sie hatte ein Paar üppige Zweisitzer und einen ausgestopften Strauß gekauft, Kerzenleuchter auf dem Kaminsims und Tischen platziert und schwere Brokatvorhänge an die Fenster gehängt. Nach dieser Verwandlung empfand sie es als angenehmen Ort, wo sie gerne saß und sich tragisch fühlte, weil sie schon in so jungen Jahren verwitwet war.

Sie war zweiundfünfzig gewesen, als ihr Mann tot umgefallen war – nicht gerade eine taufrische Debütantin, aber es stimmte schon, dass sich zweiundfünfzig jetzt wie vor einer Ewigkeit anfühlte.

Josephine ging zu einem kleinen antiken Schreibtisch, der

lange nach Alberts Tod gekauft worden war. Sie öffnete die unterste Schublade und nahm drei mit einem rosa Satinband zusammengebundene Briefe heraus. Sie steckten in vergilbten Umschlägen ohne Namen oder Adresse. Sie zog den obersten Brief heraus und begann zu lesen:

Ma belle,

Ich bin kein Poet und Worte fallen mir nicht leicht, aber ich möchte dir so gerne sagen, wie viel unsere gemeinsame Zeit mir bedeutet. Du bist so reizend und ich ertappe mich dabei, wie ich an dich denke, wenn ich eigentlich lernen sollte.

In Liebe,

A.

Die Augen der alten Frau brannten vor Tränen. Sie steckte den Brief zurück in seinen vergilbten Umschlag, band das Satinband wieder zu und legte das Päckchen zurück in die unterste Schublade des Schreibtischs. Obwohl Tränen über ihre faltigen Wangen liefen, funkelten ihre Augen wütend und ihr Mund verzog sich nach unten. Auf dem Weg aus dem Zimmer streichelte sie den Hals des ausgestopften Straußes, der schon einige Abnutzungserscheinungen zeigte. Sie wünschte, die Kerzen wären angezündet, wollte aber nicht nach Streichhölzern suchen.

Sie konnte nicht schlafen.

Plötzlich klatschte sie in die Hände und ging hinunter in die Küche. Es war vier Uhr morgens. Sie war seit mehreren Jahren nicht mehr in der Küche gewesen, also musste sie zunächst das Licht einschalten und tief in der Speisekammer herumkramen, bis sie fand, wonach sie suchte.

Ah! Ich wusste, sie mussten noch hier sein!

Und dann stand sie in der Küche, strich mit den Fingern über ihr Kinn und überlegte, wo genau sie die Rattenfalle aufstellen sollte, damit Sabrina sich die Finger darin einklemmen würde.

❧ 3 ❧

„**E**s ist so unglaublich cool, dass du es wirklich, wirklich gemacht hast!", kreischte Frances, während sie in Mollys Wohnzimmer herumtanzte und überall gleichzeitig hinschaute. „Du bist nach *Frankreich* gezogen!" Sie ergriff Mollys Hände und wirbelte sie herum. „Hey, willst du Musik anmachen? Wir können zusammen tanzen, genau wie in unserer wilden Jugend!"

Molly lachte, machte aber keine Anstalten, Musik aufzulegen. „Soll ich dir alles zeigen? Erst das Haus?"

„Jawohl! Ich will alles sehen! Es ist so niedlich, ich könnte sterben. Schau dir diese winzig kleinen Fenster an, die sind wie aus einem Märchen." Frances griff nach einem kleinen Bleiglasfenster im Eingangsbereich und stieß ihre Hand direkt durch die Scheibe.

„Oh mein Gott, Molly!"

„Mensch, warte, Frances − zieh deine Hand nicht zurück, du wirst dich in Stücke schneiden!" Blut lief bereits die Scheibe hinunter. „Bleib genau da, beweg dich nicht, ich hole einen Verband..."

Ein Erste-Hilfe-Kasten stand auf einer Liste von Dingen, die Molly für das Haus brauchte. Irgendwo. Sie holte einen sauberen

Lappen unter der Küchenspüle hervor und eilte zu ihrer Freundin zurück.

„Es ist nichts, wirklich", sagte Frances. „Ich hab mir die Hand schon tausendmal geschnitten, das weißt du doch. Ich bin nur – es tut mir so leid wegen deines Fensters."

„Mach dir keine Sorgen", sagte Molly. Sie brachte Frances' Hand ohne weitere Schnitte zurück durch das Fenster, führte sie zum Waschbecken im Bad und spülte den Schnitt aus. Dann wickelte sie den Lappen darum und sagte Frances, sie solle fest draufdrücken.

„Oh, glaub mir, ich weiß, wie man Blutungen stoppt", sagte Frances lachend. „Ich wäre noch blasser, als ich ohnehin schon bin, wenn ich das nicht ziemlich schnell gelernt hätte."

Dann, wegen der bitteren Kälte, schnitt Molly ein Stück Pappe zurecht und passte es über das Fenster, wobei sie die Kanten fest abklebte, um Zugluft fernzuhalten. Sie entschied sich zumindest so lange für Wärme statt Ästhetik, bis sie die Scheibe ersetzen lassen konnte.

Molly und Frances hatten sich in der Grundschule kennengelernt. Beide waren für ihren hellen Teint bekannt gewesen – Molly eine sommersprossige Rothaarige und Frances dunkelhaarig und langbeinig mit ungewöhnlich weißer Haut. Sie hatten alles zusammen gemacht und den Spitznamen „Die Blassen" bekommen.

Frances war unbeirrt in ihrem Wunsch, jeden Winkel von La Baraque zu sehen, also führte Molly sie die Vordertreppe hinauf und in jedes Zimmer, die Hintertreppe hinunter und in die Speisekammer, den Waschraum und einen seltsamen kleinen Raum, in dem der frühere Besitzer einige Stoffreste und ein mausförmiges Nadelkissen zurückgelassen hatte.

„Ich liebe, wie baufällig das alles ist – versteh mich nicht falsch", sagte Frances. „Ich meine ... wie asymmetrisch es ist, als ob der Besitzer eines Tages aufgewacht wäre und gesagt hätte: ‚Hey, ich brauche wirklich noch ein Zimmer, lass uns loslegen!'

und das einfach über Jahrzehnte hinweg immer wieder passiert ist, weißt du?"

„Das mag ich auch daran", sagte Molly. „Ich wünschte, ich würde seine Geschichte kennen, aber das Paar, von dem ich es gekauft habe, schien nichts zu wissen. Ich glaube nicht, dass sie es sehr lange besaßen."

„Du könntest wahrscheinlich im Rathaus viel herausfinden, oder wo auch immer sie die Immobilienverkaufsunterlagen und Urkunden aufbewahren, solche Sachen."

„Wahrscheinlich schon. Obwohl, äh, die Chancen stehen ziemlich gut, dass ich nie dazu kommen werde."

„Jup!", sagte Frances. „Jetzt lass uns unsere Stiefel anziehen und dein *Anwesen* erkunden."

„Es ist nicht gerade ein *Anwesen*", sagte Molly lachend. „Es sind nur etwas über zwei Hektar."

„Oh, das zählt! Das zählt total. Du bist eine *châtelaine*, Molls! Hab ich schon erwähnt, wie sehr ich es liebe, dass du hierher gezogen bist? Ich wette, deine Familie ist total sauer, oder?"

„Sie ... waren nicht dafür."

„Das ist die Kirsche auf der Sahne", sagte Frances grinsend und öffnete die Küchentür, während sie ihren Mantel anzog.

Es war bisher ein zufriedenstellender Tag gewesen, dachte Josephine Desrosiers mit mehr als nur einem Hauch von Selbstgefälligkeit. Die dumme Sabrina hatte ihre Hand an die falsche Stelle gesteckt und eine Rattenfalle war zugeschnappt. Definitiv ein gebrochener Finger, vielleicht sogar zwei. Josephine hatte oben an der Treppe gewartet und gelauscht. Sie war bereit gewesen, lange zu warten, aber Sabrina hatte die Falle schnell gefunden, die in einem Eimer versteckt war, den sie zum Wischen des Küchenbodens benutzte.

Die alte Dame hatte ihre Augen geschlossen und dem Geheul

mit einem gelassenen Lächeln auf dem Gesicht zugehört. Dummes Mädchen, nicht aufzupassen, wohin sie ihre Hände steckte.

Der Nachmittag verging mit einer Fernsehsendung nach der anderen, hauptsächlich Gameshows. Sie fühlte sich energiegeladener als sonst und wanderte in einen Raum, in dem mehrere große Truhen mit ihren alten Sachen aufbewahrt wurden. Ein Abendkleid nach dem anderen, die Spitze, der Taft! Und wozu das alles, dachte sie mürrisch, während sie mit den Fingern über die Pracht strich. Es ist jetzt nichts mehr wert, nutzlos.

Sie zog ein Kleid aus dem Stapel und hielt es hoch. Es war aus schwarzer Spitze, mit einem seidenen Unterkleid darunter. Atemberaubende Verarbeitung. Sie erinnerte sich lebhaft daran, wie sehr sie es genossen hatte, das Geld ihres Mannes auszugeben, ohne einen Gedanken an Bankkonten oder Überziehungszinsen oder irgendetwas anderes zu verschwenden. Und wie, wenn sie aus ihrem Ankleidezimmer in einem Kleid wie diesem herausgekommen war, alles vergeben gewesen war.

Josephine beschloss, dass es das perfekte Kleid wäre, um darin beerdigt zu werden, obwohl sie in nächster Zeit keine Pläne dafür hatte. Aber es fühlte sich falsch an, es anzuprobieren. Ein feines Kleid tragen, obwohl sie ganz allein im Haus war? Das war lächerlich. Trotzdem nahm sie das Kleid mit in ihr Zimmer und stellte sich vor den Spiegel, um es zu betrachten. Es fiel knapp über das Knie, keine unverschämte Länge für eine Frau in ihrem Alter, wenn sie die Beine dafür hatte.

Und die *habe* ich, dachte sie und nickte ihrem Spiegelbild zu. Michel kommt sowieso heute Abend, vielleicht ziehe ich es tatsächlich an. Zeige dem kleinen Wiesel, wie sich eine Frau von Welt kleidet.

Das Kleid passte immer noch, obwohl es an anderen Stellen eng war als damals, als sie dreißig gewesen war. Sie wählte ein Paar Diamantohrringe dazu, weil Schwarz und Diamanten so natürlich zusammenpassen.

Ihre Haare und ihr Make-up waren fertig, bevor Michel ankam, sodass sie gezwungen war, in einer alten Ausgabe von Paris Match zu blättern, während er unten wartete. Schließlich wurde ihr das zu langweilig und sie machte ihren Auftritt auf der großen Treppe.

„Oh, Tante…“, Michel war sprachlos. Er wollte verzweifelt lachen über diese lächerliche Erscheinung, die die Treppe herunterkam, als wäre sie der Star bei einer Hollywood-Premiere, mit Haaren, die durch weiß Gott wie viel Haarspray in die Höhe standen, schrecklich verunglücktem Eyeliner und in ein Kleid gepresst, das eigentlich in ein Museum gehörte. „…du siehst großartig aus.“

„Danke, Michel. Manchmal werde ich es leid, einfach irgendetwas überzuwerfen.“

„Du musst einen ganzen Schrank voller Schätze haben. Onkel Albert hat dir erlaubt, all die Haute Couture zu kaufen, die du wolltest, oder?“

Josephine lächelte mädchenhaft und lachte: „Fast! Manchmal konnte er pingelig sein, was Geld anging. Aber meistens… meistens war er in seinem Zimmer eingeschlossen und fummelte an kleinen Dingen herum oder telefonierte mit einem seiner Kollegen. So langweilig“, fügte sie hinzu.

„Aber dieses Herumfummeln, wie du es nennst – das ist der Grund, warum du dir ein solches Kleid leisten konntest“, sagte Michel, der sich kaum an seinen Onkel erinnerte, aber das Gefühl hatte, jemand sollte für ihn eintreten.

Josephine funkelte ihren Neffen böse an. „Was weißt du schon von irgendetwas“, höhnte sie. „Hast du in deinem ganzen erbärmlichen Leben überhaupt schon einmal mehr als fünfzig Francs zusammen verdient?“

Michel seufzte innerlich. Ihre Spitze traf ihn nicht, weil er längst erkannt hatte, dass ihr Gift mehr über sie selbst aussagte als über diejenigen, gegen die sie es richtete, und weil sie so lächerlich auf der Treppe stand, in dem, was sie für eine elegante Pose hielt, und Blitze auf seinen Kopf schleuderte.

Sie war eine ermüdende, giftige alte Hexe.

„Oh, liebe Tante, du hast so bewundernswert hohe Standards. Ich werde meine Bemühungen verdoppeln, um zu versuchen, ihnen gerecht zu werden." Er senkte den Kopf, um sein ironisches Grinsen zu verbergen.

Josephine war für einen Moment besänftigt. Sie stieg die Treppe hinab, klammerte sich fest ans Geländer, ihre Absätze klapperten auf den Steinstufen und klangen wie ein kleines Pony. Michel ging zum Sideboard, um seiner Tante ihren üblichen Dubonnet einzuschenken, den sie in zwei Schlucken hinunterstürzte.

„Also heute Abend, meine Liebe. Möchtest du, dass ich dich zum Essen ausführe? Ich habe einen Tisch im *La Métairie* reserviert, falls du Lust hast, dorthin zu gehen."

Madame Desrosiers spitzte die Lippen. Einerseits schätzte sie, dass er sich im Voraus bemüht hatte, ihr zu gefallen. Andererseits wollte sie selbst alle Entscheidungen über das Abendessen treffen und nicht einfach Michels Plänen folgen.

„Hm. Nun, was für eine Art von Essen gibt es dort? Es ist nichts Modernes, oder? Nicht... nicht *ethnisch?*"

Michel lachte über die Art, wie seine Tante das Wort ausspuckte, als hätte sie plötzlich gemerkt, dass sie *Merde* im Mund hatte. „Nein, Josephine, das *La Métairie* ist durch und durch französisch. Sie haben sich tatsächlich auf Ente spezialisiert. Ich hatte selbst noch nicht das Vergnügen, dort zu essen, aber alle Berichte sind äußerst positiv."

„Du meinst, du kannst es dir nicht leisten, allein hinzugehen."

Michel neigte den Kopf und zwang sich, nicht mit den Augen zu rollen. „Ja, Tante, das stimmt."

Schließlich stimmte Madame Desrosiers zu, und sie ließ Michel ihren Pelzmantel holen und sie in den Kleinwagen verfrachten, den sie ihm gekauft hatte, damit sie die sechs Blocks zum Restaurant fahren konnten. Sicherlich hätte sie sein Angebot abgelehnt, wenn sie auch nur die geringste Ahnung gehabt hätte, was nach ihrer Ankunft passieren würde, aber so spielte das Leben.

Und der Tod.

❧ 4 ❧

Claudette Mercier trank zum Frühstück immer Tee und aß dazu etwas altbackenes Brot vom Vortag mit ein bisschen Erdbeermarmelade. Das war seit fast zwanzig Jahren ihre Routine, seit ihr Ehemann verstorben war und sie kein umfangreicheres Frühstück mehr zubereiten musste, wie er es bevorzugt hatte. Während sie auf das kochende Wasser wartete, stand sie in ihrem Nachthemd da, bürstete ihr langes weißes Haar und flocht es dann. An den meisten Morgen erinnerte sie sich daran, wie ihr Mann Declan (seine Mutter war Irin gewesen) ihr oft gesagt hatte, dass der lange weiße Zopf die Frisur einer alten Frau sei. Und sie hatte geantwortet, dass sie ja auch eine alte Frau *sei*.

Es brachte sie zum Lächeln, wenn sie daran dachte, dass sie damals erst in ihren Fünfzigern gewesen war, kaum alt, wenn man bedenkt, dass sie jetzt über siebzig war. Es war so viele Jahre her, seit Declan verstorben war, aber sie spürte seine Gegenwart immer noch. Manchmal sogar sehr stark, und sie glaubte, dass ein Teil von ihm noch immer bei ihr war, auch wenn sie nicht erklären konnte, auf welche Weise das möglich sein könnte.

Nach ihrem Tee und Brot mit Marmelade machte sie sich in der Küche an die Arbeit, was den größten Teil des Vormittags in

Anspruch nahm. Es gab Marmelade und Chutney zuzubereiten und Silber zu polieren. Die Arbeit nahm kein Ende, und sie genoss die Routine und das Gefühl der Erfüllung. Ihr Vater hatte einen florierenden Eisenwarenladen besessen, und ihre Familie war nach den Maßstäben von Castillac vor siebzig Jahren wohlhabend gewesen. Ihre Eltern hatten versucht, sie aus der Küche herauszuhalten und die Dienstboten diese Arbeiten erledigen zu lassen, aber Claudette hatte nicht darauf gehört. Es schien, als hätte sie den größten Teil ihres Lebens damit verbracht, zu kochen und aufzuräumen, und abgesehen davon, dass sie Declan vermisste, war dieses Leben größtenteils glücklich gewesen.

Zumindest bis die Briefe kamen.

Gegen 11:30 Uhr faltete sie das letzte Geschirrtuch zusammen und war bereit, die Post zu holen, bevor sie ihr Mittagessen zubereitete. In früheren Jahren war die Post eine solche Quelle der Freude gewesen! Ihre Freunde hatten Postkarten und Briefe von Reisen geschickt, und sie hatte einige Cousins, die in der Bretagne lebten und jedes Jahr eine Geburtstagskarte schickten. Aber die Leute schrieben keine Briefe mehr. Sie bekam immer noch ein paar Geburtstagskarten, aber die Post bestand jetzt fast nur noch aus Werbung. Außer diesen Briefen, geschrieben auf teurem Briefpapier, die alle paar Monate kamen. Boshafte, hasserfüllte Briefe, mit der einzigen Absicht, Schmerz zu verursachen.

Als der erste ankam, war Claudette aufgeregt gewesen, das schöne Briefpapier zu sehen; es war so lange her gewesen, dass sie einen richtigen Brief erhalten hatte. Sie hatte ihn an ihrem Vordertor stehend geöffnet, ohne zu warten, bis sie wieder im Haus gewesen war, und zu zittern und dann zu weinen begonnen, als sie gesehen hatte, was darinstand. Später, als weitere in ihrem Briefkasten aufgetaucht waren und sie das Briefpapier und die Handschrift erkannt hatte, hatte sie gewusst, dass es klug gewesen wäre, sie direkt in den Müll zu werfen, aber sie hatte sich nicht dazu bringen können, es zu tun.

Fünf Briefe bisher. Jedes Wort wie eine Narbe in ihr Gehirn eingebrannt.

Jeder Mensch hat Schwächen, oder vielleicht sollte man sie als Bereiche der Empfindlichkeit bezeichnen, die einem zu schaffen machten, wenn zu grob daran gerüttelt wurde. Für Claudette war ihr Herzenswunsch auch ihre Schwäche. Alles, was sie je gewollt hatte, war ein einfaches Leben, in dem sie Essen zubereitete und mit ihrer Familie zusammen war, und genau das hatte der Briefschreiber angegriffen, indem er ihr mitgeteilt hatte, sie sei adoptiert und nicht das leibliche Kind ihrer Eltern, und sie könne froh sein, keine Küchenmagd zu sein, denn das sei alles, wozu sie tauge.

Nun, Claudette hatte nichts gegen adoptierte Kinder oder dagegen, selbst adoptiert zu sein, aber die Vorstellung, dass ihre Eltern sie angelogen hatten, ihr nie die Wahrheit gesagt hatten und mit diesem Geheimnis gestorben waren? Sie mussten die Umstände ihrer Geburt für furchtbar beschämend gehalten haben. Es war unvorstellbar schmerzhaft, darüber nachzudenken.

Sie war keine Frau, die besonders leichtgläubig oder dumm war, noch war sie schnell beleidigt. Es war nur so, dass der Briefschreiber in der Lage gewesen war, genau das zu sagen, wogegen sich Claudette nicht verteidigen konnte. Er hatte das eine bisschen weiches Fleisch gefunden, das unter der sozialen Rüstung hervorschaute, die sie wie alle Menschen jeden Tag anlegte, und das Stilett genau an dieser Stelle hineingetrieben hatte. Jetzt zählte Claudette die Tage seit dem letzten Brief und fragte sich, ob der nächste nach dem gleichen Zeitplan wie der vorherige kommen würde, oder ob es möglicherweise keine mehr geben und alles vorbei sein würde. Aber sie spürte, dass der Briefschreiber so lange weitermachen würde, wie er konnte, und Claudette irrte sich darin nicht.

An diesem Morgen gab es keine Post, und sie fühlte etwas Unangenehmes zwischen Erleichterung und dem Wunsch, ein Brief wäre dagewesen, nur um es hinter sich zu bringen, denn die

Erwartung des Schmerzes war fast so schlimm geworden wie der Schmerz selbst.

Sie bewahrte die Briefe auf, aus Gründen, die sie nicht erklären konnte. Alle fünf lagen in einer Blechdose und waren in ihrer Kommode unter ihren Wintersocken versteckt. Die Briefe waren nicht unterschrieben, hatten keine Absenderadresse und keine verräterischen Markierungen oder Monogramme auf dem edlen Briefpapier. Aber Claudette hatte eine ziemlich gute Vorstellung davon, wer sie schickte, und auch darin irrte sie sich nicht.

MOLLY UND FRANCES HATTEN VORGEHABT, eine ausgedehnte Tour durch Castillac zu machen, bevor sie zum Abendessen gingen, aber das Wetter spielte nicht mit, und ihre Füße beschwerten sich, bevor sie sehr weit gekommen waren.

„Wir haben unseren Taxifahrer verloren – lange Geschichte – also müssen wir laufen", erklärte Molly ihrer Freundin, als sie La Baraque verließen. Sie waren schick angezogen und trugen Absatzschuhe, und freuten sich auf ein Essen im La Métairie. Molly war noch nie in dem Fast-ein-Michelin-Stern-Restaurant gewesen, aber sie dachte, der Besuch ihrer Freundin wäre die perfekte Gelegenheit, es auszuprobieren.

„Ich weiß nicht, ob ich Lust auf ein schickes Restaurant habe", sagte Frances, die wegen einer sich anbahnenden Blase an ihrer rechten Ferse ein wenig humpelte. „Falls du dich erinnerst, mein Gaumen tendiert eher zum Cheetos-Ende des Spektrums."

„Aber möchtest du nicht wenigstens einmal in einem seriösen französischen Restaurant essen, wo Essen Kunst ist? Und ja, ich bereue die Schuhe auch. Lass uns Castillac morgen erkunden, wenn es etwas wärmer wird. Du musst doch nicht gleich nach Hause zurück, oder? Ich meinte es ernst mit der offenen Einladung. Ich habe keine Buchungen, also gehört dir das Cottage.

Und falls ein Wunder geschieht und jemand es möchte, kannst du immer zu mir ins große Haus ziehen. Ich habe oben ein Spukzimmer, das wäre perfekt für dich."

Frances schüttelte schnell den Kopf, ihr glattes schwarzes Haar peitschte um ihr Gesicht. „Spukzimmer? Nee, nicht für mich, danke. Ich bin abergläubisch, Molly. Nö-nö."

Molly grinste. „Vielleicht hat das Restaurant eine Bar, wo wir warten können – unsere Reservierung ist erst um 20:30 Uhr."

„Versuchst du, mich betrunken zu machen?"

„Ja. Und dann werde ich dich ausnutzen."

Sie lachten und humpelten Arm in Arm den restlichen Weg zu La Métairie.

„Du meine Güte, dieser Barkeeper könnte auf dem Cover des GQ sein!"

„Ha, ja, das ist Pascal. Normalerweise arbeitet er im *Café de la Place*, ich wusste gar nicht, dass er auch hier arbeitet."

„Du *kennst* ihn? Du bist mit diesem Exemplar männlicher Perfektion befreundet?"

„Na ja, irgendwie schon. Wir begrüßen uns und küssen uns, wie alle im Dorf. Aber wir haben uns nie wirklich unterhalten oder so."

„Ich würde mich gerne sofort mit ihm unterhalten."

Molly lachte. Sie war so froh, dass sie daran gedacht hatte, Frances einzuladen; sie fühlte sich wieder wie zwanzig.

Das Garderobenmädchen nahm ihre Mäntel entgegen, und Frances und Molly betraten die ätherische Welt von La Métairie. Die Wände waren in einem beruhigenden Taubengrau gestrichen, und im Foyer hingen impressionistische Gemälde vom Meer. Rechts befand sich eine kleine Bar mit vier hohen Stühlen, an der Pascal stand, der wirklich fast zu schön für Worte war.

„Ich wette, er ist schwul", flüsterte Frances, ein wenig zu laut.

Molly schüttelte den Kopf.

„Nein, wirklich! Wann hast du das letzte Mal einen so gutaussehenden Mann getroffen, der hetero war?"

Molly dachte, wenn sie nicht antwortete, würde ihre Freundin vielleicht den Mund halten.

„*Nie*, das war's!" sagte Frances, ihre Stimme hallte in dem kleinen Raum wider.

Molly warf ihr einen Blick zu und Frances zuckte mit den Schultern. „Ich sag ja nur", murmelte sie.

„*Salut*, Molly", sagte Pascal mit einem strahlenden Lächeln.

„Salut, Pascal", sagte Molly und lehnte sich über die Bar, damit sie einander auf beide Wangen küssen konnten. Auf Französisch sagte sie: „Darf ich dir meine Freundin Frances vorstellen. Sie spricht kein Französisch, was ein Segen ist, glaub mir."

Pascal lachte und zwinkerte Frances zu. Frances packte Mollys Arm so fest, dass sie Abdrücke hinterließ. Sie bestellten beide einen Kir und drehten sich auf ihren Stühlen um, um den Speisesaal und die anderen Gäste zu betrachten.

„Das sieht aus wie der Rentner-Frühschoppen in Florida da drüben", sagte Frances, zum Glück mit leiser Stimme. Es stimmte, dass fast alle Gäste grauhaarig waren. Molly bemerkte eine alte Dame in einem schwarzen Spitzenkleid, das aussah, als könnte man es zur Beerdigung einer Opernsängerin tragen. Ihr weißes Haar stand zu Berge und sie hielt die Hand eines viel jüngeren Mannes. Sie hielt sie nicht wirklich, sondern umklammerte sie wie ein Raubvogel und grub ihre Krallen hinein.

„Glaubst du, die beiden sind ein Paar?", sagte Molly leise zu Frances und deutete mit dem Kopf auf die alte Dame in Spitze.

„Auf keinen Fall", antwortete Frances. Sie hatte sich wieder umgedreht und machte Pascal peinliche Kulleraugen. Er lächelte sie charmant an.

Die schicke Frau, die sie an der Tür begrüßt hatte, erschien an Mollys Ellbogen. „Ich hoffe, Sie haben nichts dagegen", sagte sie mit besorgtem Gesichtsausdruck, „aber ein Teil des Restaurants wird für eine private Feier genutzt. Sollte es zu laut werden und Sie mit Ihrem Service unzufrieden sein, laden wir Sie gerne zu einem kostenlosen Besuch in La Métairie ein. Es tut mir leid, aber dies ist ein ungewöhnlicher Fall von Kommunikationsproblemen, und ich hoffe, Sie werden Ihr Abendessen trotzdem genießen."

Das Restaurant war ruhig, so ruhig, dass es schwer vorstellbar war, dass eine Feier so ausarten könnte, dass es irgendein Problem gäbe. Molly mochte wilde Partys sowieso irgendwie. Sie und Frances versicherten der Frau, dass alles in Ordnung sei, und die Frau wirkte sichtlich erleichtert und ging zurück zur Eingangstür.

Keine fünf Minuten später kam eine Gruppe von fünf Leuten herein und sang *bon anniversaire*, einige urkomisch falsch. Sie umringten die alte Dame in Spitze, alle lächelnd, obwohl die alte Dame kein bisschen lächelte.

„Vielleicht *sind* sie doch zusammen, und es ist ihr Hochzeitstag, aber er hat vergessen, ihr ein Geschenk zu besorgen", sagte Frances, die in ihrer normalen Stimmlage sprach, weil niemand sie über den Lärm der Feiernden hinweg hören konnte.

„*Bon anniversaire* bedeutet *Alles Gute zum Geburtstag*", sagte Molly. „Gute Theorie trotzdem!"

Die schicke Frau kam mit den Grüßen vom Küchenchef vorbei, einem kleinen Tablett mit *Amuse-Bouches*: mehrere Arten von Muscheln und etwas Grünes, das weder Molly noch Frances identifizieren konnten. Aber sie verschlangen alles, wobei Molly versuchte, die lauteren Gespräche der Gesellschaft zu belauschen und weitere wilde Vermutungen darüber anzustellen, wie sie alle miteinander verwandt waren. Eine andere alte Dame saß am anderen Ende des Tisches gegenüber der ersten; Molly war verzweifelt darauf aus, die Verbindung zu erfahren. Waren sie Freundinnen? Schwestern? Die zweite alte Dame hatte sehr weißes Haar, das zu einem geflochtenen Dutt hochgesteckt war, eine Frisur, die Molly liebte.

Sie fragte sich, ob es unhöflich wäre, sich hinüberzulehnen und ihr das zu sagen. Sie wusste, dass die Franzosen im Allgemeinen strengere Grenzen hatten als die Amerikaner. Aber welche Frau hört nicht gerne ein Kompliment?

$\maltese$ 5 $\maltese$

Molly und Frances saßen so nah an der Gesellschaft, dass sie sich fast als Teil davon fühlten. Frances meinte, sie wolle sich etwas Kuchen nehmen, falls Geburtstagskuchen in Frankreich üblich seien. Die Gruppe drängte sich um die alte Dame, beugte sich hinunter, um Wangen zu küssen; sie unterhielten sich mit gedämpften Stimmen, und für Molly war offensichtlich, dass nicht alle besonders glücklich waren. Das Gefühl der Pflichterfüllung lag schwer in der Luft, und die alte Dame wirkte schlecht gelaunt, als hätte sie einen schlechten Geschmack im Mund. Die Frau mit dem weißen Dutt am anderen Ende des Tisches sah wachsam und vorsichtig aus, wie ein Vogel, der auf einem wackeligen Zweig sitzt.

Eine blonde Frau mit einem Humpeln kam als Letzte herein; sie schien Mitte dreißig zu sein, ungefähr in Mollys Alter. Sie küsste eine ältere Frau ohne Make-up (Molly glaubte „*Maman*" zu hören) und ging dann um den Tisch herum, um die alte Dame zu begrüßen, die alles andere als erfreut schien, sie zu sehen.

Eine von Mollys Lieblingsbeschäftigungen war das Lauschen, und sie verlor keine Zeit damit.

„Liebe Tante, du musst zugeben, dass ich dich dieses Mal

überrascht habe!", sagte der viel jüngere Mann, dessen Hand die alte Dame immer noch festhielt.

„Oh, ich war allerdings überrascht", krächzte die alte Dame und sah dabei aus, als hätte sie gerade in eine Raupe gebissen, oder Schlimmeres.

Eine dunkelhaarige Frau mit einem Verband an der Hand stand mit gequältem Gesichtsausdruck daneben. Ihr Ehemann hatte seinen Arm beschützend um sie gelegt. Ist sie eine Enkelin, fragte sich Molly, die nie Nein zu einer familiären Verpflichtung sagen kann, obwohl sie eine erwachsene Frau ist? Keine Familienähnlichkeit allerdings. Molly entschied, dass sie eine Freundin war, auch wenn sie alles andere als freundlich wirkte.

„Na klar ist sie glücklich, alle schenken ihr Aufmerksamkeit!", flüsterte die Blonde ihrer Mutter zu, die nahe an Mollys und Frances' Tisch stand. Sie war gut gekleidet und trug eine schicke Handtasche. Die ältere Frau nickte, und beide verdrehten die Augen. Also noch zwei Gäste, die offenbar keine Fans des Ehrengasts waren.

Aber Fans hin oder her, sie hatten Geschenke mitgebracht. Sie waren vor dem Geburtstagskind wie Opfergaben aufgereiht, meist kleine Schachteln mit extravaganten Bändern und eine große Schachtel, von der Molly vermutete, dass sie irgendeine Art von Kleidung enthielt.

„Hallo, Molly!", sagte Frances. „Soll ich meinen Teller einfach zur Bar mitnehmen und mit Pascal als Gesellschaft essen? Eigentlich hätte ich dagegen gar nichts einzuwenden."

„Tut mir leid." Molly beugte sich vor und flüsterte: „Es ist einfach faszinierend zu sehen, wie diese Familie miteinander umgeht. So viel Geschichte, die da hochkocht, weißt du?"

„Du kennst meine Meinung über Familien. Die meisten von denen sind Mist. Aber dieser Fisch?", sagte sie und zeigte mit ihrer Gabel darauf. „Ich schwöre bei Gott, ich habe noch nie etwas so Gutes geschmeckt. Ich muss vielleicht auf Cheetos verzichten und für den Rest meines Lebens nur noch das hier essen."

Molly wurde bewusst, dass sie ihre Vorspeise kaum angerührt hatte. Die Mitglieder der Gesellschaft setzten sich an den langen Tisch, und sie konnte nicht mehr viel von ihrem Gespräch verstehen, also wandte sie ihre Aufmerksamkeit wieder ihrer Mahlzeit zu. Ihre Kalbsbries waren gegrillt, mit einer dünnen, knusprigen Panade und einer so komplexen und wunderbaren Sauce, dass sie die Augen schloss, um sie zu genießen.

„Also, was *sind* Kalbsbries eigentlich?", fragte Frances. „Ich habe das Gefühl, der Name ist irgendwie irreführend."

Molly lachte. „Thymusdrüse, glaube ich."

„Also sowas wie Innereien. Du sitzt da drüben und steckst dir freiwillig Innereien in den Mund."

„Eigentlich sind Innereien Kutteln. Mehr oder weniger."

„Ist doch dasselbe."

Der Kellner kam vorbei und legte mit einer Zange ein weiteres Brötchen auf jeden Brotteller. Ein anderer Kellner kam und schenkte ihnen mehr Wein ein.

„Daran könnte ich mich gewöhnen", sagte Molly.

„Ich wette, die Hälfte der Leute, die hierherkommen, sagen dasselbe. Und ich stimme ihnen allen zu."

„Und wenn man bedenkt – dieses Restaurant hat nicht mal einen Stern! Wie müssen erst die Restaurants sein, die drei haben?"

Frances schüttelte nur den Kopf. „Kann ich mir nicht vorstellen. Sieht aus, als wäre es alles ein bisschen zu viel für die alte Dame", sagte Frances und warf einen Blick zum Tisch der Gesellschaft.

Josephine Desrosiers' Gesicht war knallrot unter ihrem dick aufgetragenen Rouge. Sie sagte etwas zu dem jungen Mann, das weder Molly noch Frances hören konnten, aber sie sahen, wie der Mann sich von ihr weglehnte, und vermuteten, dass was auch immer sie gesagt hatte, nicht willkommen gewesen war.

„Sie sieht aus wie eine Zicke auf Rädern", sagte Frances, ein wenig zu laut.

„Frances, ich muss dir sagen – Franzosen sind im Allgemeinen ... nicht laut. Sie kreischen nicht an öffentlichen Orten. Kannst du also deine Stimme senken? Zumindest, wenn du Leute beleidigst oder Vermutungen über ihre Sexualität anstellst?" Zu Beginn ihres Satzes fühlte sie sich genervt, aber am Ende lachte sie und schüttelte den Kopf. Es machte Spaß, Frances zu Besuch zu haben, und es war interessant, Castillac durch die Augen eines anderen zu sehen. Auch wenn diese Augen halb verrückt waren, wahrscheinlich dank all der Cheetos.

Die Freundinnen gingen zu einer reichhaltigen Kastaniensuppe über, die sie kaum schlürfen konnten, ohne unangemessen zu stöhnen. Dann zu Tellern mit gebratenem Enten, mit mehreren Saucen zum Eintunken der perfekt gebratenen Scheiben, zusammen mit einem Berg sautierter Pilze, die so gut waren, dass Molly überzeugt war, es müsse irgendeine Art von echter Magie im Spiel sein. Sie leerten ihre Flasche Médoc, schwelgten in Erinnerungen an jugendliche Streiche und genossen ihr Verwöhnprogramm immens.

„Ich bin zu voll für Dessert."

„Na ja, natürlich. Aber das wird uns nicht aufhalten."

„Nein. Gibst du mir die Karte, bitte?"

„Ich gehe auf die Toilette", sagte Molly. „Bin gleich wieder da. Ich überlege, ob ich mir die Lavendel-*Crème brûlée* gönne."

„Lecker", sagte Frances.

Mollys Füße protestierten ein wenig, als sie sie wieder in ihre Highheels zwängte, aber La Métairie war nicht die Art von Restaurant, in dem man barfuß zur Toilette schlendern konnte. Molly bahnte sich ihren Weg über den taubengrauen Teppich zu dem kurzen Flur, wo sich die Toiletten befanden.

Ach, was für ein fantastisches Essen. Es hat sich gelohnt, nach Castillac zu ziehen, allein schon für dieses eine perfekte Dinner.

Die Tür schien etwas zu klemmen. Molly drückte fester. Dann

gab sie ihr einen besonders kräftigen Stoß und stolperte in den Raum, nur um zu sehen, dass es die alte Dame war, das Geburtstagskind, das die Tür blockierte. Sie lag auf der Seite auf den Fliesen der Toilette, die Augen geschlossen, als hätte sie sich von allen möglichen Orten ausgerechnet diesen zum Schlafen ausgesucht.

❦ 6 ❦

Der Polizeichef des Dorfes, Benjamin Dufort, traf in weniger als zehn Minuten bei La Métairie ein. Er wohnte am Rande des Dorfes, aber Castillac war nicht groß, und um zehn Uhr abends gab es kaum Verkehr, der ihn aufhalten konnte.

Er küsste die verantwortliche Frau auf beide Wangen und begrüßte sie herzlich. „Es tut mir sehr leid, Nathalie. Niemand ist in die Toilette gelassen worden, hoffe ich? Du bist dir ganz sicher, dass die Frau tot ist?"

„Ich fürchte ja", sagte Nathalie und sah ziemlich blass aus. „Eine der Gäste hat sie gefunden. Sie kam direkt zu mir und sagte, dass eine Leiche im Badezimmer liegt, und ich habe zuerst dich angerufen und bin dann nachsehen gegangen, ob ich Erste Hilfe leisten könnte. Leider konnte ich nichts mehr für sie tun."

„War sie mit jemandem hier?"

„Oh ja, mit einer ganzen Gruppe. Sie feierten ihren Geburtstag – zweiundsiebzig, glaube ich."

„Sind sie noch hier?"

„Ich glaube, sie sind alle noch da, ja. Wir versuchen gerade, das Dessert aus der Küche zu bringen, wenn es dir nicht im Weg ist."

„Überhaupt nicht. Kein Grund, Ihren Service zu unterbrechen. Und danke, Nathalie. Ich werde sie mir jetzt ansehen."

„Gleich den Gang runter links", sagte Nathalie. „Ich bin nur... es ist beunruhigend, dass so etwas passiert. Der Tod gehört zum Leben, das weiß ich. Aber – wer möchte schon daran erinnert werden?"

Dufort nickte und ging den taubengrauen Korridor zum Badezimmer hinunter. Auf dem Weg dorthin blickte er in den Speisesaal und sah mindestens eine Person, die er kannte. „Molly!", sagte er überrascht.

Sie winkte schwach. Nicht einmal einen Monat, nachdem sie nach Castillac gezogen war, hatte sie die Leiche einer vermissten Frau gefunden. Es war ihr peinlich, kaum zwei Monate später auf eine zweite Leiche gestoßen zu sein.

Dufort ging weiter zur Toilette und stieß die Tür auf. Da weder Molly noch Nathalie sie bewegt hatten, versperrte Josephine Desrosiers immer noch den Weg, und er musste sie zur Seite schieben, bevor er hindurchkam. Dufort war fünfunddreißig und seit über zehn Jahren im Dienst; er hatte seinen Anteil an Todesfällen gesehen. Aber im Gegensatz zu den meisten in seinem Beruf hatte er sich nie daran gewöhnt.

Er machte eine Reihe langsamer Atemzüge durch die Nase, dehnte seinen Bauch und stieß die Luft dann kräftig durch den Mund aus. Dann nahm er eine kleine blaue Glasphiole aus seiner Hosentasche und tröpfelte etwas von einer Kräutertinktur unter seine Zunge. Mit seiner Angst nun besser unter Kontrolle, kniete er sich neben die alte Dame. Er drückte zwei Finger gegen ihre Halsschlagader auf der Suche nach einem Puls, obwohl er vom ersten Anblick an keinen Zweifel hatte, dass sie tot war. Dufort hatte nicht die Expertise eines Gerichtsmediziners, aber er hatte ein feines Gespür für das Leben, und er konnte sehen, dass die Frau, die auf den Fliesen lag, nicht mehr am Leben war.

Es stimmte, sie hatte nicht die Blässe, die er normalerweise bei einer toten Person sah; ihre Wangen waren fast rosig, als wäre sie in scharfem Wind unterwegs gewesen. Sie war noch nicht kalt anzufassen. Ihr schwarzes Spitzenkleid war über die Knie hochgerutscht, aber das war das einzige Anzeichen von Unordnung. Dufort vermutete, dass sie allein im Badezimmer zusammengebrochen war. Vielleicht nicht der würdevollste Weg zu gehen, aber zumindest war es schnell gegangen. Das war alles, worauf ein Mensch hoffen konnte.

Er stand auf und ging um Josephine Desrosiers herum, schaute neugierig, notierte Details darüber, wie sie lag, ihren Schmuck, ihre Schuhe. Etwas an ihren Füßen in den dunklen Strümpfen und flachen Absätzen schien ergreifend. Dufort rieb seine Hand vor und zurück über seinen Hinterkopf und spürte die Stoppeln seines Bürstenschnitts. Er rief den Gerichtsmediziner auf seinem Handy an und machte sich dann auf die Suche nach Molly Sutton.

"Du siehst ein bisschen blass aus, sogar für deine Verhältnisse", sagte Frances und legte den Kopf schief, als sie Molly ansah. Der Kellner war mit kleinen Gläsern Cognac für alle im Speisesaal herumgegangen, als eine Art Anerkennung für die Unannehmlichkeiten, die sie alle durchmachten. Niemand reservierte im teuersten Restaurant der Stadt und erwartete, dass es dort von Gendarmen und Leichen wimmelte.

"Ich... ja. Was soll ich sagen? Zumindest ist sie wahrscheinlich an einem Herzinfarkt gestorben. Obwohl..."

"Ich kann die rostigen Räder in deinem Gehirn sich drehen sehen. Obwohl was?"

"Sehr witzig. Es ist nur..." Molly lehnte sich über den Tisch und senkte ihre Stimme, "hattest du nicht auch das Gefühl, dass fast jeder auf der Party diese Frau gehasst hat? Ich meine, sie *wirklich* gehasst hat?"

"Ich habe mich auf das Essen konzentriert, Molls. Dieses grotesk teure, himmlische Essen. Aber okay, ich habe ein paar weniger glückliche Gesichter gesehen, nachdem du mich darauf aufmerksam gemacht hast."

„Ich glaube nicht, dass sie nur Spaß gemacht haben", sagte Molly. „Es würde mich kein bisschen überraschen, wenn sich herausstellt, dass einer von ihnen sie getötet hat."

Frances legte den Kopf schief. „Komm schon, Molls, glaubst du das wirklich? Ich meine, Leute in Familien, die nicht miteinander auskommen – das ist ja wohl kaum eine Schlagzeile wert."

Molly zuckte mit den Schultern. „Nur so ein Gefühl", sagte sie. Und bekam sofort einen Erinnerungsblitz von ihrem Ex-Mann, wie er sie anschrie. „Donnie wurde immer so wütend auf mich. Er schrie ‚Gefühle sind keine Fakten!', als ob man etwas, das keine Tatsache ist, überhaupt nicht beachten müsste."

„Donnie war ein Idiot", sagte Frances und schwenkte einen Schluck Cognac, bevor sie ihn herunterschluckte. „Ich sage dir eins: Ich bin auch ziemlich sauer auf diese alte Dame, weil ich glaube, dass sie mich vielleicht um diese weiße Schokoladen-mousse gebracht hat, auf die ich ein Auge geworfen hatte."

Molly drehte sich um, um nach dem Kellner Ausschau zu halten, und fragte sich, ob Duforts Ankunft den Service zum Erliegen gebracht hatte oder ob das Restaurant versuchen würde, ihn aufrechtzuerhalten.

„Plötzlicher Herzinfarkt – das ist mein Traumtod", sagte der junge Mann, der die alte Dame hergebracht hatte.

„Sie hatte immer viel Glück", sagte die dunkelhaarige Frau.

Molly stand auf. „Bin gleich wieder da", sagte sie zu Frances.

Sie tippte dem jungen Mann auf den Arm. „Entschuldigen Sie bitte die Störung", sagte sie in ihrem stark verbesserten Französisch. „Aber ich wollte nur sagen, dass es mir sehr leid tut, was passiert ist, und Ihnen mein Beileid aussprechen."

Der Mann war sichtlich überrascht, fasste sich aber schnell und sagte: „Danke, Madame. Ich bin Michel Faure, ihr Neffe."

„Molly Sutton, freut mich, Sie kennenzulernen. Und ich stimme Ihnen zu – ich habe gehört, was Sie über einen plötzlichen Herzinfarkt als Ihren Traum gesagt haben – ich meine, nicht dass ich vom Sterben träume, Gott sei Dank, aber ja, wenn wir schon gehen müssen, scheint das eine der besseren Optionen zu sein."

Die blonde Frau kam näher, ein Fuß schleifte. Sie nickte Molly zu und sagte zu Michel: „Gibt es irgendeinen Grund, warum ich bleiben sollte? Mir fallen tausend Orte ein, an denen ich jetzt lieber wäre."

„Ich nehme an, es wäre geschmacklos, wenn wir uns hinsetzen und Dessert essen und noch ein paar Gläser Cognac trinken würden? Das Dinner geht schließlich auf Josephines Rechnung."

„Michel", sagte die blonde Frau warnend und nickte in Mollys Richtung.

„Oh. Richtig. Entschuldigung!", sagte er zu Molly. „Bitte verzeihen Sie mir."

„Ich bin Molly Sutton", sagte Molly und streckte der Blonden die Hand entgegen, die ihre Finger sanft ergriff und leicht schüttelte. Molly hatte nie ganz herausgefunden, wie man jemanden begrüßte, den man nicht gut genug kannte, um ihn zu küssen. Sie hatte sich so sehr an das Wangenküssen gewöhnt, dass es sich seltsam anfühlte, jemanden zur Begrüßung nicht zu berühren.

„Adèle Faure", sagte die Blonde. „Dieser *crétin* ist mein Bruder. Entschuldigung, dass wir unsere Familienangelegenheiten in der Öffentlichkeit ausbreiten, wo sie nicht hingehören."

Molly lächelte und hielt sich gerade noch davon ab zu sagen: „Nein, bitte breiten Sie es aus! Ich will alles wissen! Mehr bitte!", stattdessen platzte sie heraus: „Keine Sorge, Adèle. Ich hoffe, Sie denken nicht, dass es der falsche Moment ist zu sagen, dass ich Ihre Tasche liebe und sie perfekt zu Ihrem Teint passt."

Adèle überraschte Molly mit einem dankbaren Lächeln. „Danke!", sagte sie und wirkte überrascht und ein wenig verunsichert.

„Molly!", zischte Frances von ihrem Platz aus. „Hier steht eine *Crème brûlée*, die auf dich wartet! Und ich habe dir einen Kaffee bestellt."

„*À bientôt!*", sagte Molly zu Adèle, als sie zu ihrem Platz zurückkehrte. „Ich brauche jetzt unbedingt einen Kaffee, gute Idee. Obwohl..."

„Hör auf mit den *Obwohls*!", Frances löffelte etwas weiße Schokoladenmousse in ihren Mund und umklammerte dann verzückt die Tischkanten.

„Ich wollte die Familie kennenlernen, um zu sehen, ob es, na ja, irgendwelchen Dreck aufzuwirbeln gibt."

„Es ist eine Familie. Natürlich gibt es Dreck aufzuwirbeln."

„Es ist wahrscheinlich keine gute Idee, mich einzumischen. Es ist nicht so, als hätte ich nicht tonnenweise Arbeit in La Baraque zu erledigen, um das neue Cottage vorzubereiten."

„Na ja, streng genommen bist nicht du es, die die Arbeit macht, sondern die Typen, die du einstellen wirst. Aber wie auch immer. Macht der Bulle nicht einen guten Job? Er ist ziemlich sexy", sagte sie knurrend.

Molly lachte, ihre Augen auf Adèle und Michel gerichtet, die sich wieder hingesetzt hatten und Kaffee tranken, tief in ein Gespräch vertieft. Der Rest der Gesellschaft war verschwunden, und es waren nur noch sie vier im Restaurant.

„Dufort? Ja, er ist okay. Wahrscheinlich besser als okay. Er hatte das Pech, Chef in einem Dorf zu sein, in dem die Dinge öfter schief zu gehen scheinen, als fair erscheint."

„Was bedeutet das, ‚Dinge gehen schief'?"

„Amy Bennett, die Frau, die ich gefunden habe... sie war die dritte Frau, die verschwunden ist. Die anderen beiden wurden nie gefunden."

„Und der Typ, den du überführt hast? Er hat die anderen nicht angerührt?"

„Anscheinend gibt es keine Beweise, die in diese Richtung deuten. Er sagt, er habe die anderen nicht angerührt. Also weiß ich es nicht. Vielleicht hat er es getan. Vielleicht auch nicht."

„Du denkst, der Bulle ist ein Versager."

„Nein! Nein, das denke ich wirklich nicht. Er ist ein kluger Kerl. Und nicht schlecht aussehend…"

„Das ist mir nicht entgangen."

„Dachte ich mir. Und er ist wirklich ein freundlicher Mensch. Ich konnte sehen, wie leid es ihm für Amys Eltern getan hat. Wirklich, ich habe überhaupt nichts gegen ihn zu sagen."

„Außer dass er in seinem Job versagt."

„Frances! Das sage ich nicht."

„Ich glaube, ich gehe rüber zu dem Geschwisterpaar da drüben und sage ihnen einfach, dass meine Freundin Lady Detektivin meint, der örtliche Typ sei Mist, und wenn sie herausfinden wollen, was wirklich mit der alten Oma passiert ist, sollten sie dich engagieren."

Molly lachte. „Lass uns nach Hause gehen. Ich schwöre, ich gebe meinen Amateurdetektiv-Ausweis ab und konzentriere mich von nun an auf mein Haus und meinen Garten."

„Natürlich tust du das", murmelte Frances und grinste Molly hinterher, als sie Nathalie zum Abschied zuwinkten und sich in der kalten Dunkelheit zurück nach La Baraque schleppten.

❧ 7 ☙

Thérèse Perrault war am Freitagmorgen die Erste auf der Wache. Sie war fast immer die Erste. Sie war jung und enthusiastisch und versuchte, bei Kommissar Dufort einen guten Eindruck zu machen. Außerdem war sie sehr froh, einen Job zu haben, der sie interessierte und bei dem sie etwas im Leben der Menschen bewirken konnte. Auch wenn das in Castillac oft bedeutete, Madame Bonnays Hund oder Madame Vargas' Ehemann zurückzubringen, die beide dazu neigten, sich zu verlaufen.

„Bonjour, Thérèse!", sagte Dufort, als er hereinmarschierte. Er joggte jeden Morgen, im Winter weiter als im Sommer, weil er es mochte, in der Kälte zu trainieren. Seine Haut glühte noch von der Anstrengung, und auch er freute sich, zur Arbeit zu kommen. Er war glücklich über einen Job, bei dem er nicht den ganzen Tag hinter einem Schreibtisch sitzen musste, sondern die meiste Zeit auf den Straßen verbringen konnte, um mit den Dorfbewohnern zu sprechen, ihren Sorgen zuzuhören und – so hoffte er – bei ihren Schwierigkeiten zu helfen.

Der dritte Beamte in der Polizei von Castillac war Gilles Maron. Er war im Norden, in der Nähe von Lille, aufgewachsen und hatte mehrere Jahre in Paris gearbeitet, bevor er nach Castillac versetzt worden war. Dufort schätzte seine Arbeit, obwohl sie sich noch nicht sonderlich nahe standen. Perrault hatte sich noch kein Urteil über Maron gebildet. Er war anders als die Männer, die sie kannte – verschlossener, strenger, ernster.

Die drei trafen sich normalerweise als Erstes in Duforts Büro, wo Dufort alle anstehenden Aufgaben verteilte.

„Nun, hier sind wir, an einem trüben Dezembertag", sagte er. „Das Dorf ist ruhig, und ich habe absolut gar nichts auf meinem Schreibtisch. Anscheinend haben die Leute von Castillac heute Morgen keine Probleme."

Perrault kicherte und Maron verzog keine Miene.

„Moment, was ist mit Madame Desrosiers, die gestern Abend in La Métairie tot umgefallen ist?", fragte Perrault.

„Das stimmt", sagte Dufort. „Ich bekam gegen zehn einen Anruf aus dem Restaurant. Ich fuhr hin und sprach mit Nathalie – ihr kennt doch beide Nathalie Marchand? – Jedenfalls ja, die alte Dame lag tot auf der Toilette. Ich hab den Gerichtsmediziner gerufen und bin nach Hause gegangen."

„Herzinfarkt?"

„Ich habe noch nichts von Monsieur Nagrand gehört, aber ich vermute es. Sie war zweiundsiebzig – gestern war übrigens ihr Geburtstag. Kein Grund, ein Verbrechen zu vermuten."

„Außer, dass sie eine richtige Hexe war", murmelte Perrault.

„Inwiefern?", fragte Maron und wirkte zum ersten Mal an diesem Morgen wach. „Eine Allerwelts-Zicke oder die Art von Zicke, die man umbringen möchte?"

„Ich sagte ‚Hexe'", erwiderte Perrault. „Aber ich würde auf Letzteres wetten."

Dufort schüttelte den Kopf. „Ich weiß, ihr beide hättet es gerne interessanter, aber ich glaube nicht, dass da was dran ist. Zweiundsiebzigjährige sterben manchmal. So ist das Leben."

Perrault nickte und ließ sich nicht anmerken, dass sie vorhatte,

Desrosiers' Nichte Adèle anzurufen. Perraults ältere Schwester war mit Adèle zur Schule gegangen, und Perrault konnte sich erinnern, einige ziemlich aufsehenerregende Geschichten über die Streiche gehört zu haben, die diese Frau so trieb. Nicht gerade der freundliche Oma-Typ, sondern eine echte Giftschlange. Es konnte nicht schaden, einfach mal mit Adèle zu plaudern und zu sehen, ob sie etwas Interessantes zu sagen hätte, dachte Perrault.

„Also für heute: Lasst uns rausgehen, das Dorf abdecken, uns umsehen und mit jedem sprechen, der reden möchte. Ich sehe einen ruhigen Tag wie diesen als Gelegenheit, den Puls unseres Dorfes zu fühlen und zu sehen, ob wir etwas vernachlässigt haben, das unsere Aufmerksamkeit braucht. Ich sehe euch beide nach dem Mittagessen wieder hier, es sei denn, ich höre anderweitig von euch."

„Jawohl, Chef", sagten Perrault und Maron im Chor. Alle drei zogen ihre Mäntel und Schals an und gingen in verschiedene Richtungen los.

DUFORT GING den kurzen Block zur Place, dem Platz in der Stadtmitte. Genau in der Mitte stand ein unscheinbares Denkmal für die Gefallenen des Ersten Weltkriegs, das im Sommer von einem Blumenbeet umgeben war, jetzt aber von nackter Erde. Die Place war umringt von Restaurants, der Presse, wo man Zeitungen, Zeitschriften und Zigaretten kaufen konnte, sowie mehreren Banken und einigen Geschäften. Es war das Herz von Castillac, wo sich die Menschen am Markttag und auch an anderen Tagen versammelten, aber an einem kalten Wintertag wirkte alles trostlos und verschlossen.

Dufort schlenderte ins Chez Papa, ein Bistro, das seinem alten Freund Alphonse gehörte. Niemand war an der Bar. Tatsächlich sah es so aus, als wäre das Restaurant völlig leer, es waren weder

Personal noch Gäste zu sehen, obwohl Dufort Swingmusik aus dem hinteren Bereich hören konnte.

„Alphonse!", rief er. „Bist du da?"

Der Barkeeper Nico steckte seinen Kopf um die Ecke. „Hey Ben", sagte er. „Moment, ich bin gleich bei dir."

Dufort setzte sich auf einen Barhocker und sah sich um. Er konnte nicht anders, als einen Moment lang auf den Tisch an der Tür zu starren, an dem Vincent immer gesessen hatte. Er schüttelte den Kopf und dachte nicht zum ersten Mal, dass Menschen extrem schwer zu verstehen waren. Man wusste einfach nie, was unter der Oberfläche brodelt, selbst bei Menschen, die nach außen hin völlig angenehm und vernünftig erschienen.

„Bonjour", sagte Nico, als er hinter die Bar kam und sich die Hände an einem Handtuch abwischte. „Tut mir leid, es kam niemand rein, also war ich hinten und habe versucht, die Vorratskammer zu organisieren. Kaffee?"

Dufort zögerte. „Na gut, ja", sagte er. *Petit, s'il te plait.*"

Nico hantierte an der Maschine herum, servierte Dufort seine Tasse Espresso und machte sich dann selbst einen.

„Nicht viel los diesen Monat?", fragte Dufort.

Nico zuckte mit den Schultern. „Du weißt ja, wie das ist. Im Dezember hocken alle an ihren Holzöfen und träumen vom Frühling. Alphonse hat davon gesprochen, den Laden im Januar zu schließen, vielleicht irgendwohin in die Wärme zu fahren."

Dufort schüttelte den Kopf. „Castillac ohne Chez Papa? Selbst für einen Monat schwer vorstellbar."

Die Tür öffnete sich mit einem Schwall kalter Luft, und eine Gruppe von drei Personen kam herein, gefolgt von einem Paar.

„Vielleicht ist Alphonse etwas voreilig", sagte Dufort mit einem Lächeln, während Nico losging, um Speisekarten zu verteilen. Er glaubte, die drei als Verwandte von Desrosiers zu erkennen, obwohl er sich über den Familienstammbaum nicht ganz im Klaren war.

„Ich kann nicht behaupten, dass es mir das Herz bricht. Sie

war ein absoluter Schrecken, und ich sage das, weil es stimmt, und was soll's, wenn sie meine Tante ist", sagte der junge Mann mit den braunen Haaren, die ihm ins Gesicht fielen.

„Ach, Michel", sagte eine ältere Frau liebevoll, vielleicht seine Mutter. „Manche Dinge lässt man besser ungesagt."

Dufort rutschte von seinem Hocker und ging zu ihrem Tisch. „Bonjour, Madame", sagte er zu der älteren Frau. „Ich bin Benjamin Dufort von der Castillac *Gendarmerie*. Entschuldigen Sie die Störung, aber ich glaube, Sie sind mit der verstorbenen Madame Desrosiers verwandt?"

„Sie war meine Schwester. Ich bin Murielle Faure", sagte sie mit einem leichten Nicken.

„Es tut mir sehr leid für Ihren Verlust", sagte Dufort.

„Danke, Hauptkommissar Dufort. Darf ich Ihnen meinen Sohn Michel und meine Tochter Adèle vorstellen", sagte Murielle. Michel und Adèle bewiesen ihre guten Manieren, indem sie dem Hauptkommissar sagten, dass sie sich freuten, ihn kennenzulernen.

„War Ihre Schwester krank? Natürlich ist es immer ein Schock, egal wie alt eine Person ist. Ich fragte mich nur, ob es irgendwelche Anzeichen dafür gab, dass gesundheitlich etwas nicht stimmte?"

„Oh nein", sagte Madame Faure und hellte auf. „Wir dachten immer, Josephine würde ewig leben, nicht wahr, Kinder? Gesund wie ein Pferd. Also ja, wir sind alle ziemlich schockiert."

Michel hatte einen langen Nagel am kleinen Finger und fuhr damit am Rand der Speisekarte entlang, wodurch sie leicht ausfranste. Dufort glaubte zu sehen, wie Adèle ihren Bruder unter dem Tisch trat, ein ziemlich seltsames Verhalten für eine Erwachsene.

„Nun, nochmals mein Beileid. Es ist nie leicht, jemanden zu verlieren, egal in welchem Alter."

Dufort ging zurück zur Bar und nippte an seinem Espresso. Er dachte an Madame Desrosiers, wie sie auf den Badfliesen in La

Métairie gelegen hatte, auf der Seite, als ob sie ein Nickerchen machen würde. Er spürte, wie sich seine Kehle zuschnürte.

Aber dann erinnerte er sich daran, dass ihm einmal jemand gesagt hatte, dass „den ewigen Schlaf schlafen" eine Umschreibung für den Tod sei, und er lachte laut auf, bevor er sich zusammenriss und ein paar Euro auf der Bar liegen ließ, bevor er wieder in die Kälte hinausging.

❧   8   ❧

Molly war eine Frühaufsteherin und Frances eine Langschläferin, also stand Molly auf und frühstückte allein mit ihrem Kaffee. Sie nahm all ihren Mut zusammen für einen Anruf, der immer noch eine schwierige Hürde darstellte, obwohl sich ihr Französisch in den Monaten, die sie in Castillac verbracht hatte, dramatisch verbessert hatte. Es war etwas an dieser körperlosen Stimme am Telefon, ohne Gesichtsausdruck oder Körpersprache, um die Kommunikation zu unterstützen. Furcht war kein zu starker Ausdruck für das, was Molly bei Telefonaten in Frankreich empfand.

Sie rief einen Maurer an, der ihr von ihrer Nachbarin Madame Sabourin empfohlen worden war und von dem sie hoffte, dass er die Außenmauer des Taubenschlags unten im Obstgarten reparieren könnte, der erste notwendige Schritt, um das Nebengebäude in eine Wohnung umzuwandeln, die sie vermieten konnte.

„Bonjour, Monsieur Gault. Ich habe Ihren Namen von meiner Nachbarschaft, Verzeihung, meiner Nachbarin, Madame Sabourin, erhalten. Ich frage mich, ob... ob... Sie einen Moment Zeit haben, mit mir zu sprechen? Ich denke an ein Projekt." Sie schüttelte den Kopf. Molly *mochte* es, mit Menschen zu reden –

Erwachsene, Kinder, Fremde, es spielte keine Rolle – und es war ihr sehr unangenehm, solch steife Sätze von sich zu geben. Aber der Maurer verstand gut genug und sagte, er würde am späten Nachmittag vorbeikommen, wenn das gelegen käme.

Puh, gut, dass das erledigt ist.

„Molly!", rief Frances, als sie durch die Haustür kam. „Ich brauche sofort Kaffee!"

„Weißt du was", sagte Molly und warf einen Blick auf die große Wanduhr, die viertel vor zwölf anzeigte. „Warum schlendern wir nicht ins Dorf und essen bei Chez Papa? Der Kaffee ist definitiv besser als meiner, und ich stelle dir noch einen heißen Barkeeper vor. Bist du dabei?"

„Klar", sagte Frances. „Ich sollte wahrscheinlich irgendwann einen Tag oder zumindest ein paar Stunden arbeiten. Ich fühle mich nicht so, als müsste es genau jetzt sein. Du hast ein Klavier?"

„Eigentlich", sagte Molly mit einem leicht verlegenen Grinsen, „habe ich einen Musikraum. Ich zeig ihn dir." Frances folgte Molly in die andere Richtung vom Wohnzimmer in einen Raum, der nichts außer einem staubigen Klavier und ein paar Stühlen enthielt. „Ich fühle mich albern, das zu haben, weil ich nicht spiele. Aber das Klavier kam mit dem Haus, und ich brauche den Raum für nichts anderes, also steht es hier."

„Großartig!", sagte Frances. Sie schrieb Jingles für ihren Lebensunterhalt – einen äußerst guten Lebensunterhalt – und musste in der Lage sein, auf einem Klavier herumzuspielen, damit ihr Ideen kamen. Sie ging hinüber, spielte ein paar Akkorde, erklärte es für gestimmt und sagte, sie sei bereit, ins Dorf zu gehen. „Ich sterbe vor Hunger. Das Abendessen von gestern Abend scheint eine Million Jahre her zu sein. Und weißt du", sagte sie nachdenklich, „ich bin irgendwie enttäuscht, dass ich die Leiche der alten Dame im Badezimmer nicht zu sehen bekommen habe. Ich habe noch nie zuvor eine echte leibhaftige Tote gesehen."

Molly fing an zu lachen und sie lachte so heftig, dass sie sich an der Wand abstützen musste, nach Luft schnappend. Frances war verwirrt, bis Molly es schaffte, zwischen Lachsalven „Echte... leibhaftige... Tote..." herauszuwürgen.

„So lustig ist das gar nicht", sagte Frances und kämmte sich ein letztes Mal die Haare, bevor sie ins Dorf gingen. „Manchmal kannst du so wörtlich sein."

Molly fasste sich wieder und zog einen Mantel an. Beide Frauen betrachteten sich in einem langen horizontalen Spiegel im Flur, während sie ihre Schals umbanden. „Ich habe einen Freund meines Vaters gesehen, als ich Teenager war", sagte Molly. „Offener Sarg bei der Beerdigung. Aber diese Leiche sah irgendwie aus wie eine Puppe, obwohl es ein alter Mann war. Sein Gesicht war ganz wächsern und er hatte mehr Make-up drauf als ich. Madame Desrosiers... nun, so wie ihr Körper war, auf der Seite zusammengerollt, dachte ich zuerst, sie würde schlafen oder wäre ohnmächtig oder sowas. Aber als ich ihr Gesicht gesehen habe..."

„Wusstest du, dass sie tot war."

„So ziemlich. Etwas an ihren Augen... sie sahen einfach nicht so aus, als würden sie sich je wieder öffnen."

Der Tag war hell und kalt. Frances und Molly blinzelten in die Sonne und wünschten, sie hätten Sonnenbrillen aufgesetzt. Auf der anderen Seite der *Rue des Chênes*, fast im Dorf, war ein kleiner Friedhof, und Frances ging langsamer, schaute über die Mauer auf die steinernen Mausoleen und das komplizierte Schmiedeeisen des Tores.

„Was bedeutet *Priez pour vos morts?*"

„Betet für eure Toten'", antwortete Molly.

Sie gingen schweigend weiter, ihre Mägen knurrten.

Als sie Chez Papa betraten, atmete Molly tief ein und genoss wie immer den Geruch von Kaffee und Menschlichkeit darin. Nico winkte von der Bar aus zu und einige Tische waren besetzt – nichts im Vergleich zu den Menschenmengen und der Fröhlichkeit des Sommers, aber dennoch ein einladender, gemütlicher Ort.

„Nico, das ist meine amerikanische Freundin, Frances Milton."

„Sehr erfreut, Sie kennenzulernen", sagte Nico.

Frances grinste Nico an und gab Molly dann einen scharfen Ellbogenstoß in die Rippen. „Schau, Molls, da ist diese Familie von gestern Abend –"

Und tatsächlich, da saßen Michel und Adèle, Neffe und Nichte der kürzlich verstorbenen Madame Desrosiers, in ein tiefes Gespräch vertieft an einem Tisch in der Nähe.

„*La bombe*!"

„Ach du meine Güte", sagte Molly. Lapin Broussard fegte in den Raum, winkte Nico zu und zwinkerte Molly zu. „Ich würde gerne bleiben und plaudern, aber ich habe ein paar Geschäfte zu erledigen", sagte er und ging weiter in den hinteren Raum.

„Wer ist das? Und was ist eine *bombe*?", fragte Frances.

„Wenn du es nicht herausfinden willst, halte einfach deine Arme über deiner Brust."

„Ha – einer von denen. Also, wer ist der Typ überhaupt?"

„Lange Geschichte. Irgendwie anständig, irgendwie nervig. Er ist Trödelhändler."

„Welch eine Blasphemie! Ich handle mit originalen Antiquitäten, Molly!", sagte Nico und ahmte Lapin nach.

Frances bestellte einen *café grand*, und Molly trank einen Espresso, denn, warum nicht, aber sie hörte auf, mit Frances und Nico zu reden, in der Hoffnung zu hören, was auch immer Michel und Adèle sagten. Während sie auf ihrem Hocker saß, hoffte sie, dass es nicht zu offensichtlich war, dass ihre Antennen völlig auf das Paar am Tisch ausgerichtet waren, und sie drehte ihren Kopf so, dass ein Ohr direkt zu ihnen zeigte.

„–was sie mit dieser Haushälterin vor ein paar Jahren gemacht hat? Sie war danach nie wieder dieselbe, ich schwöre dir, Michel. Ich glaube, sie musste wieder bei ihren Eltern einziehen und hat seitdem keinen Job mehr. Völlig zerrüttete Nerven."

Michel nickte. „Ich weiß nicht, was einen Menschen so verdreht macht", sagte er, und dann war das Nächste undeutlich und Molly konnte es nicht verstehen.

„Hal-lo, Molly Sutton!", sagte Frances genervt. „Ich rede mit dir, Nico redet mit dir, und du sitzt da mit glasigen Augen und antwortest nicht."

Irgendetwas stimmte nicht mit dieser alten Dame, das war es, woran Molly dachte. Und jetzt, da sie diesen Gedanken hatte, konnte sie ihn nicht mehr loslassen.

MURIELLE FAURE STAND FRÜH AUF, wie sie es gewöhnlich tat, und zog eine robuste Leinenhose und ein schweres Flanellhemd für Männer an. Darüber einen Arbeitermantel, dann wickelte sie einen Wollschal um ihren Kopf und band ihn um den Hals. Es war wieder kalt, aber sie sehnte sich danach, in ihrem Garten zu sein. Sie setzte sich auf eine Bank neben ihrer Haustür und beugte ein langes, schlaksiges Bein hoch, um ihren Stiefel zu binden, dann das andere.

Es war wunderschön draußen. Die Sonne lugte gerade über die Bäume und warf ein scharfes Leuchten, wo sie auftraf: auf die verrückten, wackeligen Äste einer Corylus avellana ‚Contorta'; einen zwei Meter hohen Vitex agnus-castus mit ein paar hartnäckigen Blättern, die noch hingen; eine Reihe von Hortensien, die Blätter längst verschwunden, aber auf ein paar toten Blütenköpfen schimmerte Frost. Murielle stampfte mit den Füßen, um etwas Blut in sie zu bringen, und ging einen Gartenpfad entlang, der aus zerbrochenen Schieferstücken bestand, die sie verbilligt in einem Baumarkt bekommen hatte, zum hinteren Garten, wo die Obstbäume standen.

Auch sie leuchteten in der frühen Morgensonne, jeder Zweig in Gold umrissen. Sie überprüfte reflexartig die Rinde auf Insektenschäden, obwohl sie dies fast täglich getan hatte und es ohnehin nicht die Jahreszeit für Insekten war. Sie tätschelte ihre Stämme, überlegte, wo sie im Frühling beschneiden müsste, und dann, da es kaum dämmerte und keiner ihrer Nachbarn Frühaufsteher war, sprach sie laut mit den Bäumen.

„Ihr seid meine Freunde", sagte Murielle und umfasste mit ihren bloßen Handflächen einen kalten Ast. Jetzt, da ihre Kinder erwachsen und aus dem Haus waren, war sie einsam und es fiel ihr schwerer denn je, den Winter zu überstehen, während der Garten ruhte. Es war, als würde ein Mann vier Monate lang durchschlafen, kein Wort sagen, aber neben einem im Bett liegen, den Rücken zugewandt, sein Körper kalt.

Sie klatschte ihre Hände zusammen, um sie zu wärmen, und ging zurück zum Haus, wobei sie zum millionsten Mal dachte, dass sie, wenn sie nur ein Gewächshaus hätte, erstaunliche Arbeit leisten könnte. Neben dem kleinen Haus stand ein winziger Schuppen mit ihren Gartengeräten, und an die Südwand geschmiegt befand sich ein Frühbeet, in dem sie mehrere botanische Experimente pflegte. In einer ordentlichen Reihe stand eine Linie von Rosenpfropfungen, Kombinationen aus ihren Sämlingen und einer stärkeren Wurzel, von denen sie hoffte, dass sie für Aufsehen sorgen würden, wenn sie sich so entwickelten, wie sie es erwartete.

Es war der Tag, nachdem Josephine auf der Toilette des La Métairie gestorben war. Murielle vermisste ihre Schwester nicht. Sie war ein wenig überrascht darüber, da sie sich vorstellte, dass Schwestern einander vermissen sollten, wenn eine starb, selbst wenn sie sich nicht verstanden, aber so fühlte sie nun mal und sie dachte nicht weiter darüber nach.

Am Tag nach dem Tod seiner Tante saß Michel Faure in einem Café gegenüber ihrer Villa, trank Kaffee und tat so, als würde er einen Roman lesen. Er war seit Monaten arbeitslos, und der geringe Preis des Kaffees war Geld, das er eigentlich nicht hätte ausgeben sollen, aber er schob dieses Wissen beiseite und gab das Geld gereizt trotzdem aus.

Castillac war im Winter ein anderer Ort als in den wärmeren Monaten. Er hatte keine Ahnung, was Leute in seinem Alter mit sich anfingen, aber sie waren jedenfalls nicht auf den Straßen unterwegs. Es gab beim Sitzen im Café so gut wie keine Menschen zu beobachten, da die einzige Passantin eine alte Dame war, die sehr langsam mit einem Stock ging und die Michel für die *grand-mère* eines Schulkameraden hielt, und der Briefträger.

Er hätte gerne einen Teller Kekse gehabt – dieses bestimmte Café war schließlich dafür bekannt –, aber er hatte Regeln, denen zufolge er sich den Kaffee bestellen durfte, den er sich nicht leisten konnte, aber nicht die Kekse.

Vierzig Minuten, und niemand außer einer Oma und dem Briefträger.

Die Villa war imposant. Hinter einem verzierten, aber

rostenden Tor ragte das Haus mit vier Stockwerken plus Keller auf. Es hatte eine geschnitzte Holztür, die in einem tiefen Violettblau gestrichen war, mit Töpfen mit Topiarien auf beiden Seiten. Die langen Fenster waren mit Fensterläden versehen, und Michel wusste, dass innen die Vorhänge zugezogen waren, dicke Brokatvorhänge, so dick, dass sie ihn allein in der Erinnerung halb erstickten.

Er wartete darauf, jemanden zu sehen, beobachtete, aber sie kam nicht. Vielleicht habe ich mich in ihr getäuscht, dachte Michel. Aber ich glaube es nicht.

Er kaute an einem Fingernagel, seine Augen auf das große Gebäude geheftet. Sein Magen fühlte sich nicht so gut an.

Er fragte sich, wann das Testament verlesen würde. Fragte sich, wie lange es dauern würde, bis die Sachen seiner Tante an diejenigen verteilt würden, die sie dafür bestimmt hatte. Fragte sich, ob sich seine Bemühungen ausgezahlt hatten.

Michel Faure vermisste seine Tante nicht. Er hätte bei dem Vorschlag, dass er es könnte, gelacht, da er sie für eines der abscheulichsten Geschöpfe gehalten hatte, die er je getroffen hatte. Er hatte als kleines Kind unter ihr gelitten, da sie die Art von Tante gewesen war, die Wangen so fest kniff, dass es blaue Flecken gab. Die Art von Tante, die darauf bestand, dass er Gedichte auswendig lernte und ihm, wenn er bei einer Zeile stockte, mit einem Stock auf die Rückseite der Beine schlug.

Verhasste Schlampe, dachte er. Er winkte dem Kellner für eine weitere Tasse, wissend, dass es seinem Magen nicht guttun würde, aber er wollte das Geld ausgeben, wenn auch nur, weil er es nicht sollte, und weil Tante Josephine ihm eine Standpauke über finanzielle Verantwortung gehalten hätte, und sie − glücklicherweise, gesegnet, glorreich − dazu nicht mehr in der Lage war.

MOLLY ZÖGERTE. Sie dachte, Frances würde den Samstagmarkt wahrscheinlich gerne sehen, aber sollte sie sie dafür wecken? Es war schließlich kalt, und Frances schien ziemlich darauf bedacht zu sein, wirklich gut zu schlafen. Molly zog sich dem Wetter entsprechend an, nahm ihren Korb unter den Arm und machte sich allein auf den Weg.

Sie lebte seit fast vier Monaten in La Baraque. Nicht lange genug, als dass es sich anfühlte, als ob es – oder Frankreich – ganz und gar ihr Zuhause wäre. Und nicht lange genug, als dass nicht jeder einzelne Spaziergang die Rue des Chênes hinunter nach Castillac ihr auf die eine oder andere Weise den Atem raubte. An diesem Tag schien die Welt gedämpft. Der Himmel war bewölkt und der Kalkstein der Gebäude hatte nicht diesen charakteristischen gelben Glanz, oder zumindest war die Farbe stumpf. Dünne Rauchfäden stiegen aus den Schornsteinen auf. Ein Hund bellte.

Die Straße war leer bis auf einen kleinen Pickup, der an ihr vorbeifuhr, weg vom Dorf. Als sie zum Friedhof kam, ließ Molly ihren Blick über die Inschrift *„Priez pour vos morts"* gleiten, und sie fragte sich, ob jemand für Josephine Desrosiers betete.

Sie glaubte es nicht.

Sie konnte nicht genau sagen, warum, und wenn Dufort versuchen würde, sie festzunageln, würde sie es nicht beschreiben können... aber etwas an dem Ton des Gesprächs, das sie in La Métairie mitgehört hatte, ließ sie denken, dass es möglich war, dass der Tod der alten Dame nicht so einfach war, wie Dufort zu glauben schien. Es waren nicht die Worte, die jemand gesagt hatte – und ehrlich gesagt, obwohl sich ihr Französisch gewaltig verbessert hatte, hatte sie einige davon nicht ganz verstehen können – es war der Ton gewesen. Ätzend. Bitter. Dazu kam das Gefühl, dass die Gäste auf der Party lächelten, wenn sie Madame Desrosiers gegenüberstanden, aber unter ihrem Atem Gemurmel von Ressentiments hochblubberte.

Andererseits, dachte sie und kickte einen Kieselstein beim Gehen... wie Frances sagte, viele Familien kamen nicht miteinander aus. Das bedeutete nicht gleich, dass jemand getötet wurde. Und außerdem hatte sie niemanden gesehen, der die alte Frau ins Badezimmer begleitet hatte oder ihr dorthin gefolgt war. Obwohl sie natürlich ein hervorragendes Essen mit ihrer guten Freundin gegessen hatte, sodass sie leicht lange genug abgelenkt gewesen sein konnte, um nicht zu bemerken, wie jemand den Speisesaal verließ.

Und sicherlich gab es Möglichkeiten zu morden, bei denen der Mörder nicht im genauen Moment des Todes anwesend sein musste. Gift zum Beispiel.

Ach bitte. Kann ich nicht einfach einen simplen Spaziergang ins Dorf genießen, ohne unter dem Bett nach Monstern zu suchen?

Sie bog um eine Ecke und sah den Samstagmarkt in seiner stark reduzierten winterlichen Pracht. Etwa die Hälfte der üblichen Verkäufer war anwesend, alle sahen kalt und ziemlich deprimiert aus angesichts der spärlichen Anzahl von Kunden.

„Manette!", sagte Molly, ging zu ihrer Freundin, der Gemüseverkäuferin, und küsste sie auf beide Wangen.

„Bonjour, Molly! Schön, dich zu sehen. Ich habe mich gefragt, ob du vielleicht geflohen bist, sobald das Wetter umgeschlagen ist."

„Oh nein, ich habe keinen Ort, an den ich gehen könnte!", sagte Molly lachend. „Ich bin offiziell kein Urlauber, keine Sommerperson. Obwohl ich zugeben muss, dass ich das Wetter ein wenig schwierig finde."

„Nicht isoliert, oder?"

„Leider nicht."

Manette schnitt eine Orange in Stücke und reichte Molly ein Stück. „Also erzähl mir die Neuigkeiten, ich war damit beschäftigt, für meine kranke Schwiegermutter zu kochen, und habe keine Ahnung, was los ist."

Molly war so geschmeichelt, gefragt zu werden, dass eine Röte ihren Hals hinaufkroch und auf ihren Wangen erblühte. „Na ja", sagte sie und genoss den Moment, da sie praktisch eine Augenzeugin gewesen war, „kanntest du Madame Desrosiers? Ich hab neulich Abend in La Métairie zu Abend gegessen, und sie ist tot auf der Toilette umgefallen."

„Wirklich!", sagte Manette. „Ich muss die Letzte sein, die das erfährt. Woran ist sie gestorben?"

Molly zögerte. Mit einiger Anstrengung entschied sie sich, nicht über ihre Theorie der Vergiftung zu plappern. „Wahrscheinlich ein Herzinfarkt."

Manette nickte. „Eine grande dame des Dorfes, oder zumindest hielt sie sich dafür. Tatsächlich waren ihre Anfänge ganz bescheiden – die Tochter eines Lebensmittelhändlers, lebte drüben an den Bahngleisen. Aber sie heiratete einen Erfinder, der am Ende einen Haufen Geld mit irgendeiner Art von Transistor machte, den er sich ausgedacht hatte."

„Interessant. War sie also wirklich reich? Hatte sie Kinder?"

„Nein, keine Kinder. Warte, ich glaube, sie hatte eines, aber es war eine Totgeburt. Immer traurig. Ihre Schwester ist Murielle Faure, die am *lycée* unterrichtet. Sie hat zwei Kinder, jetzt Erwachsene. Ich kann nicht behaupten, dass ich sie kenne, obwohl sie gelegentlich eine oder zwei Auberginen bei mir kaufen." Manette zwinkerte Molly zu und zeigte auf eine ordentliche Pyramide der violetten Gemüse. „Na ja, natürlich sind sie importiert, es ist Dezember! Aber sehr gut in dünne Streifen geschnitten und gebraten, mit einer Marinara-Sauce."

Molly kaufte zwei. Sie war hilflos gegenüber Manettes Verkaufstechniken, aber es machte ihr kaum etwas aus, da Manette die Arbeit übernahm, sich zu überlegen, was man zum Abendessen machen konnte.

„Oh schau", sagte Manette mit leiser Stimme. „Wenn man vom Teufel spricht ..."

„Bonjour!", trällerte Murielle Faure Manette zu.

„Hallo, Molly", sagte Adèle und übte ihr Englisch. „Schön, Sie zu sehen."

Molly grinste. Irgendetwas an Adèle gefiel ihr, obwohl sie

nicht genau sagen konnte, was. Sie kleidete sich auf jeden Fall gut. Ihr Kamelhaarmantel sah frisch gebürstet aus, und ihre Lederstiefel waren klassisch, ohne im Geringsten altmodisch zu wirken. „Schöne Tasche", sagte Molly und bemerkte, dass es eine andere war als die, die Adèle in La Métairie getragen hatte.

„Danke!", sagte Adèle fröhlich. „Ich habe sie gerade erst bekommen. Ich gestehe, ich habe eine Schwäche für schöne Taschen. Ich verstehe es nicht, ich habe nicht einmal etwas so Wichtiges mit mir herumzutragen, aber es scheint mir sehr wichtig, die Möglichkeit zu haben, alle möglichen Dinge zu tragen."

„Vielleicht hast du den Geist einer Entdeckerin", sagte Molly. „Du willst jederzeit bereit sein, falls du eine Einladung bekommst, in die Arktis aufzubrechen."

Adèle lachte. „Das ist großmütig von dir. Die Wahrheit ist wahrscheinlich, dass ich einfach etwas Schönes mit mir herumtragen möchte, damit Leute es bewundern."

Molly legte den Kopf schief. Sie war beeindruckt von Adèles Bereitschaft, eine Wahrheit zu sagen, die sie selbst nicht in einem schmeichelhaften Licht darstellte. „Wie geht es deiner Familie?", fragte sie. „Ich bin sicher, das an diesem Abend muss ein solcher Schock gewesen sein."

„Ja, das war es", sagte Adèle. „Ich weiß nicht, ob du irgendwelche zutiefst unbeliebten Menschen in deiner Familie hast, Molly, aber ich glaube, wir dachten alle, Tante Josephine würde ewig leben. Eine unsterbliche Tyrannin. Keiner von uns kann so recht glauben, dass sie weg ist. Und keiner von uns ist im Geringsten traurig."

„Ah", sagte Molly, „ich verstehe, was du meinst. War sie schrecklich zu euch allen?"

„Nun, das ist eine Sache, die man zu ihren Gunsten sagen kann", lachte Adèle. „Sie war mehr oder weniger gleich schrecklich zu jedem, Freunden oder Familie, Leuten auf der Straße, zu allen. Sie hat bei Ihren Beleidigungen nicht diskriminiert. Das machte es einfacher, es nicht persönlich zu nehmen."

Molly nickte. „Und – entschuldige, wenn ich zu viele Fragen stelle – gab es eine Autopsie? Ist sie an einem Herzinfarkt gestorben, wie Dufort dachte?"

„Merci et à bientôt", sagte Manette zu Madame Faure, die Molly zunickte und Adèle am Arm zog.

„Bis später", sagte Adèle und verdrehte die Augen in Richtung ihrer Mutter.

Molly beobachtete, wie die beiden weggingen, Adèle hinkte leicht, als ob mit ihrem linken Bein etwas nicht stimmte. Ihre Mutter trug eine schlampige Hose, die schon bessere Tage gesehen hatte. Molly fragte sich, ob Adèle einen gut bezahlten Job hatte, der es ihr erlaubte, solch schöne Kleidung und Handtaschen zu kaufen, Dinge, die sich ihre Mutter nicht leisten konnte.

„Lass uns jetzt über dein Weihnachtsmenü sprechen", sagte Manette. „Wenn du etwas Bestimmtes möchtest, muss ich das rechtzeitig wissen, weißt du. Sag mir, welche bizarren Dinge essen die Leute aus Massachusetts zum Weihnachtsessen?"

Molly sah widerwillig zu, wie die Faures um die Ecke der Kirche verschwanden. Sie hatte so viele Fragen, aber die besten waren viel zu unhöflich, um sie zu stellen, selbst Manette gegenüber.

$\maltese$ 10 $\maltese$

Dufort saß kaum jemals an seinem Schreibtisch, wenn er es vermeiden konnte, aber genau dort befand er sich an diesem Samstagmorgen, um Papierkram aufzuholen, als der Gerichtsmediziner anrief.

„Bonjour, Ben", sagte Florian Nagrand mit seiner tiefen, vom Zigarettenrauchen rauen Stimme. „Ich habe Neuigkeiten zu Desrosiers. Dachte, du möchtest es sofort wissen. Ich warte noch auf einige Ergebnisse, aber es sieht nicht nach einem Herzinfarkt aus."

Duforts Augenbrauen hoben sich.

„Sie wurde vergiftet. Tut mir leid, dir das am Wochenende aufzuhalsen. Ich werde mehr wissen, wenn das Labor mir die Ergebnisse schickt."

„Warte mal, Gift? Ich... damit habe ich überhaupt nicht gerechnet. Bist du sicher?"

„Nein, ich werde natürlich erst sicher sein, wenn die Laborergebnisse da sind. Aber die Anzeichen passten nicht zu Herzversagen. Die Organe zeigten eine rosige Verfärbung − ist dir nicht aufgefallen, dass ihre Haut rötlich war, viel mehr als bei jeder anderen Leiche, die du mir geschickt hast?"

„Das ist mir aufgefallen. Ich dachte, vielleicht weil ich so schnell dort war... hast du eine Idee, um welches Gift es sich handeln könnte?"

„Zyanid. Aber nochmal, Ben, Geduld. Wir sollten es in ein oder zwei Tagen wissen, vielleicht sogar schon heute."

„Kannst du mir sagen, wann sie vergiftet wurde? Kurz vor ihrem Tod? Letzte Woche? Kannst du es irgendwie eingrenzen?"

„Muss auf das Labor warten. Tut mir leid."

Sie legten auf. Dufort stand auf und ging in seinem Büro auf und ab. Warum hatte er darauf bestanden, dass die alte Dame eines natürlichen Todes gestorben war? Einfach weil er es sich so gewünscht hatte? Ein erschreckender Mangel an Urteilsvermögen. Er spürte, wie eine Welle der Scham über ihn hinwegrollte, dann richtete er sich auf, räusperte sich und rief Perrault in sein Büro.

„Es gibt Neuigkeiten. Nagrand hat gerade angerufen. Er glaubt, Josephine Desrosiers wurde vergiftet."

Perraults Augen leuchteten auf und sie grinste, beherrschte dann aber ihre Gefühle und machte einen neutralen Gesichtsausdruck. „Besteht die Möglichkeit, dass es ein Unfall war?"

„Es ist möglich. Wir werden mehr wissen, wenn das Labor uns sagt, um welche Art von Gift es sich handelt. Aber wir müssen schnell handeln, auch wenn wir noch nicht alle Informationen haben, die wir brauchen. Ich werde Maron zu La Métairie schicken. Perrault, Sie gehen zum Büro des Gerichtsmediziners und nerven ihn wegen des Laborberichts. Ich will ihn in unseren Händen haben, sobald er eintrifft."

Dufort erreichte Maron auf seinem Handy und teilte ihm die Neuigkeiten mit. „Fahren Sie rüber zu La Métairie und sprechen Sie mit Nathalie Marchand. Sie leitet den Betrieb. Es ist sicher ein Schuss ins Blaue, aber fragen Sie, ob alles – Teller, Besteck, sogar Tischdecken und Servietten – vom Donnerstagabend bereits gewaschen wurde. Wir müssen anfangen, alles, was wir finden können, auf Rückstände zu testen, rückwärts arbeitend vom letzten Moment, als Desrosiers noch am Leben war."

„Wenn es ihr Geburtstag war", sagte Perrault, „gab es wahrscheinlich Geschenke? Oder vielleicht auch nicht. Ich weiß, meine *Grand-mère* würde nicht gerne Dinge in einem Restaurant öffnen. Aber manche Leute mögen das."

Dufort schenkte ihr ein kleines Lächeln und ein Nicken. Sie machte Fortschritte, Perrault. Ihr Denken wurde klarer. „Danke", sagte er. „Jetzt gehen Sie zum Gerichtsmediziner. Wenn wir ihn nicht im Auge behalten, geht er zum Mittagessen nach Hause und kommt nicht mehr ins Büro zurück. Babysitten Sie ihn, bis Sie diesen Bericht haben."

Perrault nickte. „Jawohl, Chef", sagte sie und griff auf dem Weg zur Tür nach ihrem schweren Mantel. „Chef? Besteht die Möglichkeit, dass dies mit den Fällen Boutillier und Martin zusammenhängt?"

„Leider für diejenigen von uns, die Logik und Muster lieben, neigen die Ereignisse in der Welt dazu, unorganisierter und unzusammenhängender zu sein, als wir es gerne hätten. Mit anderen Worten: höchst unwahrscheinlich."

Perrault nickte und die Tür schloss sich hinter ihr.

Eine Vergiftung, dachte Dufort und lehnte sich in seinem Stuhl zurück. Noch nie hatte es eine in Castillac gegeben, nicht dass er sich als Kind daran erinnern konnte, und auch nicht seit er vor drei Jahren zur Gendarmerie gekommen war.

Zumindest keine, von der wir wussten.

„DU BIST mit *Auberginen* nach Hause gekommen? Das ist alles? Mensch, Molly, ich dachte, du hättest ein gewisses Gespür für Prioritäten."

„Ich weiß. Und ich war auch nur zwei Schritte von der Pâtisserie Bujold entfernt. Zu meiner Verteidigung, so etwas ist noch nie passiert."

Frances nahm einen langen Schluck von ihrem Kaffee. Sie sah

verdrießlich aus und ihre normalerweise glatten Haare standen am Hinterkopf ab. „Ach, tut mir leid, Molls. Ich hänge an einem Werbejingle fest, und die Deadline ist in zwei Tagen."

Jemand klopfte laut an die Tür und Frances sprang auf, um zu öffnen. „Es ist der Maurer", sagte Frances und bedeutete ihm, hereinzukommen. Sie sagte *bonjour* mit einem schrecklichen Akzent und gestikulierte dann auf eine Weise, die sie für eine freundliche Begrüßung hielt. „Bis später, Molls. Ich werde ein bisschen am Klavier herumklimpern und sehen, ob ich diesen blöden Jingle in der nächsten Stunde hinkriege."

Der Maurer sah verwirrt aus, zweifellos zum Teil wegen Frances' anhaltendem Armwedeln und Händefuchteln.

„Hier entlang", sagte Molly zu dem Maurer, Pierre Gault. „Wie ich Ihnen schon sagte, möchte ich meinen Taubenschlag in einen Wohnraum umwandeln. Ich habe ein paar Ideen und würde gerne von Ihnen wissen, ob sie umsetzbar sind."

Pierre nickte, erleichtert, dass er das Französisch der Amerikanerin verstehen konnte, das zwar ein wenig holprig war, aber ihre Botschaft rüberbrachte. Seine Frau hatte beim Frühstück herumgealbert und Szenen nachgespielt, in denen Pierre völlig verloren war, während die amerikanische Frau französisch klingenden Unsinn plapperte und dann in Rage geriet, wenn er nicht tat, worum sie ihn bat.

Aber Molly wusste nichts von Pierres Frau und ihren Scherzen und ging mit ihm hinaus zur Wiese, wo der Taubenschlag stand, der auf einer Seite ein wenig bröckelte. Sie dachte nur daran, dass sie hoffte, Pierre würde nicht zu viel für seine Dienste verlangen, da es seit über einem Monat keine Buchungen mehr gegeben hatte.

Sie dachte weder an die Leiche, die sie auf der Toilette in La Métairie gefunden hatte, noch an Benjamin Dufort, aber der Nachmittag auf der Wiese mit Pierre war das letzte Mal für eine ganze Weile, dass sie an etwas anderes denken konnte.

❧ I I ☙

Sabrina Lellouche zog ihren Schal nach vorne, um ihr Gesicht zu verbergen, als sie schnell die letzten Straßen zur Villa von Madame Desrosiers ging. Es war Samstag in der Dämmerung, und kaum jemand war auf den Straßen. Es war kalt. Sie griff in ihre Tasche, holte einen altmodischen Schlüssel heraus und ließ sich durch die Küchentür hinein.

Die Fensterläden waren geschlossen und das Haus war dunkel. Die Heizung lief noch, sodass es warm genug war - zu warm, wie Sabrina immer fand, aber alte Menschen froren offenbar schnell. Sie stand in der Küche und atmete den vertrauten Geruch des Hauses tief in ihre Lungen ein. Es war seltsam, allein im Haus zu sein, aber sie war seit mehreren Jahren hierhergekommen, und es fühlte sich nicht richtig an, nie wieder herzukommen.

Sie konnte die Präsenz der alten Dame spüren. Konnte ihre Grausamkeit, ihre aufdringliche Persönlichkeit, ihre Bosheit fühlen, als wäre sie noch am Leben, noch oben und würde über ihre nächste Gemeinheit nachdenken.

Wer auch immer dieses Haus kauft, dachte Sabrina, wird von dem beeinflusst werden, was hier passiert ist. Wie könnte es anders sein?

Sie konnte sich nicht vorstellen, genug Geld zu haben, um sich so einen Ort leisten zu können. Castillac war kein Dorf, das viele Touristen oder Expats anzog, und die Oberschicht der Castillac-Gesellschaft war weder aristokratisch noch besonders reich, aber dennoch hatte sie ein Wohlstandsniveau, das über Sabrinas Verständnis hinausging. Ihre Familie war vor fast fünfzehn Jahren aus Algerien hergezogen und hatte sich seitdem gerade so durchgeschlagen. Die Desrosiers-Villa mit ihren vier Stockwerken und dem großen Foyer und der blau-violetten Tür - Sabrina dachte, sie könnte eine Million Euro einbringen.

Eine Million Euro.

Sie legte ihre Tasche auf den Metalltisch in der Küche, wo sie normalerweise das Gemüse für Madame Desrosiers schnitt, und ging ins Foyer. Sie schaute nach oben und suchte das Gesicht der alten Frau am Geländer, das auf sie herunterlachte.

Natürlich ist sie nicht da, sie ist tot.

Sabrina wusste sehr wohl, dass sie tot war, aber ein Teil von ihr wehrte sich gegen dieses Wissen, als ob sie Angst hätte, ihre Deckung fallen zu lassen. Aber sie begann die Treppe hinaufzugehen, langsam und dann rennend, bis in den zweiten Stock. Sie hatte diese Räume jahrelang geputzt, aber dies war das erste Mal, dass sie aufrecht hineinging, sich Zeit nahm, ohne einen Staubsauger oder einen Eimer mit Mopp zu schleppen. Alles sah anders aus - die aufwendige Dekoration nicht länger eine Reihe von Reinigungsaufgaben, die auf ihre Aufmerksamkeit warteten, die Gemälde konnte sie in Ruhe betrachten.

Sie tat so, als wäre sie Teil der Familie - vielleicht Madame Desrosiers' Tochter - allein im Haus, um ihre Mutter zu betrauern. Als sie in den Salon mit dem ausgestopften Strauß ging, berührte Sabrina seine Federn, was sie sich nicht getraut hatte, als die alte Dame noch im Haus gewesen war. Madame war in der Lage gewesen, wie aus dem Nichts aufzutauchen und einen anzuschreien, wenn man etwas falsch angefasst hatte.

Ihre Schritte knarrten auf den Dielen, und sie hielt immer

wieder inne, um zu lauschen, als erwarte sie, dass das Geschrei jeden Moment beginnen oder der Fernseher im dritten Stock angehen würde. Aber das Haus war still, bis auf ein gelegentliches Seufzen der Heizkörper.

Madame Desrosiers hatte Sabrina immer in bar bezahlt. Zweimal im Monat und nie zu spät, was in gewisser Weise überraschend war, wenn man bedachte, wie gerne die alte Dame Menschen unangenehme Situationen bereitet hatte. Das musste Sabrina ihr lassen - sie hatte pünktlich gezahlt. Natürlich wusste niemand, wo die Geldkassette war, wenn es denn eine Kassette war, aber sie musste doch noch im Haus sein, oder? Irgendwo? Und abgesehen von Bargeld gab es sicher noch andere... interessante Dinge?

Sabrina ging zurück zur Treppe und lief eine weitere Etage hinauf zu Madame Desrosiers' Schlafzimmer. Die wenigen Male, die sie das Zimmer zum Putzen hatte betreten dürfen, hatte sie die Schmuckschatulle auf der Kommode gesehen. Sie war lang und flach, und Sabrina vermutete, dass sich darin seltene und wertvolle Halsketten befanden.

Albert Desrosiers war berühmt in Castillac - sowohl für die Erfindung des speziellen Transistors (dessen Verwendung niemand verstand) als auch besonders für den Geldstrom, den die Erfindung ihm beschert hatte. Sie konnte sich erinnern, wie Schulkameraden ehrfürchtig von ihm gesprochen hatten, einem Einheimischen, der nur durch eine gute Idee reich geworden war! Und zu denken, dass diese eine gute Idee dieses Haus und diese Schmuckschatulle ermöglicht hatte. Sie stand auf Madames Frisiertisch, lang und flach, genau wie sie sich erinnerte. Sabrina fuhr mit der Hand über den samtigen Deckel. Dann nahm sie sie in die Hände und öffnete den Deckel.

Darin lag eine Perlenkette. Hübsch genug, aber nicht das, wovon Sabrina geträumt hatte. Sie hatte geglaubt, es würden Diamanten, Smaragde, vielleicht Saphire sein, etwas mit etwas Glanz. Enttäuscht ließ sie die Schatulle zurück auf den Tisch fallen und begann, jede Schublade und Kiste in Madame Desrosiers' Zimmer zu öffnen, die sie finden konnte, auf der Suche nach dem Schatz, von dem sie sicher war, dass die alte Dame ihn dort versteckt hatte.

DER SONNTAG WAR WÄRMER, aber trüb. *„La grisaille"*, sagte Molly zu Frances und zeigte nach draußen auf den grauen Himmel. „Vielleicht ein Tag zum Lesen am Holzofen? Kalter Regen. Igitt."

„Wenn ich den ganzen Tag am Holzofen sitze, werde ich zu einem deprimierenden Haufen zusammensinken", sagte Frances. „Komm schon, gibt es nicht irgendwo, wo wir zum Brunch hingehen können?"

„Brunch ist nicht wirklich eine französische Sache."

„Nun, wir könnten uns an die Bar bei Chez Papa setzen und Nico anstarren."

„Und *Pommes frites* essen."

„Jetzt sprichst du meine Sprache."

Sie spülten ihre Kaffeetassen und zogen sich Mäntel und Hüte an. Als sie draußen waren, stimmte Molly zu, dass sich die Luft auf eine gute Weise belebend anfühlte, und der leichte Niselregen störte sie nicht. Es tat gut, rauszukommen und durchzuatmen.

Von weitem konnten sie mehr Verkehr als üblich in der Rue des Chênes sehen. Autos parkten an der Straße beim Friedhof und schwarze Regenschirme sprossen empor. Als sie näherkamen, sahen sie einen alten Citroën-Leichenwagen, der am Tor vorfuhr.

„Glaubst du, sie verpflanzen die alte Dame?", sagte Frances, viel zu laut.

Molly warf Frances einen Blick zu. Sie musterte die Leute, die aus ihren Autos stiegen und unter Regenschirmen liefen, und suchte nach Adèle und ihrem Bruder, konnte sie aber nicht entdecken.

Die Freundinnen gingen langsam und beobachteten, wie der Fahrer des Leichenwagens die Rückseite öffnete. Der Wagen war eine wahre Schönheit, die eleganten Linien des Citroën perfekt für einen Leichenwagen geeignet. Einige Leute blieben stehen und blickten auf den Sarg.

„Ich finde, da sollte stehen ‚Betet für die Lebenden'", sagte Frances und betrachtete die schmiedeeiserne Inschrift über dem Tor. „Ich meine, wir sind diejenigen, die Hilfe gebrauchen könnten. Was nützt das Beten, wenn wir schon tot sind?"

„Psst", sagte Molly. „Rede mit mir darüber, wenn wir bei Chez Papa sind." Sie vermutete, dass es sich um die Beerdigung von Madame Desrosiers handelte, und sie wollte nicht abgelenkt werden, während sie beobachtete, falls ihr irgendeine Information in den Schoß fiele. Sie sah Rémy, den Bio-Bauern, in einem dunklen Anzug und fragte sich, was seine Verbindung zu der alten Dame war. Und da war Pierre Gault, der Maurer, fast unkenntlich in einem Fedora und schwarzen Anzug. Auch die dunkelhaarige junge Frau, die in La Métairie gewesen war, und ihr Freund oder Ehemann, seinen Arm fest um ihre Taille gelegt, genau wie beim Abendessen neulich.

Molly beobachtete. Sie wusste, es war abergläubisch, aber sie hatte das Gefühl, dass sie, da sie die Leiche gefunden hatte, in gewisser Weise dafür verantwortlich war, die Dinge richtigzustellen, falls tatsächlich etwas nicht stimmte. Sie hatte nicht den geringsten Beweis dafür, dass überhaupt etwas *falsch* war. Desrosiers war höchstwahrscheinlich an einem Herzinfarkt gestorben, genau wie Dufort gesagt hatte.

Aber trotzdem.

Der Mann mit dem Arm um die dunkelhaarige Frau – er tat nichts, er bewegte sich nicht und sprach nicht, aber Molly hatte den deutlichen Eindruck, dass er vor Wut kochte. Sie konnte die Wellen davon spüren, obwohl sie zehn Meter entfernt stand.

Worüber ist er so wütend? Und warum hält er seine Frau immer so fest, so beschützend? Ist er extrem eifersüchtig und kontrollierend?

Dann ertönte plötzlich Gelächter, wie etwas Lebendiges, das aus einem Käfig gelassen wurde. Molly und Frances blickten die Straße hinunter und sahen Adèle und Michel zum Friedhof gehen, ihre Köpfe unbedeckt ohne Regenschirm, und sie lächelten und lachten, als gingen sie ins Theater für einen vergnüglichen Abend, fast wie ein junges Paar.

Seltsam, dachte Molly.

Kann's ihnen nicht verdenken, dachte Frances.

„Wäre es schrecklich unhöflich von uns, zur Zeremonie hineinzugehen?", flüsterte Molly.

„Du *willst* zu einer Beerdigung gehen?"

„Na ja, zu dieser. Ja."

Frances sah Molly an, als hätte sie zwei Köpfe. „Okay. Geh du ruhig, amüsier dich, du Verrückte. Ich trotte schon mal zu Chez Papa und stürze mich auf die Pommes. Nico wird mir Gesellschaft leisten."

Molly nickte und Frances machte sich ohne einen Blick zurück davon. Adèle und Michel sahen Molly und winkten, als sie näherkamen.

„Bonjour, Molly", sagten beide und begrüßten sie mit Wangenküssen.

„Ich war gerade auf dem Weg ins Dorf", sagte sie zögernd.

„Wir gehen zur Beerdigung unserer Tante", sagte Michel grinsend.

„Ja. Ich habe mich gefragt... wäre es seltsam? Oder unhöflich? Ich würde gerne teilnehmen, wenn es euch nichts ausmacht."

„Überhaupt nicht!", sagte Michel. Adèle starrte ihn an, aber er bemerkte es nicht. „Wir würden uns über deine Gesellschaft freuen", sagte er, immer noch grinsend. Er trug einen sehr schönen schwarzen Wollanzug, der gut zu seiner schlanken Figur passte. Eine Haarsträhne fiel ihm über die Augen, als sie weitergingen. So charmant, dachte Molly. Wirklich bezaubernd. Obwohl vielleicht ein bisschen zu ausgelassen für eine Beerdigung?

Durch das Tor und unter der Inschrift hindurch schlossen sich die drei der Gruppe von Menschen am Grab an. Vier Männer lösten sich von der Gruppe und gingen zurück zum Leichenwagen, hoben den Sarg an und kamen mit Madame Desrosiers zurück. Der Sarg war aufwendig geschnitzt, ein Kunstwerk, von dem Molly nicht umhin konnte zu denken, dass es schade war, es in ein Grab zu legen. Sie war überrascht zu sehen, dass der Sarg in die Erde gelassen und nicht in einem der über den Friedhof verstreuten Mausoleen beigesetzt wurde, da Madame Desrosiers allen Berichten zufolge eine vermögende Frau gewesen war.

Rémy fing ihren Blick auf und nickte. Eine Röte kroch ihren Hals hinauf, obwohl ihr einziges Date vor Monaten im Sande verlaufen war. Sie betrachtete die anderen Trauernden so genau wie möglich, ohne zu starren. Die Mutter von Michel und Adèle war da und tupfte sich mit einem Taschentuch die Augen. Ihr Haar war in einen schmucklosen Pferdeschwanz zurückgekämmt, eine unvorteilhafte Frisur, die zu streng war. Ein paar Gesichter kamen ihr aus Castillac bekannt vor, aber sie kannte weder ihre Namen, noch wusste sie, wer sie waren.

Als der Priester zu sprechen begann, beobachtete Molly die anderen. Die dunkelhaarige junge Frau vergrub ihr Gesicht am Hals ihres Mannes, und er starrte finster erst den Priester und dann den Sarg an.

Michel und Adèle hingegen... die Emotion, die Molly von ihnen wahrnahm, war voller Leichtigkeit, Erleichterung, sogar Freude. Besonders bei Michel.

Wenn man jemanden ermordet hätte, überlegte Molly, würde man dann zur Beerdigung gehen, wenn es jemand wäre, den man kannte? Sie betrachtete jeden Trauernden der Reihe nach und versuchte, eine Wahrheit in ihren Gesichtern oder ihrer Körperhaltung zu erkennen. Zunächst dachte sie, sicherlich ja, und dann dachte sie, vielleicht würde es sich wie eine Falle anfühlen, dass der Besuch der Beerdigung genau das wäre, was ein Detektiv erwarten würde, um dort mit Handschellen zu warten.

Sie schüttelte den Kopf, um solche Gedanken zu vertreiben.

Wirklich, manchmal ging ihre Fantasie mit ihr durch und sie tat so, als würde sie in einer Folge von Law & Order: *En France* leben. Ein Herzinfarkt ergab am meisten Sinn. Es war höchstwahrscheinlich ein Herzinfarkt gewesen.

Ganz bestimmt.

Gilles Maron hatte noch nie eine Mahlzeit in La Métairie gegessen; die Preise waren für einen Juniorpolizisten, der nur sein Gehalt zur Verfügung hatte, völlig unerreichbar. Er war überrascht, dass das Innere des Restaurants eigentlich recht schlicht war. Er hatte Kristallleuchter und Blattgold überall erwartet.

Nathalie empfing ihn an der Tür. Sie war dunkelhaarig und schlank, praktisch ohne Hüften, genau Marons Typ. Er musste sich anstrengen, professionell zu bleiben und ihr nicht „den Blick" zuzuwerfen. Ihre Haut strahlte, und ihr fast schwarzes Haar glänzte, zu einem tiefen Pferdeschwanz zurückgebunden, der bis zu ihren Schulterblättern reichte.

„Wenn ich irgendwie helfen kann", sagte sie, als Maron eintrat. „Lassen Sie mich Ihren Mantel nehmen." Maron streifte seinen schweren Mantel ab und sah sich die taubengrauen Wände und Teppiche sowie das Gemälde des Meeres an. Er verstand nicht, warum alles so gedämpft war, und es gefiel ihm nicht, es nicht zu verstehen.

„Diese Situation ist für uns sehr beunruhigend", sagte Nathalie, und Maron konnte jetzt die Anspannung in ihrem Gesicht sehen, als er sie genauer betrachtete. „Der Koch... ich weiß, es klingt wie ein Klischee, verdammt, es *ist* ein Klischee – aber er ist ein sensibler Mann. Temperamentvoll. Er arbeitete an einer neuen Speisekarte, wir alle hatten große Hoffnungen dafür, aber jetzt... jetzt kommt er nur noch zum Abendservice und geht direkt danach nach Hause. Ich glaube nicht, dass er überhaupt noch an die neue Speisekarte denkt. Nicht, dass ich meine, eine Speisekarte sei wichtiger als ein Menschenleben, ich meine nur –"

„Ich verstehe, und es tut mir leid", sagte Maron, und es *tat* ihm leid, leid, dass irgendetwas diesem wunderschönen Geschöpf Probleme bereitet haben könnte. Er versuchte, sich zusammenzureißen. „Ich bin zunächst einmal hier, um zu fragen, ob es eine Chance gibt, dass irgendetwas von dem anderen Abend übrig geblieben ist – irgendwelche Gläser, Teller oder Ähnliches. Ich sage Ihnen im Vertrauen", fügte er impulsiv hinzu, „dass Madame Desrosiers nicht an einem Herzinfarkt gestorben ist, wie Hauptkommissar Dufort zunächst dachte. Nein, es war Gift", sagte er mit leiser Stimme, obwohl sonst niemand in der Nähe war. Er genoss es sehr, wie Nathalies Augen sich weiteten und ihre Hand zu ihrem Mund flog, als er sprach.

„Gift?", sagte sie, kaum fähig, es zu begreifen.

„Ja. Ich bin hier für den unwahrscheinlichen Fall, dass irgendetwas, ein Weinglas, ein Teller, irgendetwas, der Spülmaschine entgangen sein könnte? Wir versuchen herauszufinden, wie das Gift verabreicht wurde", fügte er hinzu und sagte wieder mehr, als er eigentlich hätte sagen sollen.

„Ich fürchte, dafür gibt es keine Chance", sagte Nathalie und strich sich eine Haarsträhne aus dem Gesicht. „Die Party war vor Tagen. Donnerstagabend, oder nicht? Seitdem wurde alles mehrmals gespült. Wir lassen keine schmutzigen Teller in der Küche herumstehen", sagte sie und lachte fast bei dem Gedanken.

„Das dachte ich mir", sagte Maron. „Aber wir müssen fragen. Würden Sie mir den Gastraum zeigen?"

„Natürlich."

Sie gingen den kurzen Flur zum Gastraum mit seinem beruhigenden grauen Monochrom hinunter, mit der kleinen Bar und dem Stapel Klapptische, die Kellner manchmal benutzten, um große Platten abzustellen.

„Darf ich Ihnen einen Kaffee bringen?", fragte Nathalie.

Maron schüttelte den Kopf und konzentrierte sich auf seine Arbeit. Er ging um die Tische herum und legte sich an einer Stelle sogar auf den Boden, um alles von dort aus zu betrachten. „Es war eine große Gesellschaft, ja? Können Sie mir zeigen, wie die Tische angeordnet waren und ungefähr, wo Madame Desrosiers saß?"

Nathalie tat, worum er sie gebeten hatte. Maron wollte ein klares und sachliches Bild davon bekommen, wie der Raum in der Mordnacht ausgesehen hatte. „Kennen Sie die Namen der Gäste?", fragte er.

„Leider nicht, und die Gesellschaft war nicht so groß. Fünf, vielleicht sechs? Ihr Neffe, Michel Faure, hatte reserviert. Er hat natürlich auch die Einladungen übernommen, da es eine Überraschungsparty war. Ich muss sagen, er schien ein sehr fürsorglicher Neffe zu sein, der den Geburtstag seiner Tante auf diese Weise feiern wollte."

„Und hat Michel für die Party bezahlt?"

„Nun, nein. Tatsächlich war es Madame Desrosiers, die dafür bezahlt hat. Ich muss Ihnen sagen, dass es sich ein wenig seltsam anfühlte, ihre Carte Bancaire durch das Gerät zu ziehen, in dem Wissen, dass sie tot im Badezimmer lag. Aber Michel hatte mir die Karte präsentiert, als sie alle ankamen, und nach dem, was passiert war, fragte ich die Familie, ob ich die Belastung stornieren sollte, aber sie sagten nein. Ziemlich vehement."

Maron nickte, nicht überrascht. „Darf ich mich umsehen?"

„Natürlich. Lassen Sie es mich wissen, wenn es irgendetwas gibt, womit ich Ihnen helfen kann?"

Maron blickte in Nathalies warme, braune Augen, bemerkte ihre glatten Wangen und verspürte plötzlich den Impuls, sie zu küssen. „In Ordnung", sagte er, „danke. Sie waren sehr hilfreich.

Noch eine Sache – können Sie mir zeigen, wo der Müll am Ende des Abends entsorgt wird?"

„Es ist gleich um die Ecke hinten. Es gibt einen Holzzaun, der ihn verdeckt, aber wenn Sie um das Gebäude herumgehen, können Sie es nicht verfehlen."

Maron lächelte sie an, und sie ging zurück in ihr Büro. Nachdem er dem Gastraum einen letzten Blick zugeworfen hatte, ging er über den weichen Teppich zur Toilette, klopfte und betrat die Damentoilette. Sie war blitzsauber und roch nach Gardenien. Er betrachtete den gefliesten Boden, aber es gab kein Anzeichen dafür, dass hier etwas geschehen war, kein Zeichen der letzten Lebensmomente von Josephine Desrosiers. Hatte sie versucht, um Hilfe zu rufen? Wusste sie, was mit ihr geschah?

Wusste sie, wer sie vergiftet hatte?

MOLLY HATTE sich gerade auf einem Hocker an der Bar von Chez Papa niedergelassen, als eine Nachricht von ihrem Freund Lawrence Weebly einging:

habe gehört JD wurde vergiftet. bist du an dem fall dran? xox

Molly starrte auf ihr Handy. Sie blinzelte.

„Das Übliche, Boston?", fragte Nico.

Molly riss ihren Kopf hoch. „Darauf antworte ich nicht", sagte sie, strenger als beabsichtigt. „Was zum Teufel", murmelte sie, zu niemandem im Besonderen.

„Was ist los?", fragte Frances.

„Ein Freund, eigentlich mein bester Freund in Castillac – tut mir leid, dass du ihn noch nicht kennengelernt hast, aber er war weg. Jedenfalls weiß Lawrence immer, was hier im Dorf los ist. Nicht direkt eine Tratschtante... einfach jemand, der immer auf dem Laufenden ist. Wie, kann ich nicht sagen. Auf jeden Fall hat er mir gerade eine Nachricht geschickt, dass Madame Desrosiers vergiftet wurde." Mollys Augen waren weit aufgerissen und ihr Mund stand offen, fassungslos.

Nico schob Molly ihren Kir zu und lehnte sich gegen einen Pfeiler. „Na wie läuft's denn so? Gefällt dir Castillac, Frances?"

„Bisher gab's nur Leichen und Beerdigungen. Ich liebe es."

Nico lachte.

„Hast du etwas Bestimmtes über Madame Desrosiers gehört?", fragte Molly ihn.

„Tot. Das ist alles, was ich weiß. Und dass du sie gefunden hast. Ich hab schon von Frauenmagneten gehört, Boston, aber du, meine Freundin, bist ein Leichenmagnet!", und er lachte schallend über seinen eigenen Witz.

Molly lachte nicht. „Ich habe gerade eine Nachricht von Lawrence bekommen, dass sie vergiftet wurde."

„Ehrlich gesagt, würde es mich nicht überraschen. Sie war allgemein als Miststück bekannt, entschuldige meine Ausdrucksweise", sagte er, nickte Frances zu und zwinkerte.

„Diesen Eindruck habe ich auch bekommen", sagte Molly. Sie nippte an ihrem Kir.

„Wie wär's mit einer großen Portion Pommes, Hübscher?", sagte Frances zu Nico. Er zwinkerte ihr wieder zu und verschwand in der Küche. „Wieso ist sein Englisch so gut?", fragte sie Molly.

„Er hat in den USA studiert. Er ist praktisch ein Professor. Warum er in einem kleinen Dorf als Barkeeper arbeitet, kann ich nicht sagen. Kenne die Hintergrundgeschichte nicht."

„Ich werde es herausfinden", sagte Frances beiläufig.

„Zweifellos", sagte Molly. „Brich ihm nur nicht das Herz, okay? Dieser Ort ist zu klein für böses Blut."

Chez Papa war leer bis auf Molly und Frances. Das ganze Dorf war wahrscheinlich entweder beim Sonntagsessen mit der Familie oder zu Hause, um sich von Josephine Desrosiers' Beerdigung zu erholen. Alphonse hielt den Laden sonntags morgens offen, weil er eine Schwäche für Menschen ohne Familie hatte, die einen Ort zum Hingehen brauchten. Lapin war normalerweise da, aber er hatte sich nach dem Amy-Bennett-Fall mehr zurückgezogen.

Frances rutschte von ihrem Hocker und schlenderte zurück in die Küche, um mit Nico zu reden. Molly saß geistesabwesend da, trank ihren Kir und zeichnete Kreise in einen Wassertropfen, der vom Boden ihres Glases gefallen war. Sie dachte über Gift nach und versuchte, tatsächliche Informationen von den vielleicht weniger fundierten Erkenntnissen zu trennen, die sie aus zufälliger Lektüre gespeichert hatte. Es war die Art von Thema, das ihre Aufmerksamkeit spät in der Nacht fesseln konnte, wenn sie eigentlich ihren Computer ausschalten und ins Bett gehen sollte – ein perfektes Internet-Kaninchenloch, wenn man den Schlaf hinauszögern will.

Sie wollte zur Wache gehen und Dufort bitten, sie auf den neuesten Stand zu bringen, aber das kam natürlich nicht in Frage. Sie fragte sich, ob Lawrence' Kontakte gut genug waren, um herauszufinden, um welche Art von Gift es sich gehandelt hatte? Denn ohne das, ohne zu wissen, ob es langsam oder schnell gewirkt hatte, konnte sie nicht wissen, ob die Liste der Verdächtigen auf die Gäste in La Métairie beschränkt war oder nicht.

Könnte sogar ein Kellner gewesen sein, dachte sie und achtete darauf, keine vorschnellen Vermutungen anzustellen. Sie machte sich Notizen in der neuen Datei, die in ihrem Kopf Gestalt annahm, mit dem Titel *Desrosiers: Mord.*

❧ 13 ❧

In letzter Zeit hatte er sich so viel besser gefühlt. Die langen Winterläufe, die relative Ruhe in Castillac, seine Verabredungen mit Marie-Claire... Dufort war seit über einem Monat nicht einmal bei seinem Kräuterkundler gewesen. Seine Ängste waren so gering, dass er sie gar nicht mehr wahrnahm.

Und jetzt ein weiterer Todesfall, und er tastete seine Hosentasche nach seinem Fläschchen mit der Tinktur ab und war enttäuscht, dass es nicht da war. Dieser Tod – er war ganz anders als die anderen. Keine junge Frau, die in der Blüte ihres Lebens brutal niedergestreckt worden war, nicht mit den ungelösten Fällen Boutillier und Martin verwandt, sondern eine ältere Dame, die niemand gemocht hatte. Trotzdem machte ihn der Gedanke an sie, wie sie auf der Seite liegend auf den Fliesen im Badezimmer von La Métairie gelegen hatte, ganz flau im Magen.

Er musste sich fragen, selbst nach so vielen Jahren: Bin ich im falschen Beruf? Er wusste, dass andere Gendarmen mit ähnlicher Erfahrung schon lange abgehärtet waren. Dass sie eine gewisse Widerstandsfähigkeit entwickelt hatten, Wege, sich abzuschotten, zu scherzen, irgendetwas, um den Tod erträglicher zu

machen. Aber irgendwie war es ihm nicht gelungen, diese Fähig-
keiten zu erwerben, selbst nach zehn Jahren im Dienst.

Dann riss sich Benjamin Dufort, Hauptgendarm von Castillac,
zusammen und machte vor der Morgendämmerung einen Spaziergang durch das Dorf. Er beeilte sich nicht, sondern beobachtete
das Dorf im einsamen Zustand eines frostigen Dezembermor-
gens. Lebensgroße Père Noëls ragten aus Schornsteinen hervor
und geschmückte Bäume standen vor den meisten Geschäften.
Eine riesige Schneeflocke, an die er sich schon aus seiner Kindheit erinnerte, hing an einem Draht über der Hauptstraße und
sah an den Rändern etwas zerfranst aus.

Florian Nagrand, der Gerichtsmediziner, hatte noch nicht mit
den Laborergebnissen angerufen, aber Dufort wusste, was sie
besagen würden. Es würde Zyanid sein, wie er zweifellos in dem
Moment gewusst hatte, als er das gerötete Gesicht von Josephine
Desrosiers gesehen hatte, ihre Wange gegen die weiße Badfliese
gepresst. Er hatte es gewusst, aber nicht wahrhaben wollen.
Warum? War es einfach die Angst, dass er den Mörder nicht
finden und bei seiner Arbeit versagen würde? Oder steckte mehr
dahinter?

Er sah das Licht in der Wache, obwohl es kaum sechs Uhr
morgens war, und wusste, dass Perrault drinnen war und
versuchte, etwas zu tun. Er beneidete sie um ihre Begeisterung für
ihren Job und hoffte, dass er im Laufe der Ermittlungen etwas von
ihrem Enthusiasmus aufschnappen würde, anstatt sich so niedergeschlagen über den Zustand der Menschheit zu fühlen.

Und seinen eigenen.

„Salut, Perrault", sagte er und hängte seinen schweren Mantel
an einen Haken neben der Tür. Er konnte seinen emotionalen
Zustand leicht verbergen, war sich aber nicht sicher, ob das wirklich ein Schritt nach vorne war.

„Noch keine Ergebnisse", sagte sie mit heruntergezogenen
Mundwinkeln.

„Macht nichts", sagte Dufort. „Ich glaube, ich habe eine ziemlich gute Vorstellung davon, was sie sagen werden, jetzt, wo ich darüber nachgedacht habe." Er wollte mit Perrault sprechen, ihr sagen, dass er den Gedanken an Mord vermieden hatte und nicht verstehen konnte, warum, aber er wusste, dass es kein angemessenes Gespräch wäre, das man mit einer untergeordneten Beamtin führen konnte. „Wir müssen anfangen, mit Desrosiers' Familie zu sprechen. Sie erwähnten, dass Sie die Nichte kennen? Das wäre ein ausgezeichneter Anfang. Und-", fügte er hinzu, auf dem Weg in sein Büro, „-früh morgens ist oft die beste Zeit zum Reden. Die Abwehrmechanismen der Menschen sind noch nicht vollständig hochgefahren. Besonders vor dem Kaffee", sagte er mit einem leichten Lächeln.

„Jawohl, Chef!", sagte Perrault. Um keine Minute zu verschwenden, schlüpfte sie in ihren Mantel und machte sich auf den Weg zu Adèles Wohnung in der Rue Tartine, mit dem Plan, draußen zu warten und in dem Moment zu klopfen, wenn sie das Licht angehen sah.

Dufort saß an seinem Schreibtisch, seine Haltung aufrecht, aber sein Geist in Aufruhr. Florian muss mich für einen solchen Narren gehalten haben, dachte er und spürte das Unbehagen in seinem Magen, das Scham signalisierte.

AM NÄCHSTEN MORGEN war Molly überrascht, als sie in die Küche schlenderte und Frances vorfand, die bereits auf war und Kaffee trank. „Morgen!", sagte sie und griff nach einer Tasse.

„Ich bin wach", sagte Frances.

„Das sehe ich", sagte Molly.

Molly trug ein dickes Flanellhemd mit Fleecefutter, eine Jogginghose und gemütliche Hausschuhe von L.L. Bean, die sie schon seit Jahren hatte. Aber ihr war immer noch kalt. Sie nahm einen großen Schluck Kaffee, erfreut darüber, dass Frances ihn stark machte, und wandte ihre Aufmerksamkeit dem Holzofen zu.

„Ich hole mehr Holz", sagte sie und ging durch die Terrassentüren nach draußen. Der erste Gedanke, den sie beim Aufwachen gehabt hatte, hatte sich um den Mord an Desrosiers gedreht – sie hatte geträumt, dass ihre neue Freundin Adèle schuldig war. Ihr zweiter Gedanke war *nein, nicht Adèle*. Wenn sie den Holzofen in Gang bringen und sich aufwärmen könnte, wollte sie die Augen schließen und alles durchdenken, jeden Moment dieses Abends im Restaurant noch einmal durchgehen, sowie die anderen Male, bei denen sie die Geschwister gesehen hatte.

Der Morgen war frostig, und sie hielt einen Moment inne, um die Schönheit der weißgespitzten Zweige und Grashalme zu bemerken, bevor sie fröstelte und schnell zum Holzstapel ging. Sie stapelte drei Scheite auf ihren Arm und drehte sich zum Haus um, wobei sie sich fragte, ob sie Pierre Gault davon abhalten sollte, am Taubenschlag zu arbeiten, zugunsten der Anschaffung eines anderen Heizsystems oder einer Isolierung im Haupthaus. Zusätzliche Buchungen bringen nichts, wenn ich vor Kälte umkomme, dachte sie.

„Also, ich habe letzte Nacht geträumt, dass Adèle ihre Tante getötet hat", erzählte Molly Frances, während sie zitternd ein neues Scheit in den Holzofen schob.

„Interessant. Glaubst du, du bist hellseherisch begabt, oder war das nur dein Gehirn, das Funken sprüht?"

„Ich glaube nicht, dass ich je zuvor so einen Traum hatte. Meine Träume sind normalerweise verrückter, zusammenhangloser Unsinn. Vielleicht war dieser auch so." Molly stand da und beobachtete das Feuer, dann hockte sie sich hin und schob ein weiteres Stück Anzündholz unter das Scheit. „Ich will nicht, dass es Adèle ist, das steht fest."

Frances zog sich eine Decke um und nippte an ihrem Kaffee. „Nun, wir wissen, dass in dieser Familie etwas Schlimmes passiert ist. Die Tante war eine Tyrannin, okay, aber was ist der Rest der Geschichte?"

„Ja", sagte Molly mit flacher Stimme. „Das Ding ist, sie und

Michel wirken so normal, wenn man mit ihnen abhängt. Sie fühlen sich an... wie Leute, die ich schon kenne, irgendwie. Vertraut, auf eine Art."

Frances summte die Melodie von *Twilight Zone*.

„Ich weiß, dass man in den USA viel wahrscheinlicher von einem Familienmitglied ermordet wird als von einem Fremden", sagte Molly. „Glaubst du, das gilt in Frankreich auch?"

„Familien", sagte Frances in einem angewiderten Ton. „*Igitt.* Das ist schrecklich zu sagen, aber in mancher Hinsicht hast du Glück."

Molly nickte nur. Sie hatte einen jüngeren Bruder und eine Reihe von Cousins und Cousinen, aber das war mehr oder weniger ihre ganze Familie. Ihr Vater war im Jahr, bevor sie nach Frankreich gezogen war, in einem Pflegeheim gestorben, aber im Nebel der Alzheimer-Krankheit hatte er sie mindestens drei Jahre davor schon nicht mehr erkannt. Ihre Mutter war vor fünfzehn Jahren bei einem Autounfall ums Leben gekommen. Mollys Beziehung zu ihnen war anständig gewesen, wenn auch nicht besonders eng, und obwohl ihre Trauer über ihren Tod längst zu einer anderen, weniger schmerzhaften Emotion verblasst war, die schwer zu beschreiben war, vergaß sie nie, dass sie eine Waise war.

Und sie wusste, dass Menschen, die keine Waisen waren, wie Frances, nicht verstehen konnten, wie es sich anfühlte. Egal, wie alt man war oder wie eng die Beziehung gewesen war. Egal, dass es der natürliche Lauf der Dinge war, irgendwann seine Eltern zu verlieren.

„Ich fürchte mich davor, Weihnachten mit meiner Familie zu verbringen", sagte Frances. „Es ist einfach eine lange, trostlose Veranstaltung mit vielen Kommentaren darüber, wie falsch meine Haare sind, wie ich mich nur von meinem zweiten Ehemann scheiden lassen konnte, weil er doch *so nett* war, und jede Menge anderer besonderer Hallmark-Momente."

Molly lachte. „Zweifelst du etwa an meiner Fähigkeit, ein Weihnachtsfest auf die Beine zu stellen, das alles schlägt, was du zu Hause haben könntest? Franny, hör zu: Ich habe Gebäck, ich habe Ente, ich habe *Pascal*. Wenn diese Feier vorbei ist, wirst du nie wieder gehen wollen."

„Du hast Pascal? Kannst du bitte etwas genauer sein?"

Molly lachte. „Ich meine, ich kann ihn einladen. Das ist alles, was du brauchst, um deinen Zauber wirken zu lassen, oder?"

Frances blickte zur Decke und ein langsames Lächeln breitete sich aus. „Das wird reichen", sagte sie. „Mist, es ist kalt hier drin! Kannst du nicht die Heizung aufdrehen?"

„Das *ist* die Heizung", sagte Molly und deutete traurig auf den Holzofen, wo das frische Holzscheit noch nicht Feuer gefangen hatte. „Ich werde die Scheite rausnehmen und von vorn anfangen müssen. Kannst du mich bitte daran erinnern, das Kleinholz über Nacht reinzubringen, damit ich etwas Trockenes habe, um das Feuer anzuzünden?"

„Hey, der kleine elektrische Heizlüfter im Cottage funktioniert prima, warum gehen wir nicht rüber?"

Molly goss den Rest des Kaffees in eine Thermoskanne, und die beiden Freundinnen gingen Arm in Arm zum Cottage, wo Molly darüber sprach, was sie im Frühling im Vorgarten pflanzen wollte, und Frances erzählte, wie sie kürzlich entdeckt hatte, dass Limonade ihr half, bessere Werbejingles zu schreiben, und keine von ihnen erwähnte Gift oder toxische Familienbande oder irgendetwas anderes, das ihre gehobene Stimmung hätte trüben können.

❧ 14 ❧

„Ich habe praktisch den ganzen Tag vor ihrer Wohnung gewartet", erzählte Perrault Dufort. „Keine Spur von ihr. Ich dachte schon, sie wäre umgezogen oder so, aber ich habe bei ein paar Freunden nachgefragt, und die sagten, Adèle wohnt definitiv dort. Eine Wohnung in einem umgebauten Haus in der Rue Tartine."

„Ich habe Sie nur gebeten, mit ihr zu sprechen, nicht, eine Observation einzurichten", sagte Dufort mit einem leichten Lächeln.

„Sie glauben nicht, dass sie eine Verdächtige ist? Ich dachte, jeder, der mit Desrosiers verwandt ist, steht auf der Liste, bis wir ihn ausschließen können. Wer weiß, wie viel sie erben könnte, oder?"

„Ich bewundere Ihre Beharrlichkeit", sagte Dufort. „Da Desrosiers keine Kinder hatte, gibt es keine *légitime*, den Anteil, den das Gesetz jedem Kind zugesteht. Trotzdem hätte sie nicht jeden Cent an wen auch immer sie wollte vererben können – die entfernte Familie wird etwas bekommen. Natürlich müssen wir das Testament finden, falls es eines gibt."

„Wir werden jedoch damit beginnen, dieses Rätsel vom

anderen Ende her anzugehen. Nicht zuerst das Motiv betrachten, sondern die Gelegenheit, weil der Zeitpunkt ihres Todes ein einschränkender Faktor ist, glücklicherweise für uns. Ist der Laborbericht schon eingetroffen?"

Perrault sah zerknirscht aus und lief los, um nachzusehen. „Warum um alles in der Welt sollten sie ihn per Schneckenpost schicken?", rief sie aus dem anderen Raum, wo Marons und ihr Schreibtisch standen und wo der Korb für die Postzustellung war.

„Vielleicht dachte Monsieur Nagrand, er hätte mir genug Vorabinformationen gegeben", sagte Dufort. Er riss den Umschlag auf und überflog Florians Notiz und dann den Laborbericht. „Wie ich dachte. Zyanid." Er wollte die Papiere gerade auf seinen Schreibtisch legen, als ihm der letzte Teil ins Auge fiel. „Nun, das ist interessant. Die üblichen Wege für eine Zyanidvergiftung sind Verschlucken oder, noch schneller tödlich, das Einatmen von Zyanidgas, wie die Nazis nur zu gut wussten. Ich hatte Gas bereits als Möglichkeit ausgeschlossen, weil es keine Möglichkeit gäbe, dass Desrosiers allein es in einem vollen Restaurant eingeatmet hätte. Ich ging davon aus, dass ihr Essen manipuliert worden war, entweder in La Métairie oder irgendwann früher am Tag."

„Aber es scheint, dass der Gerichtsmediziner der Meinung ist, dass die Zyanidexposition über ihre Haut erfolgte. Ihr Gesicht, um genau zu sein."

„Hmm", sagte Perrault. „Hat ihr jemand eine Gesichtscreme zum Geburtstag geschenkt?"

„Perrault, ich glaube, Sie haben das Zeug zu einer echten Detektivin", sagte Dufort. „Gesichtscreme ist ein ausgezeichneter Ansatzpunkt."

Perrault strahlte. Sie fand auch, dass sie sich verbesserte, und es fühlte sich wunderbar an, es von ihrem Chef zu hören. „Könnte Nagrand uns sagen, wie schnell Zyanid in einer Gesichtscreme wirken würde? Hätte sie es auftragen können, bevor sie ins Restaurant kam?"

„Ich werde ihn anrufen, um genau das zu besprechen. Wo ist eigentlich Maron? Ich hoffe, er hat etwas im Restaurant gefunden. Keine Rückstände an einem Glas, wir hätten nie so viel Glück, so etwas nach so vielen Tagen zu finden, nicht in einem so ordentlichen Laden wie La Métairie. Aber vielleicht hat er Geschenkkarten gefunden, damit wir herausfinden können, wer Geschenke mitgebracht hat", sagte Dufort, laut denkend.

„Wenn es Geschenke gab, frage ich mich, was mit ihnen passiert ist?" Perrault nahm einen kleinen Block aus ihrer Gesäßtasche und begann, Notizen zu Dingen zu machen, die sie Adèle fragen wollte, wenn sie sie fand.

Dufort zog sein Handy heraus, um die Zeit zu überprüfen. „Lassen Sie uns jetzt zum Haus der Desrosiers gehen. Wir müssen uns dort umsehen, bevor die Familie hineingeht und alles durcheinanderbringt."

Sie nahmen ihre Mäntel von den Haken und zogen sie an, während sie nach draußen gingen. Das Haus von Madame Desrosiers war nicht weit von der Wache entfernt, ein leichter Spaziergang, und Dufort war wie immer glücklich, seine Beine zu strecken. Jetzt, da die Untersuchung im Gange war und Zyanid bestätigt worden war, fühlte er sich robust und optimistisch, als ob er wieder festen Boden unter den Füßen hätte.

„Es ist ein bisschen seltsam, jemanden in dem Alter zu töten", sagte Perrault, als sie die Straße entlanggingen.

„Weil man denkt, sie stünde schon mit einem Fuß im Grab? So etwas kann nur jemand sagen, der noch sehr jung ist", sagte er liebevoll. „Zweiundsiebzig ist alt, ja, aber nicht sehr alt. Es gibt Menschen in Castillac, die Jahrzehnte älter sind. Madame Gervais, die in diesem winzigen Haus unten bei dem Laden wohnt, der alte Lampen verkauft? Sie ist weit über hundert. Hundertzwei, glaube ich."

Perrault schüttelte den Kopf, unfähig sich vorzustellen, so lange zu leben.

„Was, Sie stellen sich also vor, dass Sie auf Ihrem Höhepunkt abtreten, oder so ein romantischer Unsinn?", sagte Dufort neckend.

„Nee. Und ich meinte nicht so sehr, dass sie fast tot war, sondern dass ich alte Damen normalerweise für harmlos halte. Ich meine, meine *grand-mère* macht einen Aufstand, wenn man den Salat nicht ordentlich wäscht – man bekommt es wochenlang zu hören, wenn sie auf ein bisschen Sand beißt. Und ich schätze, manchmal erzählen sie dieselbe Geschichte sechshundertmal am Tag. Aber offensichtlich hat mich das nicht zum Mord getrieben."

„Perrault, wie ich Ihnen schon einmal gesagt habe, Ihr Leben und Ihre Erfahrungen werden für Ihre Arbeit von Wert sein, also möchte ich nicht den Eindruck erwecken, als würde ich sie schmälern. Aber gleichzeitig müssen Sie nach einer gewissen Objektivität streben. Nur weil Ihre *grand-mère* eine angenehme Person ist, bedeutet das nicht, dass alle Frauen in ihrem Alter so sind. Sie können nicht von einem spezifischen Beispiel auf diese Weise verallgemeinern."

„Ja, Chef", sagte Perrault und ermahnte sich erneut, nachzudenken, bevor sie sprach.

Sie passierten das Tor und kamen an der Haustür an. „Ganz schön imposant", sagte Dufort und blickte zu der riesigen Villa hinauf. „Wissen Sie etwas über Albert Desrosiers?"

„Jeder weiß etwas über Albert Desrosiers. Er ist so etwas wie die einzige halbwegs berühmte Person, die je in Castillac geboren wurde."

„Irgendeine Art von Widerstand oder Transistor? Ich weiß nicht, was daran so besonders war, Naturwissenschaften waren nie meine Stärke."

„Die ganze Schule war nie meine Stärke", lachte Perrault. „Also, wie kommen wir rein?"

„Nun, bevor Sie anfangen, irgendwelche Fenster einzuschlagen, lassen Sie es uns mit Anklopfen versuchen. Möglicherweise ist eine Haushälterin drinnen. Sie machen das, und ich sehe mich um, ob ein Gärtner oder jemand im hinteren Garten ist."

Perrault dachte bei sich, dass Gartenarbeit wohl auch nicht zu Duforts Stärken gehören konnte, da es Dezember und eisig kalt war und die Gärtner wahrscheinlich drinnen etwas Warmes trinken würden, anstatt in einem vereisten Garten herumzustehen und nichts zu tun. Sie benutzte mehrmals den Messingklopfer und lauschte, konnte aber niemanden im Haus hören. Die Fensterläden waren geschlossen, obwohl es Nachmittag war. Wenn also jemand drinnen wäre, hätte er das Licht einschalten müssen, um etwas zu sehen. Perrault reckte den Hals, um zu erkennen, ob unter den Fensterläden Licht hervordrang, aber sie konnte nichts sehen.

Dufort hatte mehr Glück. Als er um die Seite des Hauses kam, glaubte er, das Geräusch einer sich schließenden Tür zu hören. Er war gerade groß genug, um über die Steinmauer zu blicken, die den Garten umgab, und sah eine dunkelhaarige Frau, die mit mehreren großen Plastiktüten durch die Hintertür ging.

AM NACHMITTAG LIEß Molly Frances allein am Klavier zurück, wo diese hoffte, einen lukrativen neuen Werbejingle zu komponieren. Frances bat nur um ein Glas sehr saurer Limonade und einen Stapel Servietten, die ihrer Meinung nach am besten geeignet waren, um Ideen und Textfragmente aufzuschreiben.

Molly erklärte Frances, dass sie ins Dorf gehen würde, um ein paar Mandel-Croissants zu holen (natürlich), sowie eine Flasche Wein in der *épicerie* und ein Steak beim Metzger. Und sie hatte tatsächlich vor, diese Dinge zu erledigen − zusammen mit so viel Herumschnüffelei, wie sie einbauen konnte, während Frances beschäftigt war. Es war eigentlich nicht so, dass Frances ihre Neugier missbilligte; vielmehr wollte sie Mollys Aufmerksamkeit im Moment für sich haben und wurde schnell müde von Gesprächen mit ihrer Freundin, bei denen Mollys Augen glasig wurden, weil sie von Gedanken an Gift, Motive und Tod abgelenkt wurde.

Draußen in der Rue des Chênes zog Molly ihren Mantelkragen gegen den bitteren Wind hoch. Es war nicht halb so kalt wie in Massachusetts, aber sie hatte sich inzwischen an die Dordogne gewöhnt, und ihre Maßstäbe für das, was kalt und was angenehm war, hatten sich erheblich verschoben. Auf jeden Fall war es so kalt, dass die meisten Dorfbewohner drinnen waren, bis auf einen Bauern, der langsam auf einem Traktor vorbeifuhr. Molly konnte in der Ferne jemanden Holz spalten hören, den leichten Rhythmus, mit dem sich die Axt anhob und dann mit einem mächtigen Schlag auf den Stamm niederging.

Erste Frage, dachte sie und ordnete ihre Gedanken. Hat der Giftmörder Desrosiers wegen ihres Geldes getötet oder aus einem anderen Grund? Es war sicherlich keine fröhliche Geburtstagsfeier gewesen. Die Spannung und der Groll waren spürbar gewesen. Sie fragte sich, ob Dufort sie verhören würde. Sicher würde er ihre Eindrücke wissen wollen, oder? Molly ging in Gedanken den Tisch Platz für Platz durch und versuchte, sich an alle zu erinnern, die dabei gewesen waren. Sie hielt inne, kramte in ihrer Tasche nach ihrem Handy und tippte ein paar Notizen ein:

Desrosiers

Michel

dunkelhaarige Frau und ihr wütender Ehemann

Adèles Mutter

Adèle

noch eine alte Dame, weißer Dutt

Sie könnte Frances fragen, ob sie sich an jemand anderen erinnerte. Jetzt musste sie nur noch etwas über jeden der Teilnehmer herausfinden und herausbekommen, wer die Tat begangen hatte. Ihr war durchaus bewusst, dass sie so tat, als wäre alles nur ein interessantes Rätsel, das es zu lösen galt, während in Wirklichkeit ein Mensch gestorben war. Und der Mörder, es sei denn, das Gift war eine langsam wirkende Variante, war in diesem Gastraum gewesen, hatte am Donnerstagabend in der Nähe von Molly und Frances gesessen.

Das war keine Fernsehsendung. Es war kein Scherz.

Molly hatte sich selbst nie für jemanden mit einem besonders ausgeprägten Gerechtigkeitssinn gehalten, zumindest nicht ausgeprägter als bei jedem normalen, gesetzestreuen Menschen. Aber vielleicht hatte sie sich darin geirrt. Sie spürte eine Art Empörung, wenn sie daran dachte, dass ein Mörder im taubengrauen Esszimmer von La Métairie gesessen und eigenmächtig entschieden hatte, wer leben und wer sterben sollte. Die Arroganz war unsäglich. Molly wollte sehen, wie der selbstgefällige Ausdruck auf dem Gesicht des Mörders oder der Mörderin verschwand, wenn er oder sie ins Gefängnis abgeführt wurde.

Mit einem Ruck wurde Molly klar, dass sie es bis zur *épicerie* geschafft hatte, ohne zu sehen, wohin sie lief. Sie ging hinein, dankbar für die Wärme, und suchte ein paar Flaschen Rotwein aus. An der Kasse fügte sie noch eine Handvoll Karamell hinzu, führte aber kein Gespräch, weil die junge Frau an der Kasse einen seltsamen Akzent hatte und Molly kein Wort verstand, das sie sagte. War es eine Sprachbehinderung oder ein regionaler Akzent, der sie klingen ließ, als hätte sie den Mund voller Marshmallows?

Was sie wollte, war ein Dorfbewohner, der mit ihr über die Gäste auf der Party sprach. Aber wo sollte sie an einem kalten Montagnachmittag jemanden finden? Ganz Castillac hatte sich irgendwo im Warmen verkrochen, außer Sichtweite. Es gab keinen Markt, keinen öffentlichen Treffpunkt im Dezember. Während sie auf eine Idee wartete, verließ Molly die *épicerie* und ging, wie auf Schienen, zur Pâtisserie Bujold. Drinnen war es mollig warm, und es fühlte sich an, als wären die himmlischen Düfte fast greifbar und hüllten sie in eine köstliche Vanilledecke ein.

„Bonjour, monsieur", murmelte sie dem Besitzer zu, der wie üblich entzückt auf ihre Brust starrte, anstatt Blickkontakt herzustellen.

„Madame Sutton! Es freut mich sehr, Sie heute zu sehen. Möchten Sie das Übliche?"

Sie war sich nicht sicher, ob sie glücklich oder traurig darüber sein sollte, dass sie in der Pâtisserie ein „Übliches" hatte. Es stimmte schon, sie machte sich wie ein Schwein über das Gebäck her. Aber diese Mandel-Croissants heute – die waren eine rein medizinische Maßnahme. Sie hatte einen Mord aufzuklären, aber keine Möglichkeit, jemanden zu finden, mit dem sie sprechen musste. Sicher würde ein Mandel-Croissant helfen.

Dann, nach so vielen umherschweifenden Gedanken, hatte Molly einen Moment der Klarheit: Es war Adèle Faure, mit der sie sprechen musste.

Aber wie sollte sie sie finden?

$$\text{❧} \quad 1\,5 \quad \text{❧}$$

1⁹⁶⁹ Josephine hatte die Modezeitschriften sorgfältig studiert und viel Zeit mit dem Üben vor ihrem Schminktisch verbracht. Jetzt beherrschte sie es, ihre Augenlider mit der perfekten Katzenaugen-Technik zu umranden. Der schwarze Strich wurde dicker und schwang nach oben, als er das äußere Ende ihres Augenlids passierte – eine selbstsichere, unerschütterliche Linie, der Inbegriff der Moderne. Sie trug einen seidenen Slip, den Albert ihr von einer Geschäftsreise geschickt hatte, mit einem passenden seidenen BH, alles in der schmeichelhaftesten pfirsich-rosafarbenen Nuance. Sie stand auf und ging zu ihrer Schlafzimmertür, drehte sich dann um, um sich im Schminkspiegel zu betrachten – ja, sie war praktisch Jean Shrimpton. Wie konnte er da widerstehen?

Josephine schlüpfte in ein enganliegendes Pucci-Kleid. Ihre Füße waren nackt, und ihr kastanienbraunes Haar war zu einem kaskadierenden Dutt gebunden, genau wie bei dem Model auf dem Cover der *Vogue* in diesem Monat. Sie ging barfuß, weil sie verstanden hatte, dass Albert ihre Füße mochte. Als sie die Treppe hinunter zu seinem Büro schlich, hielt sie für einen

Moment inne und beobachtete sich, als wäre sie in einem Film: Sie sah sich selbst die breite Treppe hinuntergleiten, ihre Beine wohlgeformt, ihr Make-up perfekt. Sie sah sich zur Tür ihres Mannes gehen und sie langsam öffnen.

Gefesselt von ihrer Vision stellte sie sich vor, wie Albert von seinem Schreibtisch aufsprang, sein Gesicht vor Begierde rot wurde, nur bei ihrem Anblick, wie Schrauben, Drähte und Bolzen in seiner Hast, zu ihr zu kommen, auf den Boden fielen.

Josephine näherte sich seinem Büro, ihre Schritte leise. Dennoch war es, als liefe eine Kamera mit, als wäre sie nicht eine Person, sondern mehrere, von denen eine immer beobachtete. Sie war stets ihr eigenes Publikum und nie ganz vollständig.

„Albert", sagte sie so süß wie möglich.

Albert sah nicht auf.

„Gib mir einen Moment, bitte", sagte er. Auf seinem Schreibtisch stand eine Lupe, durch die er etwas verschwindend Kleines beobachtete. Während er den Rest seines Körpers so still wie möglich hielt, griff er mit einer winzigen Pinzette hinein und zog sie dann zurück, wobei er seine Hand auf der Kante seines Schreibtisches ruhen ließ und konzentriert in die Apparatur starrte.

„Albert!", rief Josephine, ihre Fantasie zerbrach, und sie fühlte, wie die scharfkantigen Scherben davon in ihrem Kopf wirbelten und in ihren Mund gelangten, drohten, sie zu ersticken. „Du siehst nicht einmal auf, wenn ich hereinkomme? Du unterbrichst deine Arbeit nicht für einen einzigen, winzigen Augenblick?" Einen Moment lang stand sie zitternd da, die Kiefer zusammengepresst. Und dann griff sie in ihrer Wut nach einem muffig riechenden Buch auf seinem Schreibtisch. „Das halte ich von dir und deiner dummen Arbeit!" Sie warf das Buch direkt auf die Lupe, die dadurch zu Boden fiel, obwohl Albert sich schnell bewegt und seine Hände über die Schaltkreise gelegt hatte, an denen er arbeitete, sodass diese unversehrt blieben.

Danach konnte Josephine keine unangekündigten Auftritte

mehr in Alberts Büro machen, weil er die Tür abschloss. Ein anderer Mann hätte sich vielleicht von seiner gewalttätigen Frau scheiden lassen, obwohl Scheidungen damals natürlich weit weniger üblich gewesen waren als heute, und es außerdem seine tiefreligiöse katholische Mutter umgebracht hätte. Aber Albert Desrosiers war ein Mann, der seine Verpflichtungen einhielt, selbst wenn sich diese Verpflichtungen als schreckliche Fehler herausstellten, und so lebten Josephine und Albert alle Jahre ihrer Ehe in getrennten Formen von abgrundtiefem Elend.

Obwohl sie *reich* waren, was zumindest für Josephine fast genug Entschädigung für den Rest bot.

16

2°°⁵ „Meine Sabrina hat zwei Jahre für sie gearbeitet. Ich sag dir, Desrosiers war der Teufel", sagte Jean-François zu seinem Freund an der Bar von Chez Papa. Der Freund nickte und trank sein Bier.

„Du siehst ja, dass mein Mädchen eine Schiene an der Hand tragen muss? Diese alte Hexe hat Rattenfallen aufgestellt, um ihr wehzutun!"

„Vielleicht gab es im Haus Ratten?"

„Nein! Und die Falle, die Sabrina erwischt hat, war in einem Eimer. Wer stellt denn eine Falle in einen Eimer? Ich sag dir, es hat dieser Harpyie Freude bereitet, ihr wehzutun. Sie wusste, dass Sabrina diesen Job wirklich brauchte. Es ist nicht leicht für Einwanderer, anständige Arbeit zu finden, das weißt du. Zu viele unserer Frauen enden damit, für die Kapitalisten putzen zu müssen!"

„Na ja, die alte Dame ist sowieso aus dem Spiel", sagte der Freund mit einem Seitenblick auf Jean-François. „Willst du jetzt Sabrina heiraten?"

„Pah. Sabrina und ich, wir sind Seelenverwandte. Dokumente

vom Staat oder der Kirche, die sind uns egal. Das ist etwas, das du nicht verstehst."

„Oh, ich glaube schon. Ich weiß, ich weiß, kaum jemand heiratet mehr. Aber alles, was ich sage, Jean-François, ist, dass Frauen es mögen, wenn man ihnen einen Heiratsantrag macht. Egal wie politisch sie sind. Sozialisten, Kommunisten, spielt keine Rolle. Sie können bis ins Mark Anarchisten sein - sie mögen es trotzdem."

„Das sagst du nur, weil deine Mutter religiöser ist als die Jungfrau Maria."

„Nein, Jean-François, überhaupt nicht. Ich sage es, weil es stimmt."

„Und du sprichst aus deiner langen Erfahrung, Frauen zu fragen, ob sie dich heiraten wollen? Du bist Single, du Idiot!"

Der Freund grinste und trank sein Bier.

„Noch eins?", fragte Nico, der an ihr Ende der Bar kam.

„Er ist schon betrunken", sagte Jean-François und zeigte auf seinen Freund. „Er redet mehr Unsinn, als du dir vorstellen kannst."

Nico zog sich wieder ans andere Ende zurück, wo eine gutaussehende Holländerin mit ihm flirtete.

Jean-François' Gesicht verdüsterte sich. „Ich liebe Sabrina mehr als mein Leben", sagte er. „Warum, glaubst du, arbeite ich so hart für die Sache? Weil ich ein besseres Leben für mein Mädchen will. Das ist Liebe, ja?"

„Na ja, nein, das sehe ich anders. Aber egal", sagte der Freund, zuckte mit den Schultern und warf ihm einen weiteren Seitenblick zu. Jean-François liebte es, über Politik zu diskutieren, und hatte es schon immer getan, und konnte es benutzen, um alles zu rechtfertigen, was er tun oder nicht tun wollte. „Jedenfalls ist Desrosiers an einem Herzinfarkt gestorben, das habe ich gehört. Also, für wen wird Sabrina jetzt arbeiten? Ein schlechter Job ist immer noch viel besser als gar kein Job."

„Ah, nein", sagte Nico vom anderen Ende der Bar, der diese

letzte Bemerkung gehört hatte. „Was ich gehört habe, war Gift. Doch kein Herzinfarkt."

Jean-François sah nicht überrascht aus. „Nun, Gift ist eine Frauenwaffe. Ich kann dir jetzt schon sagen, dass kein Mann mit Eiern jemanden vergiften würde, besonders nicht eine schwache alte Frau." Er dachte einen Moment nach. „Nicht dass sie es nicht verdient gehabt hätte."

MOLLY KAM GERADE mit etwas Puderzucker auf ihrer Oberlippe aus der Pâtisserie Bujold, als sie weit unten in der Straße eine Frau in einem schicken Trenchcoat sah, die mit einem leichten Hinken ging. Das muss Adèle sein, dachte sie und eilte los, dankbar, dass es in einem Dorf, in dem die Leute fast überallhin zu Fuß gingen, möglich war, zufällig jemandem zu begegnen, den man suchte. Mollys Beine waren nicht lang, aber Adèle ging langsam, fast meditativ, und Molly hatte keine Mühe, sie einzuholen.

„Oh je", sagte Molly außer Atem. „Ich hab Sie gesehen-"

„Salut", sagte Adèle, amüsiert über Mollys Keuchen. „Trainieren Sie für irgendeine Veranstaltung?"

„Ja. Für den Fünfzig-Meter-Sprint bei gleichzeitigem Festhalten einer Tüte mit Mandelcroissants", sagte sie.

Adèle lächelte, aber Molly hielt inne, mit weit aufgerissenen Augen. „Okay, ich weiß, das war nicht der beste Witz der Welt. Er war nicht einmal lustig. Aber ich glaube, es könnte der erste Witz gewesen sein, den ich je auf Französisch gemacht habe, ohne darüber nachzudenken. Ich meine, die Worte kamen einfach so raus, wie es englische Worte tun. Oder früher taten, ich stelle fest, dass ich nicht mehr wirklich gut Englisch sprechen kann, aber das ist eine andere Sache."

Adèle applaudierte leicht und sagte: „*Félicitations!* Mein Englisch ist nicht das beste und ich stimme zu, dass Witze am schwierigsten sind. Was ziemlich schade ist, denn Witze - ich meine, Sie wissen schon, zusammen lachen, Humor - das ist doch die Freude im Leben, oder?"

„Stimmt", stimmte Molly zu. Sie gingen einen Teil des Blocks schweigend, während Molly versuchte, einen Weg zu finden, Adèle nach den Gästen auf der Geburtstagsfeier ihrer Tante zu fragen, ohne wie eine schreckliche Klatschbase zu wirken. Auch wenn sie sich selbst eingestand, dass sie genau das war.

„Also Adèle, ich weiß, wir kennen uns wirklich kaum, und es ist irgendwie heikel, darüber zu sprechen, aber ich habe die Neuigkeiten über Ihre Tante gehört."

Adèle sah Molly überrascht an. „Was?", sagte sie verwirrt.

„Ich weiß, es scheint, als gäbe es in Castillac ein unterirdisches oder sogar magisches Kommunikationssystem, wo die Leute sofort die Neuigkeiten über alle anderen erfahren. Ich bin selbst kein Teil davon, wirklich - aber ich habe eine Freundin... Jedenfalls bin ich sicher, dass Ihre Familie schockiert ist. Ich weiß, ich war es", fügte sie unaufrichtig hinzu. Sie war ziemlich stolz darauf, an Gift gedacht zu haben, bevor sie davon gehört hatte, aber das konnte sie Adèle natürlich nicht sagen.

Adèle blieb stehen. „Tut mir leid. Ich verstehe Sie nicht. Ich... ich meine, ich verstehe die Worte, die Sie sagen, aber nicht die Bedeutung?"

„Soll ich dann auf Englisch sprechen?"

„Ich glaube nicht, dass das die Sache verbessern würde", sagte Adèle. Sie ging weiter. „Oh, sehen Sie mal, ich liebe diese kleine Boutique. Die Frau, der sie gehört, hat einen tadellosen Geschmack, finden Sie nicht? Schauen Sie sich diese Hüte an!", sagte sie und zeigte auf die Auslage im Schaufenster.

Molly war sich nicht sicher, ob sie gerade abgewimmelt worden war oder ob das, was sie gesagt hatte, keinen Sinn ergeben hatte. Beides war gleichermaßen möglich. In diesem Moment schien Adèle die Antwort auf alles zu sein – sie würde die Geschichte und Details über jeden auf der Party kennen. Aber wie konnte man sie zum Reden bringen?

Molly machte zustimmende Geräusche über die Hüte, ohne ihnen wirklich Aufmerksamkeit zu schenken. Dann zog sie ihr Handy heraus, um die Uhrzeit zu überprüfen. „Oh sehen Sie mal, es ist nach fünf. Moment, lassen Sie mich nachdenken... es ist nach siebzehn Uhr. Stimmt das?"

Adèle lächelte. Sie mochte diese Frau, die sich so sehr bemühte, alles vom französischen Leben anzunehmen – sieh sie dir an mit ihrem Marktkorb, ihrem Schal und jetzt benutzt sie sogar die 24-Stunden-Uhr. Die Jogginghose mochte sie nicht so sehr, aber Adèle war bereit, ihr das dieses eine Mal durchgehen zu lassen.

„Möchten Sie irgendwo einen Kir trinken gehen?", fragte Molly.

„*Bon*", sagte Adèle mit einem Nicken und führte Molly eine Straße hinunter, die sie noch nie zuvor gesehen hatte, und in eine kleine Bar ohne Schild draußen.

„Irgendwie geheimnisvoll", sagte Molly. „Interessant." Was bedeutete: *Was zum Teufel ist das für ein Laden?*

Der Laden war dunkel mit lila Beleuchtung. Die Tische, die Bar, sogar die Servietten waren schwarz. Es fühlte sich rebellisch und jung an und passte in Mollys Augen nicht zu der gut gekleideten, reifen Adèle. Offensichtlich musste sie sie besser kennenlernen.

„Also hier ist eine typische Frage eines Amerikaners", sagte sie, während sie auf ihre Getränke warteten. „Aber ich meine es nicht unhöflich. Was für eine Arbeit machen Sie?"

„Ah ja", sagte Adèle und winkte dem Barkeeper zu.

„Warten Sie, nein – lassen Sie mich raten. Hat es irgendwas mit Mode zu tun?"

Adèle lachte: „Nicht mal ein kleines bisschen. Wie kommen Sie bloß darauf?"

Molly zuckte mit den Schultern. „Sie sehen immer so gut aus. Ihre Kleidung ist wirklich, wirklich schön."

„Das ist mehr Gewohnheit als alles andere. Es war meiner

Mutter wichtig, als ich aufgewachsen bin, dass mein Erscheinungsbild... dass es eine gewisse Eleganz hatte. Was eigentlich ein bisschen seltsam ist, denn sie selbst kümmert sich keinen Deut um Kleidung oder ihr eigenes Aussehen. Wie Sie vielleicht bemerkt haben!", fügte sie lachend hinzu.

Molly lachte auch, ein wenig nervös, denn wie früh in einer Freundschaft konnte man sich darüber lustig machen, wie altmodisch die Mutter der anderen Person war? Zu Hause in Amerika hätte sie ein Gefühl dafür gehabt, aber hier in Castillac war sie sich nicht so sicher. „Nun, was auch immer der Grund ist, jedes Mal, wenn ich Sie sehe, liebe ich Ihr Outfit."

Gott, klinge ich wie die lächerlichste Schleimerin?

„Ich bin verwirrt über das, was Sie vorhin gesagt haben", sagte Adèle. Sie strich mit beiden Händen über ihren Wollrock. „Sie haben etwas darüber erwähnt, dass Sie die Nachricht über meine Tante bekommen haben. Was meinen Sie damit? Sie waren es doch, die sie gefunden hat."

„Oh, ich meine die neuen Nachrichten", sagte Molly und fragte sich, wie Adèle noch nichts von der Vergiftung gehört hatte. Hatte Dufort es der Familie noch nicht einmal gesagt? Oder sprach die Familie nicht miteinander? „Ähm, hat niemand etwas gesagt über...?" Molly warf der Barkeeperin einen flehenden Blick zu, sich mit den Kirs zu beeilen, aber sie lehnte sich auf ihre Ellbogen und war in ein tiefes Gespräch mit einem Mann mit sechs Ohrlöchern vertieft. „Okay, nun, das ist unangenehm. Aber ich habe gehört, dass Ihre Tante vergiftet wurde."

Adèle saß ganz still. Ihre Augen weiteten sich und sie sah weg von Molly. Molly bemerkte, dass sie schnell atmete und ihre Nasenflügel bebten.

Es sah sicherlich so aus, als wäre Adèle überrascht, aber das Hauptgefühl, das Molly bei ihrer neuen Freundin spürte, war Angst.

17

„Vergiftet?", sagte Adèle, fast zu leise für Molly, um es zu hören.

Molly nickte. „Ja. Es tut mir... es tut mir so leid. Es ist irgendwie beängstigend zu denken, dass derjenige, der es getan hat, wahrscheinlich auf dieser Geburtstagsfeier war. Ihrer Tante ging es früher am Abend noch gut, oder?"

„Wir haben immer gesagt, sie würde uns alle überleben." Adèle hielt sich mit beiden Händen an der Bar fest. „Entschuldigung", sagte sie. „Ich bin... ehrlich gesagt, stehe ich unter Schock. Sie haben wirklich vergiftet gesagt?"

„Ich weiß! Ich meine, wer würde eine kleine alte Dame umbringen wollen?"

„Das ist es ja, Molly. Bei Tante Josephine... möglicherweise eine Menge Leute."

„Nicht die Beliebteste?"

„Nein. Ich glaube nicht, dass sie irgendwelche Freunde hatte. Michel sagte, er musste sich wirklich anstrengen, um Gäste für ihre Überraschungsparty zu finden. Was die Familie angeht, Maman ist ihre einzige Schwester und sie könnten unterschiedlicher nicht sein. Maman ist fleißig und beschwert sich nie. Sie war keine perfekte Mutter, aber wer ist das schon? Sie hat Michel und mich allein großgezogen, und wir sind ganz gut geraten - sie hat Michel adoptiert, als er noch ein Baby war, weil sie Kinder so sehr mag. Aber Josephine?" Adèle schüttelte den Kopf und stieß ein bitteres Lachen aus. „Ihr ganzes Leben drehte sich darum, anderen Leuten auf die Nerven zu gehen. Im besten Fall war sie eine Nervensäge. Im schlimmsten Fall... im schlimmsten Fall grenzte es an Sadismus. Nein, nicht grenzte. Absolut sadistisch. Die armen Leute, die für sie gearbeitet haben, haben es in den letzten Jahren wirklich schlimm abbekommen. Sie hat Haushälterinnen und Gärtner in einem ziemlich guten Tempo verschlissen, wie Sie sich vorstellen können."

Molly hörte aufmerksam zu und hoffte, sie würde mehr erzählen. Schließlich fragte sie: „Wie... was für Sachen hat sie denn gemacht?"

„Naja..." Adèle schloss für einen Moment die Augen und erinnerte sich. „Wie wäre es mit der Zeit, als sie alle Gartenchemikalien vertauscht hat? Sie leerte alles aus Flaschen und Schachteln aus - und glauben Sie mir, wir reden hier nicht von ungiftigen Bio-Sachen - und dann füllte sie alles wieder ein, aber in die falschen Behälter. Der Gärtner dachte, er würde eine Lösung aus Fischmehl verwenden, bekam aber stattdessen Salzsäure. Er lag wegen dieses kleinen Streichs einen Monat lang mit entstellenden Verbrennungen im Krankenhaus."

„Wow", sagte Molly und suchte nach den richtigen Worten darauf, wenn jemand gerade verkündet hat, dass ihre Verwandte ein Monster gewesen ist. „Wurde sie dafür verhaftet oder so?"

„Keine Chance. Der Gärtner wollte einfach nur gesund werden und so weit wie möglich von ihr wegkommen. Die Leute hatten Angst vor ihr, Molly. Ich weiß, es klingt verrückt, sie sah harmlos genug aus. Aber Tante Josephine war alles andere als harmlos. Sie lebte dafür, anderen wehzutun, und sie träumte nicht nur davon, sie handelte nach ihren schrecklichen, verdrehten Impulsen - und die Geschichte mit den Gartenchemikalien ist nur ein Beispiel für etwas, von dem ich wusste. Ich mag gar nicht daran denken, was sie alles angestellt hat, wovon nie jemand erfahren hat." Adèle schauderte und kippte den Rest ihres Kirs hinunter.

Die Barkeeperin löste sich von dem Typen, mit dem sie sprach, und kam herüber. „Noch einen?", fragte sie, während sie eine kleine Schüssel mit Chips aus einem Behälter unter der Bar holte und vor Adèle stellte.

„Ja", sagte Adèle. „Bitte."

„Hat sie Ihnen je wehgetan?", fragte Molly sanft.

Adèle warf ihr langes blondes Haar auf den Rücken. „Nicht wirklich. Nichts im Vergleich zu dem, was sie den Leuten angetan hat, die für sie gearbeitet haben. Sie mochte mich nicht – sie funkelte mich böse an, kniff mich, als ich ein kleines Mädchen war, um mich zum Weinen zu bringen, war immer schnell mit einer verletzenden Bemerkung... aber zum Glück für Michel und mich traf sich unsere Familie nicht allzu oft mit Tante Josephine. Kurze Zusammenkünfte an Feiertagen, solche Sachen. Es konnten Monate vergehen, ohne dass wir sie sahen."

Molly nippte an ihrem Kir und wünschte, sie hätte stattdessen eine heiße Schokolade bestellt, etwas Heimeliges und Tröstliches. Sie steckte ihre Hände unter ihren Schal und kreuzte die Finger. „Würde es Ihnen etwas ausmachen, mit mir über die anderen Gäste zu sprechen? In der Nacht, als Sie alle hereinkamen, war ich so neugierig darauf, wie alle miteinander verwandt waren."

„Nein, es macht mir nichts aus", sagte Adèle ein wenig hölzern. „Es war keine große Party, wie Sie sehen konnten. Tante Josephine pflegte zu sagen, dass all ihre Freunde tot seien, aber die Wahrheit ist, ich glaube nicht, dass sie je viele Freunde hatte. Sie... sie war schwierig, verstehen Sie, nicht nur als alte Person, sondern schon seit langer Zeit."

Molly nickte.

Eine lange Pause, während Adèle sich auf ihrem Barhocker umdrehte und durch ein schmutziges Fenster auf die Straße blickte, und Molly fühlte sich angespannt und fragte sich, wie sie das Gespräch ein wenig schneller in Gang bringen könnte.

„Da war eine dunkelhaarige Frau dort? Ehrlich gesagt, sah sie nicht allzu glücklich aus. Mit einem Mann?"

„Sabrina. Das meine ich damit, dass Michel es schwer hatte, genug Gäste aufzutreiben. Sie ist die Haushälterin, arbeitete seit ein paar Jahren für Josephine, was wohl ein Rekord sein muss. Der Typ ist Jean-François, ihr Freund. Er war dort kurz der Gärtner, aber er war nicht der Typ, der Josephines Behandlung ertragen hätte, ich glaube, er hat keine Woche durchgehalten. Talentiert mit Pflanzen, also war es zu schade. Nicht dass Josephine noch Zeit im Garten verbracht hätte. Michel sagte, sie kam kaum noch nach unten und hielt die Fensterläden den ganzen Tag geschlossen. Wie in einem Mausoleum da drin, sagte er."

„Hmm", sagte Molly. „Denken Sie... ich meine, Jean-François sah *wirklich* wütend aus - tut mir leid", sagte sie und versuchte, anmutig zu lachen. „Ich will nicht klingen, als hätte ich Sie alle gestalkt. Aber ich mag Menschen, ich mag Partys - und ich konnte nicht anders, als an diesem Abend hinüberzuschauen und mich zu fragen, wie alle zusammenpassten."

„Sehr unbeholfen", sagte Adèle mit einem schwachen Lächeln. „Es dämmert mir gerade erst, worauf Sie hinauswollen. Sie sagen... jemand an diesem Tisch, in La Métairie, hat meine Tante getötet?"

Molly zuckte mit den Schultern. „Es scheint so, aber ich bin keine Expertin. Vielleicht wurde sie mit etwas langfristig Wirkendem vergiftet, das sie Stunden oder sogar Tage vorher eingenommen hat. Aber ihr ging es anfangs gut, ja?"

„Ja", sagte Adèle langsam. „Und dann, plötzlich ... nicht mehr. Wir hatten unsere Vorspeisen, und dann öffnete sie ein paar Geschenke. Und ich erinnere mich, dass ich zu ihrem Ende des Tisches schaute und sah, dass ihr Gesicht rot geworden war, was früher passierte, wenn sie über etwas wirklich wütend wurde, und ich sagte mir, ich hätte Glück, ganz am anderen Ende zu sein, außerhalb der Schusslinie. Nicht lange danach stand sie auf, um zur Toilette zu gehen. Unsere Hauptgerichte waren serviert worden, aber wir waren noch nicht so weit gekommen."

„Hat jemand angeboten, mit ihr zur Toilette zu gehen?"

„Mit Tante Josephine aufs *Klo* gehen? Ha! Nicht, wenn man den Rest des Abends Beleidigungen wie einen Schwarm Hornissen entgehen wollte! Josephine nahm es überhaupt nicht gut auf, wenn je auf ihr Alter oder ihre Gebrechlichkeit angespielt wurde. Nicht dass sie *gebrechlich war* – wie gesagt, wir dachten alle, sie sei stark wie ein Ochse."

„Ich schätze, jemand wurde ungeduldig."

„Es ist schrecklich zu sagen, und wir kennen uns kaum, ich sollte Sie nicht mit solchen Vertraulichkeiten belasten", sagte Adèle. „Aber um dir die Wahrheit zu sagen, ich war glücklich, als ich hörte, dass sie tot war. Glücklich! Und Michel – er war kurz davor, in Gesang auszubrechen!"

Molly konnte nicht anders als zu lächeln, aber dann wurde ihr Gesichtsausdruck ernst. Sie fühlte irgendwie einen Beschützerinstinkt gegenüber Adèle. „Profitiert einer von Ihnen von ihrem Tod? Ich will Ihnen nicht in Ihre Angelegenheiten reinreden, aber wenn dem so ist, könnte Tanzen auf der Straße vielleicht den falschen Eindruck erwecken?"

„Sie verstehen das nicht", sagte Adèle. „Josephine in der Familie zu haben bedeutete, dass wir ständig über Eindrücke nachdenken mussten. Ich glaube, deshalb hat meine Mutter mich immer so schick angezogen – weit über ihr Budget hinaus, zweifellos. Weil es Tante Josephine eine Sache weniger zum Kritisieren gab. Obwohl wir sie selten sahen, liefen wir auf Eierschalen, weil wir ihren Zorn nicht auf uns ziehen wollten. Einmal trug ich etwas Gewagtes zur Schule – ich war ein Teenager und kaufte mir einen roten Minirock von Geld, das ich verdient hatte. Josephine hörte davon und ließ mich zu sich kommen, damit sie über den Schaden, den ich dem Ruf der Familie zugefügt hatte, schimpfen und toben konnte."

„Josephines Tod bedeutet, dass wir uns keine Sorgen mehr machen müssen. Keine falsche Fassade mehr aufrechterhalten zu müssen, nur um sie uns vom Hals zu halten. Kein Fürchten der Feiertage mehr und kein Zwang, ihre boshaften Beleidigungen zu ertragen. Wir fühlen uns frei, Molly", sagte Adèle eindringlich, nahm Mollys Hände und drückte sie, mit einem seligen Lächeln auf ihrem wunderschön geschminkten Gesicht.

❧

CLAUDETTE MERCIER VERBRACHTE die meisten Dienstagvormittage auf dem Markt in Bergerac. Natürlich ging sie samstags auf den Markt in Castillac, aber es gab einige bestimmte Dinge, die sie nur in Bergerac bekommen konnte, und obwohl sie es als eine Zumutung empfand, wollte sie diese Dinge so sehr, dass sie es dem Teenager-Sohn ihres Nachbarn erlaubte, sie zu fahren. Er war ein netter Junge und setzte sie auf seinem Weg zur Schule ab und holte sie in seiner Mittagspause wieder ab. Sie bezahlte ihn mit Kirschkuchen, die er leidenschaftlich liebte, wodurch er sie vollständig für sich gewann.

Einige der besonderen Dinge waren Pilze, besonders *cèpes* und *girolles*. Im Dezember gab es keine Pilze, aber Claudette hatte sich an den Dienstagmarkt in Bergerac gewöhnt, sie hatte dort Freunde zum Plaudern, und so ging Claudette am Dienstag nach dem Tod ihrer alten Schulkameradin Josephine Desrosiers wie üblich hin. Marc war ein vorsichtiger Fahrer, und es kam ihr in den Sinn, dass sie wirklich keine Sorgen in der Welt hatte – sie freute sich auf einen Plausch und dann darauf, am Nachmittag nach Hause zu kommen und ein Glas Sherry zu trinken, und alle Anzeichen deuteten auf einen ausgezeichneten Tag hin.

Der Markt war schön, wenn auch kalt. Danach war Marc pünktlich, um sie abzuholen, wie er es fast immer war, und sie dachte an diesen Sherry, als sie zu Hause ankamen. Claudette winkte Marc zum Abschied und schloss ihre Haustür auf. Sie ging hinein. Sie blieb stehen, ihr Mund klaffte auf. Ein kaum hörbarer Piepser kam aus ihr heraus. Der Korb fiel zu Boden. Ihr Wohnzimmer, sonst immer tipptopp, sah aus, als wäre ein Orkan hindurchgefegt. Sofakissen auf dem Boden, Lampenschirme schief, Papiere aus Schubladen gekippt und auf dem Teppich liegend.

Ihr erster Impuls war, auf die Knie zu gehen und das Durcheinander aufzuräumen. Aber dann hatte sie den erschreckenden Gedanken, dass derjenige, der dafür verantwortlich war, immer noch in ihrem Haus sein könnte, möglicherweise auf der Lauer! Langsam ging sie rückwärts zur Haustür hinaus und eilte so schnell sie konnte zum Nachbarhaus. Nur Marc war da, aber er rief die Notrufnummer an und machte ihr sogar eine Tasse Tee.

Gilles Maron erhielt den Anruf und stieg auf seinen neuen Roller. Er hatte Dufort davon überzeugt, das Geld dafür auszugeben, indem er sagte, dass ein Polizeifahrzeug nicht ausreiche und dass, so wie Castillac wuchs − nicht schnell, aber stetig − die Truppe sich modernisieren müsse, wenn sie auf die Bedürfnisse des Dorfes reagieren wolle. Maron konnte Dufort gut genug lesen, um zu wissen, dass Worte wie „reagieren" wahrscheinlich eine Wirkung haben würden, und am Ende hatte er seinen Roller bekommen.

Er fuhr nach dem Anruf direkt zu Claudettes Haus. Er fand die Tür offen vor, ging hinein, wachsam und lauschend. Eine mollige Tigerkatze lag zusammengerollt in einem Sessel und schlief. Eine antike Uhr tickte. Der Wohnzimmerboden war bedeckt mit Papieren, Kleidung, einem verhedderten Strickprojekt und Nippes. Er stieg vorsichtig über das Durcheinander und ging den Flur entlang in die Küche, offensichtlich das Herz dieses Hauses, die Pfannen gut geschrubbt und glänzend, alles ordentlich weggeräumt, nicht durchwühlt wie das Wohnzimmer. Er ging ins Schlafzimmer des kleinen Hauses und sah, dass der Nachttisch umgeworfen worden war, eine Lampe zerbrochen, Kommodenschubladen herausgezogen und durchwühlt, aber niemand war im Schrank oder unter dem Bett.

Das Schlafzimmerfenster war aufgehebelt worden, und ein kalter Luftzug wehte hindurch.

Maron ging zum Nachbarhaus und klopfte an die Tür.

„Guten Tag, Madame", sagte er zu Claudette, die teilweise hinter Marc stand. „Ich bin Beamter Maron. Geht es Ihnen gut? Haben Sie jemanden gesehen, als Sie Ihr Haus betraten?"

„Oh nein", sagte Claudette. „Ich wollte niemanden sehen. Ich bin direkt hierher gerannt, zum Nachbarn!"

„Wer auch immer es war, ist jetzt weg. Aber ich bitte Sie, mir ein paar Momente zu geben, um nach Beweisen zu suchen, bevor Sie zurückkehren."

„Natürlich! Vielen Dank, dass Sie so schnell gekommen sind", sagte Claudette und versuchte, ein Lächeln zustande zu bringen. „Wer würde so etwas tun? Mir ist noch nie etwas Derartiges in meinem ganzen Leben passiert. Es ist furchtbar beunruhigend."

„*Oui*, Madame, ich verstehe", sagte Maron, obwohl sein Ton nicht herzlich war. „Ich fürchte, Ihr Haus ist nicht das erste. Im letzten Monat hatten wir zwei ähnliche Fälle. Darf ich Ihnen ein paar Fragen stellen?"

„Bitte, kommen Sie herein", sagte Marc, der insgeheim von der Vorstellung eines Einbrechers, der am helllichten Tag nebenan eingebrochen war, begeistert war.

Die Temperatur war etwas gestiegen, aber der Wind war immer noch beißend. Maron nickte und trat ein. „Zunächst, haben Sie irgendetwas Wertvolles in Ihrem Haus, von dem jemand weiß?"

„Himmel, nein. Es sei denn, Sie meinen meine Sammlung von Kupferpfannen? Ich weiß, dass sie jetzt sehr viel wert sind, ich habe sie über die Jahre langsam erweitert, wissen Sie. Ich habe gerade letzten Monat eine schöne kleine Ein-Liter-Kasserolle gekauft, um eine zu ersetzen, deren Griff sich nicht so gut anfühlte, wissen Sie."

„Ich glaube, die Küche blieb unberührt", sagte Maron und seufzte innerlich. Warum hatte Perrault diesen Anruf nicht angenommen? „Keine Familienerbstücke, nichts dergleichen, wovon Leute wissen könnten?"

„Nein. Ich halte nichts von Tand, Monsieur. Mein Vater kaufte mir früher Halsketten und solche Dinge, aber ich sagte ihm, er solle damit aufhören, ich mochte es nicht. Was ich stattdessen wollte, war ein Sabatier-Hackbeil. Er war sehr enttäuscht von mir."

Marc betrachtete seine Nachbarin mit neuer Bewunderung. Er fand Hackbeile großartig.

„In Ordnung, Madame Mercier. Ich möchte nach meiner Untersuchung mit Ihnen durch das Haus gehen, und vielleicht können Sie mir sagen, ob etwas zu fehlen scheint. Der Dieb war höchstwahrscheinlich hinter Gegenständen her, die leicht zu verkaufen sind - Fernseher, Computer, solche Dinge."

„Nun, ich habe einen kleinen Fernseher. Es gibt jetzt so viele Kochsendungen, Sie würden es nicht glauben! Ich verfolge mehrere davon. Haben Sie diesen Gordon Ramsay gesehen? So eine Ausdrucksweise! Und natürlich ist er kein Franzose, aber ich glaube, er kann kochen. Mein Englisch ist nicht so gut und ich kann nicht alles verstehen. Aber trotzdem schaue ich zu." Sie zuckte mit den Schultern und gab Maron ein schelmisches Lächeln. „Aber keinen Computer, oh nein. Dafür bin ich zu alt."

Marc kicherte und klopfte dann Madame Mercier auf die Schulter.

„Meine nächste Frage: Haben Sie einen vorhersehbaren Zeitplan? Sind Sie regelmäßig dienstags vormittags unterwegs, zum Beispiel?"

„Nun, natürlich habe ich einen Zeitplan. Wer hat den nicht? Dienstags fährt Marc mich zum Markt in Bergerac. Der Mann, der Walnüsse auf der Nordseite der Kirche verkauft, hat die besten Walnüsse in der Dordogne. Ich versuche, keinen Dienstagmarkt zu verpassen. Und zum Glück habe ich, auch wenn ich, wie

Sie vielleicht bemerkt haben, nicht mehr jung bin, immer noch meine Gesundheit, und so ist es ziemlich selten, dass ich Marc anrufen und ihm sagen muss, dass ich es nicht schaffe. Ich hoffe, eines Tages an einem Herzinfarkt zu sterben, wie Josephine Desrosiers - in einem Moment noch da, im nächsten weg! Das ist der richtige Weg, finden Sie nicht, Herr Maron?"

Maron nickte langsam. Er bemerkte, wie Madame Merciers Gesichtsausdruck aufleuchtete, als sie den Tod von Desrosiers erwähnte, als wäre es die fröhlichste Nachricht, die sie seit langer Zeit gehört hatte.

„In Ordnung, danke, Madame. Ich werde jetzt zu Ihrem Haus zurückkehren und sehen, ob ich etwas Hilfreiches für die Ermittlungen finden kann. Wenn Sie bitte für den Moment hier bleiben würden, danke ich Ihnen für Ihre Geduld." Maron drehte sich um und ging zurück zum Haus der Merciers.

Er war ziemlich sicher, dass der Einbrecher ein Süchtiger war, der nach etwas gesucht hatte, das er verkaufen konnte, um Geld für Drogen zu beschaffen, und der vielleicht gehofft hatte, ein Bündel Bargeld unter der Matratze einer alten Dame zu finden. Es war kein Verbrechen, das nach Forensik verlangte; es war nicht einmal klar, ob überhaupt etwas gestohlen worden war. Castillac hatte über die Jahre nicht viel Drogenaktivität gesehen, aber es hatte diese beiden anderen ähnlichen Einbrüche gegeben, und basierend auf seiner Erfahrung in den Pariser Vororten fühlten sich alle wie Drogengeld-Einbrüche an - schlampig und nicht sehr erfolgreich.

Maron hockte sich im Wohnzimmer hin und durchsuchte einige der Papiere auf dem Boden. Er sah sich im Raum um und versuchte, nicht nach etwas Bestimmtem zu suchen, sondern ließ seine Augen schweifen und vertraute darauf, dass sie Anomalien aufspüren würden.

Der Raum war so typisch, dass er an ein Klischee grenzte: Spitzenantimakassar auf den Armlehnen der Stühle und des Sofas, die schlummernde Katze, die tickende Uhr, das kleine gerahmte

Familienfoto auf einem Beistelltisch. Es sah aus wie ein Raum, in dem nie etwas Aufregendes passiert war. Er stand auf, bereit, zur Wache zurückzukehren und seinen Bericht zu machen. Als er noch einmal auf das Durcheinander auf dem Boden blickte, fiel sein Blick auf einen Umschlag aus schwerem Briefpapier, der auf einigen Papieren lag. Er hob ihn auf und sah, dass er einen aktuellen Poststempel trug. Er sagte sich, dass er vielleicht einen Hinweis auf den Einbruch geben könnte, obwohl er wusste, dass das unwahrscheinlich war.

Er zog den Brief aus dem Umschlag und las ihn. Seine Augen weiteten sich, als er die ätzenden, drohenden Worte las. Der Brief war kurz und unsigniert, aber es bestand kein Zweifel, dass der Schreiber Claudette Mercier sehr übel gesonnen war.

Nun gut, dachte Maron, vielleicht steckt doch mehr hinter diesem Einbruch, als ich dachte. Und vielleicht ist in diesem stickigen kleinen Raum doch *etwas* passiert.

⚜   18   ⚜

„Tut mir leid, Chef, aber ich glaube, das können Sie nicht einfach abtun", sagte Maron, der wieder auf der Wache war, nachdem er Dufort und Perrault den Brief gezeigt hatte, den er bei Claudette gefunden hatte.

„Es ist zweifellos eine üble Angelegenheit", sagte Dufort. „Also was wollen Sie damit sagen? Dass Sie glauben, der Einbrecher hätte den Brief geschrieben? Auf welcher Grundlage? Vielleicht Ihrer Intuition?" Er neckte Maron, weil dieser tatsächlich niemals das Wort „Intuition" ohne ein Schnauben benutzen würde.

„Mercier ist das Opfer von zwei Gewalttaten geworden, einer physischen und einer emotionalen. Es ist nicht weit hergeholt, zu denken, dass sie möglicherweise verbunden sein könnten. *Möglicherweise*", fügte Maron mit Nachdruck hinzu. „Aber eigentlich ist es nicht der versuchte Einbruch, über den ich nachdenke. Es gibt eine Verbindung zwischen Mercier und Desrosiers. Es stellt sich heraus, dass Mercier auf der Geburtstagsfeier war. Alles, was ich in La Métairie gefunden habe, war eine Karte auf dem Boden in der Nähe der Mülltonne. Sieht aus, als wäre sie an einem Geburtstagsgeschenk gewesen." Er griff in seine Manteltasche und holte sie heraus, ein kleines Rechteck aus dünnem Karton mit einigen lila Blumen als Verzierung oben. ‚Von deiner Freundin, Claudette'."

„Claudette Mercier war auf der Party?", fragte Dufort und blickte schnell auf.

„Ja", sagte Maron. „Ein ziemlicher Zufall, nicht wahr? Und tatsächlich erwähnte sie Desrosiers – sie sagte, sie wolle auch an einem Herzinfarkt sterben, wenn ihre Zeit gekommen sei."

„Sie waren ungefähr im gleichen Alter, wahrscheinlich zusammen in der Schule", sagte Perrault. „Sie sind beide in Castillac aufgewachsen, oder?"

„Ja", sagte Dufort. „Die Merciers besaßen früher einen Eisenwarenladen im Zentrum des Dorfes. Sie waren eine recht wohlhabende Familie, soweit ich weiß, sind sie es immer noch."

„Finden Sie es nicht bedeutsam, dass eine Dame umgebracht wird und dann bei einer anderen von derselben Party ins Haus eingebrochen wird *und* sie anonyme Drohbriefe erhält?"

„Wir können nicht sagen, ob es bedeutsam ist oder nicht", sagte Dufort. „Ich muss Sie beide warnen, keine Ordnung zu suchen, wo keine ist. Alle drei Ereignisse könnten rein gar nichts miteinander zu tun haben, und wir befinden uns noch in den Anfangsstadien der Ermittlungen, Maron. Im Moment sieht es so aus, als ob Desrosiers von allen, die sie kannten, rundweg verabscheut wurde – zumindest von ihrer Familie und den Leuten, die für sie gearbeitet haben. Jeder von ihnen könnte sie getötet haben. Mercier war vielleicht ihre einzige Freundin."

„Vielleicht ist der Rest ihrer Freunde tot. Sie war immerhin zweiundsiebzig."

„Wie ich Perrault schon sagte, zweiundsiebzig ist nicht so alt. Sie müssen sich beide bemühen, nicht alles durch die Brille Ihrer eigenen Jugend zu betrachten. Vielleicht... hatte sie keine Freunde. Das kommt vor, wissen Sie. Obwohl normalerweise nicht, weil jemand für jeden einzelnen Menschen, dem er begegnet, widerwärtig ist; normalerweise ist es eine Frage von einer psychischen Erkrankung, die im Weg steht, starke soziale Ängste oder so etwas in der Art."

„Desrosiers hasste andere Menschen", sagte Perrault.

„Wer weiß, was passiert ist, um ihre Persönlichkeit so zu verdrehen? Es gibt Geheimnisse, die wir nie entschlüsseln werden, nicht ohne ein viel tieferes Verständnis des Geistes und der Dinge, die ihn beeinflussen. Desrosiers' Schwester ist nicht aus dem gleichen Holz geschnitzt?", fragte Dufort.

„Nein", sagte Perrault. „Ich habe mich umgehört. Sie ist eine angesehene Naturwissenschaftslehrerin am Gymnasium, führt soweit ich das beurteilen kann ein anständiges Leben. Hat zwei Kinder allein großgezogen, mit wenig Unterstützung von ihren reichen Verwandten."

Maron sagte: „Zurück zu Mercier – ich sage nur, dass der Schein trügen kann. Klar, sie sieht aus wie eine sanfte alte Dame, aber sie hat irgendetwas getan, um diesen Briefschreiber in Rage zu bringen. Ich sehe nicht, dass wir irgendwelche konkreten Beweise haben, um sie von der Verdächtigenliste zu streichen."

„Also gut, dann gehen Sie der Sache nach, Sie sind wie ein Hund mit einem Knochen. Sprechen Sie noch einmal mit ihr. Aber geben Sie ihr nicht die Schuld für diese Briefe. Soweit wir wissen, ist sie das Opfer, nicht die Täterin." Dufort zuckte mit den Schultern. „Es war sicher keine gute Woche für die zweiundsiebzigjährigen Damen von Castillac. Nun, zu der anderen Sache, Perrault und ich haben Sabrina Lellouche gestern erwischt, als sie mit einigen Taschen aus Desrosiers' Haus kam. Ich habe sie befragt; sie sagte, sie sei ein letztes Mal ins Haus zurückgekommen, um ein paar Dinge zu holen, die ihr gehörten, sowie einige Sachen, die Desrosiers ihr geschenkt hatte."

„Wenn sie lügt, ist sie eine verdammt gute Lügnerin", sagte Perrault.

„Sie war ziemlich kühl und gefasst", stimmte Dufort zu. „Ich fragte sie, was in den Taschen sei, und sie bot an, sie auf dem Bürgersteig auszuleeren, aber ich sagte ihr, das sei nicht nötig.

Sie könnte später eine nützliche Zeugin für uns sein, und ich möchte nicht, dass sie denkt, sie stünde unter Verdacht. Laut ihr waren die Taschen voll mit alten Kleidern, abgelegten Sachen, die Desrosiers ihr gegeben hatte, das ist alles. Ich fragte, ob es einen Schlüssel zum Haus gäbe, und sie erzählte mir, dass ein Ersatzschlüssel unter einem Blumentopf im hinteren Garten liegt. Wir wurden von einem Anruf von Madame Vargas unterbrochen, aber Perrault und ich werden noch einmal dorthin gehen, um nach dem Testament zu suchen und zu sehen, was wir finden können. Vielleicht mehr Briefe!", sagte er und neckte Maron erneut. Es gab etwas an einer Person, die sich selbst so ernst nahm, das Dufort dazu verleitete, sie aufzuziehen. Er bewunderte diese Eigenschaft an sich selbst nicht.

Maron lehnte sich gegen Duforts Schreibtisch. Seine dunklen Augenbrauen wirkten schwerer und dunkler als sonst und zogen sich zusammen, während er auf den Boden starrte. Dufort fühlte einen Anflug von Reue. „Also Maron, sonst nichts zu berichten von La Métairie? Ich mache mir nicht sehr große Hoffnungen", sagte er.

„Nicht viel", sagte Maron, sein Gesicht hellte sich nicht auf. „Alle Teller, Gläser, Bestecke – das war alles gespült und weggeräumt worden, dann für einen weiteren Service benutzt worden. Jede Spur von Zyanid, die möglicherweise in Desrosiers' Glas gewesen sein könnte, wäre längst verschwunden, ganz zu schweigen davon, dass es keine Möglichkeit zu unterscheiden gab, welche Gegenstände sie benutzt hatte. Geburtstagsgeschenke wurden keine zurückgelassen."

Dufort nickte. „Wir könnten einen Durchbruch gebrauchen", sagte er. „Also gut, wir müssen das Testament finden, um zu sehen, wer erben wird. Es könnte viel Geld im Spiel sein. Keine Kinder, also wird vermutlich der größere Teil zwischen ihrer Schwester und Nichte und Neffen aufgeteilt, obwohl es entferntere Verwandte geben könnte, von denen wir nichts wissen, die einen Anspruch haben könnten. Jedenfalls stellt das im Moment definitiv die Familie Faure an die Spitze der Liste."

„Adèle und meine Schwester waren oft zusammen", sagte Perrault. „Sie waren viel älter als ich, aber ich fand Adèle immer eine der richtig coolen Mädchen. Ich meine, sie fiel auf, verstehen Sie? Immer topmodisch gekleidet, trotz ihres Hinkens."

Dufort neigte den Kopf und stellte sich Adèle vor, wie sie erhobenen Hauptes einen Schulflur entlang ging.

„Sie hatte diese ... diese Behinderung, die sie nie aufgehalten hat. Ich denke ... oft wollen Menschen mit so etwas keine Aufmerksamkeit auf sich ziehen, wissen Sie? Aber Adèle ließ sich von diesem kaputten Fuß nicht bremsen. Das muss man bewundern."

„Wissen Sie, was mit ihrem Fuß nicht stimmt, Perrault? Klumpfüße sieht man heutzutage selten, weil man das behandelt. Perrault, finden Sie heraus, ob es ein Klumpfuß ist und ob sie behandelt wurde."

„Unangenehm", sagte Perrault und senkte für einen Moment den Kopf. Doch dann zeigte sich ein entschlossener Ausdruck auf ihrem offenen, sommersprossigen Gesicht, und sie sagte, sie würde die Informationen beschaffen.

„Wir müssen auch den Bruder und die Mutter unter die Lupe nehmen."

„Michel ist arbeitslos, soweit ich weiß", sagte Perrault.

„Arbeitslosigkeit bedeutet, dass ein Erbe gerade recht kommen könnte", sagte Maron.

„Und abgesehen von den Faures, wen haben wir noch? Maron, gehen Sie zurück zu La Métairie und besorgen Sie eine Liste der Gäste auf der Geburtstagsfeier. Jeder Anwesende hatte Gelegenheit, falls sich herausstellt, dass das Gift so schnell wirken konnte. Ich weiß, Sie haben schon gefragt, aber drängen Sie Nathalie. Vielleicht zögert sie nur, Namen zu nennen. Ich werde bei Molly Sutton vorbeischauen. Sie war in der Mordnacht im Restaurant; vielleicht hat sie etwas gesehen."

Duforts Handy klingelte. *„Oui?"* Er nickte. Perrault und Maron konnten eine raue Stimme am anderen Ende hören und wussten, dass es Florian Nagrand, der Gerichtsmediziner, war.

Dufort sagte Danke und legte auf. „Er rief nur an, um sicherzugehen, dass wir den Bericht verstanden haben. Zyanid. Eintrittsweg war die Haut im Gesicht, die leicht abgeschürft war und so eine schnelle Aufnahme ermöglichte. Es tötete sie schnell."

„Definitiv jemand auf der Party", sagte Maron.

„Oder zumindest im Restaurant", sagte Perrault.

Maron warf ihr einen eisigen Blick zu, da er dachte, sie würde ihn kritisieren.

„Lassen Sie uns an die Arbeit gehen", sagte Dufort. „Perrault, finden Sie Adèle und holen Sie jeden letzten Tropfen Information aus ihr heraus. Ich will wissen, was in dieser Familie los war – ich will wissen, warum Michel nicht arbeitet, ich will wissen, wie gut Murielle und ihre Schwester sich verstanden haben. Und – ich weiß, dass Sie das wissen, aber ich erwähne es trotzdem – Adèle ist nicht mehr das coole Mädchen, das mit Ihrer Schwester befreundet ist. Sie ist eine mögliche Mordverdächtige. Vergessen Sie das nicht."

Perrault sagte „Ja, Chef" und nahm sich die Ermahnung zu Herzen, wünschte sich aber, er hätte es nicht für nötig gehalten, es zu sagen.

„Maron, Sie gehen wieder zu La Métairie. Ich bin nicht überzeugt, dass Nathalie sich nicht genau erinnert, wer da war. Finden Sie heraus, wer sie bedient hat; da es eine große Gruppe war, könnten es mehrere Personen gewesen sein. Namen und Nummern, natürlich."

Dufort fühlte sich energiegeladen und zuversichtlich. Sie kannten die Mordwaffe, sie wussten, wann sie eingesetzt worden war, und sie hatten einen Raum mit einer überschaubaren Anzahl von Personen, die das Verbrechen begangen haben könnten, und jede Menge Zeugen.

Wie schwer konnte der Rest schon sein?

≈

ADÈLE VERBRACHTE diese Dienstagnacht im Haus ihrer Mutter. Sie dachte nicht darüber nach, warum, es war einfach etwas, das sie tat, wenn sie sich unsicher fühlte, selbst jetzt, wo sie neununddreißig Jahre alt war, eine leitende Angestellte in der Bank, und seit Jahren ihre eigene Wohnung hatte. Es war unpraktisch, weil die Bank, in der sie arbeitete, auf der anderen Seite des Dorfes lag, und im Dezember war es nicht immer ein angenehmer Spaziergang. Es tat ihrem Fuß weh und sie musste sehr früh aufstehen, um pünktlich dort zu sein. Aber trotzdem kam sie ein paar Mal im Jahr zu ihrer Mutter, weil ihr altes Zimmer noch genauso war wie in ihrer Kindheit, und es war tröstlich, in diesem schmalen Bett mit der vertrauten Bettdecke zu schlafen und die Zweige vor ihrem Schlafzimmerfenster in scheinbar genau demselben Muster zu sehen wie mit zehn Jahren.

Murielle stand immer früh auf. In den dunklen Dezembertagen bedeutete das lange vor Sonnenaufgang, und sie machte Kaffee und las wissenschaftliche Zeitschriften und Gartenzeitschriften, bis es Zeit war, zum Lycée zu gehen, wo sie seit über dreißig Jahren unterrichtete.

„Bonjour, Maman", sagte Adèle, als sie in ihrem Nachthemd und Morgenmantel in die kleine Küche tappte. „Hast du gut geschlafen?"

„Natürlich nicht", sagte ihre Mutter. „In meinem Alter schläft niemand gut. Es sei denn, man betäubt sich, was viele tun. Es gibt Kaffee", fügte sie hinzu und wandte sich wieder ihrer Zeitschrift zu.

Adèle schenkte sich Kaffee ein und gab einen großen Schuss Sahne und zwei Löffel Zucker hinzu.

„Du weißt, dass Zucker keinerlei Nährwert hat", sagte Murielle.

„Ja, Maman, das hast du ein- oder zweimal erwähnt. Hör zu, ich möchte mit dir über Michel reden."

Murielles Kopf schoss von ihrer Zeitschrift hoch. „Was ist mit ihm?", fragte sie fordernd.

„Nun, ich … die ganze Sache mit Tante Josephine …"

„Was ist damit, Adèle? Sprich dich aus."

„Glaubst du, es geht ihm gut? Ich meine, *wirklich* gut?"

„Es geht ihm so gut, wie es ihm immer gegangen ist. So gut wie an dem Tag, als ich ihn als Baby aus dem Krankenhaus abgeholt habe. Ich glaube keine Sekunde lang, dass Josephines Tod irgendeine negative Auswirkung auf ihn haben wird, falls du das meinst."

„Nicht ganz, Maman. Es ist nur – hat die Polizei dir das nicht gesagt? Tante Josephine wurde vergiftet. Und wenn das stimmt, dann wäre Michel …"

„Das klingt nach Unsinn", sagte Murielle. „Wer in aller Welt sollte Josephine vergiften wollen?"

Adèle lachte. „Die Hälfte des Dorfes?"

„Adèle!"

„Tut mir leid, Maman. Nun, ich habe von einer meiner Meinung nach zuverlässigen Quelle gehört, dass sie definitiv vergiftet wurde. Und wahrscheinlich von jemandem auf der Geburtstagsfeier. Und deshalb fragte ich mich... ich wollte mit dir darüber sprechen... es könnte doch nicht... du bist dir *sicher*, dass es nicht... nicht Michel war? Sag mir, dass du nicht glaubst, dass es Michel gewesen sein könnte."

Murielle starrte sie an. „Warum sagst du so etwas? Warum denkst du überhaupt daran? Natürlich hat Michel nichts dergleichen getan. Er hat zwar noch nicht richtig Fuß gefasst, das stimmt. Aber er könnte keiner Fliege etwas zuleide tun. Michel, ein *Mörder?*" Murielle schüttelte entschieden den Kopf.

„Natürlich glaube ich nicht, dass er dazu fähig wäre", sagte Adèle, die sich nun besser fühlte. „Aber ich machte mir nur Sorgen, wegen des Geldes..."

Murielle schüttelte erneut den Kopf und blickte mit trauriger Miene aus dem Fenster in den grauen Morgen. Adèle fragte sich, ob sie mehr Kummer über den Verlust ihrer Schwester empfand, als sie zugab.

„Maman, du hast erwähnt, dass du Michel aus dem Krankenhaus abgeholt hast. Ich glaube, du hast die Geschichte von Michels Adoption nie wirklich erzählt, Maman. Ich bin sehr froh, dass du ihn adoptiert hast, es ist wunderbar, einen Bruder zu haben, dem ich so nahe stehe. Aber was hat dich dazu bewogen, ihn aufzunehmen?"

Murielle sah aus, als ob sie überlegte, was sie sagen sollte. „Du warst einsam", sagte sie schließlich. „Du warst ein lebhaftes kleines Mädchen und ehrlich gesagt, war ich nicht genug Gesellschaft für dich."

Adèle lachte. „Du hättest mir auch einfach einen Hund kaufen können."

Murielle zuckte mit den Schultern. „Und außerdem – ich bekam einen Anruf von einem Anwalt, den ich früher kannte. Er sagte, es hätte eine Geburt gegeben, die Mutter sei jung und unverheiratet, die Familie katholisch und überhaupt nicht erfreut, und ob ich in Erwägung ziehen würde..." Sie brach ab und blickte aus dem Fenster, in Erinnerungen versunken. „Du musst verstehen, in jenen Tagen galt es als skandalös und beschämend, eine unverheiratete Mutter zu sein. Es war nicht leicht, das durchzustehen."

„Du hast es geschafft, Maman", sagte Adèle leise und verstand zum ersten Mal wirklich, dass ihre Geburt ihrer Mutter echte Schwierigkeiten, sogar Schmerzen bereitet hatte.

Murielle antwortete zunächst nicht, sondern blickte weiter aus dem Fenster. „Michel kam aus Bergerac, nicht aus einer Dorffamilie", sagte sie schließlich. „Ich habe den Namen vergessen."

Adèle war sich nicht sicher, ob sie ihr glaubte. „Nun, es war gut von dir, das zu tun. Ich weiß, es war nicht leicht mit uns beiden und wenig Geld."

„Und ohne Ehemann. Nicht, dass ich einen wollte. Mehr Ärger, als sie wert sind."

Adèle nickte. Sie selbst hatte sich nie besonders für Heirat interessiert, oder für Kinder, wenn man es genau nahm. Sie trank ihren Kaffee. Ihre Mutter wandte sich wieder ihrem Journal zu. Nach fünfzehn stillen Minuten ging Adèle nach oben und zog sich sorgfältig für die Arbeit an, mit Kleidung, die im Schrank in ihrem alten Zimmer hing. Der Stoff des Wollrocks war sehr fein und der Pullover aus Kaschmir.

„À bientôt, Maman", sagte sie beim Gehen und küsste sie auf beide Wangen. Adèle ließ ihre Jacke offen, da das Wetter über Nacht deutlich wärmer geworden war, und bahnte sich ihren Weg durch die Kopfsteinpflasterstraßen von Castillac. Dabei dachte sie nicht an Mord, sondern an ihre ersten Aufgaben in der Bank an diesem Morgen und grübelte erneut über ihre Mutter und die Adoption von Michel. Sie hatte bisher nicht viel darüber nachgedacht, aber plötzlich war es etwas, das sie beschäftigte. Es war nur ein Gefühl, dennoch war sie sich sicher, dass diese Geschichte komplizierter war, als ihre Mutter ihr gerade erzählt hatte.

❦ 19 ❦

Dufort ging von der Polizeistation zu Fuß nach Hause, um mit seinem eigenen Auto zu Molly zu fahren. Der Polizeiwagen stand zwar zur Verfügung, aber er bevorzugte einen unauffälligeren Ansatz, da er festgestellt hatte, dass das Auftauchen in einem Dienstwagen – selbst ohne Sirenen und Blaulicht – die Leute tendenziell verunsicherte. Sogar Menschen, die nichts verbrochen hatten. Sogar jemanden wie Molly, von der er vermutete, dass sie eifrig bei dem Fall helfen würde.

Er klopfte an die Tür und wartete, während er sich auf dem Grundstück von La Baraque umsah. Es war wirklich ein Durcheinander – im Vorgarten standen immer noch hohe gefrorene Stängel von irgendetwas, die in alle Richtungen lehnten. Ein unordentlicher Holzstapel lag in der Nähe der Hauswand. Der Rasen musste geharkt werden. Dennoch vermittelte der Ort ihm ein gutes Gefühl; es wirkte nicht so sehr vernachlässigt als vielmehr so, als ob viel gleichzeitig los war. Er sah einen Karren mit einer Ladung Steine und eine riesige Metallwerkzeugkiste daneben. Wahrscheinlich Pierre Gault, vermutete er richtig.

Er klopfte erneut, diesmal lauter, und hörte drinnen ein

Rascheln. Die Tür öffnete sich und eine auffallende Frau mit schwarzem Pagenschnitt und blasser Haut erschien.

„Sie sind nicht Molly", sagte Dufort trocken.

„Ich habe keine Ahnung, was Sie gerade gesagt haben", erwiderte Frances. „Aber hey, ich mag Männer in Uniform genauso wie jedes andere Mädchen. Wollen Sie reinkommen? Molly ist hinten auf der Wiese und redet mit dem Maurer."

Dufort überlegte, sich auf Englisch zu bemühen, aber sie war ablenkend hübsch, und er konnte es nicht ertragen, wie er die Sprache verhunzte. Also nickte er einfach, lächelte und trat ein. Frances ging zu den Terrassentüren und rief Molly zu, dass jemand da sei, und die beiden setzten sich in das kalte Wohnzimmer, unbeholfen, ohne den Smalltalk, der die Situation weniger unangenehm gemacht hätte.

Kurz darauf kam Molly herein, ohne Mantel, mit von der Kälte geröteten Wangen und roten Haaren, die in einer lockigen Wolke um ihren Kopf flogen. „Ben!", rief sie mit einem Grinsen und kam auf ihn zu, um Wangenküsse auszutauschen. Ben umfasste fest ihre Arme und lächelte zurück.

„Ihr habt euch also kennengelernt?", wechselte Molly ins Englische. „Frances, das ist Ben Dufort, unser Chef der Gendarmerie. Ben, das ist meine alte Freundin Frances Milton."

„Kommen Sie auch aus Massachusetts?", wagte er auf Englisch.

„*Oui*", sagte Frances, aber das war das Ende ihres Französisch, und sie lächelte und entschuldigte sich. Dufort und Molly hörten sie im Musikzimmer auf dem Klavier klimpern.

„Polizeiliche Angelegenheit?", fragte Molly und hoffte inständig, dass dem so war.

„Nun, ich bin nur inoffiziell hier. Können wir uns setzen? Es gibt ein paar Dinge, über die ich gerne mit dir sprechen würde."

Sie gingen zu den Sofas vor dem Holzofen und setzten sich. „Geht es um Madame Desrosiers?"

„Ja. Du warst natürlich im Restaurant, und es gibt ein paar

Dinge, die ich gerne festhalten möchte, wenn du einen Moment Zeit hast, um darüber zu sprechen."

„Natürlich! Ich war gerade draußen mit Pierre Gault, dem Maurer. Du kennst ihn? Natürlich kennst du ihn. Er wird meinen Taubenschlag wieder aufbauen, damit ich ihn vermieten kann. Ich hoffe, dass er bis zum frühen Sommer fertig wird, Daumen drücken." Molly plapperte weiter über die Kosten von Steinen und Trockenmauern und fragte sich gleichzeitig, warum sie es hinauszögerte, zum Thema zu kommen, das sie die ganze Zeit beschäftigt hatte. Es war ein bisschen wie ein fettes Stück Schokoladenkuchen aufzuheben, um es ganz am Ende des Tages im Bett zu essen.

Dufort fragte sich das Gleiche. Wusste sie etwas, das sie ihm nicht sagen wollte? Neugierig beschloss er, sie weiter plappern zu lassen.

Schließlich sagte Molly: „Also, zu dem Abend. Frances war auch da. Sie war böse mit mir, weil ich ständig die Geburtstagsfeier beobachtete. Du weißt ja, ich bin unverbesserlich neugierig. Also, was kann ich dir erzählen?"

„Zunächst die Gäste der Feier", begann er.

„Ja, darüber habe ich nachgedacht", fiel Molly ein. „Okay, da war Desrosiers natürlich, am Kopfende des Tisches. Michel direkt neben ihr, zu ihrer Linken. Sie waren vor allen anderen da."

„Wie wirkten sie zusammen? Ist dir irgendeine... Unzufriedenheit zwischen ihnen aufgefallen?"

„Keine. Er schien ehrlich gesagt ein ziemlich ergebener Neffe zu sein. Obwohl Desrosiers wie jemand aussah, den man schwer zufriedenstellen konnte."

„Allen Berichten zufolge", sagte Dufort. „Weiter?"

„Neben Michel saß seine Mutter – ich vergesse immer ihren Namen –"

„Murielle Faure."

„Ja. Sie war die Nächste. Sie schien ganz angenehm zu sein. Eine der wenigen Personen am Tisch, die nicht entweder wütend waren oder aussahen wie ein in der Falle gefangener Wolf, der sich gerne ein Bein abbeißen würde, um zu entkommen."

Dufort lachte.

„Neben Murielle war Adèle. Dann auf der anderen Seite des Tisches saßen Sabrina und ihr Freund Jean-François."

„Das hast du alles nur durch Sitzen am Nebentisch herausgefunden?"

„Naja, nicht ganz. Ich war auch mit Adèle etwas trinken."

Dufort hob die Augenbrauen, sagte aber zunächst nichts.

„Möchtest du einen Kaffee oder so? Entschuldige, dass ich so eine schlechte Gastgeberin bin", sagte Molly, sprang auf und ging in die offene Küche.

„Nein, nein danke. Würde es dir etwas ausmachen, mir zu sagen, warum du mit Adèle ausgegangen bist? Ist es, weil du dich in einer Art, äh, Amateurdetektivarbeit engagiert hast?"

Molly werkelte in der Küche herum, um sich einen Kaffee zu holen. „Nun, nicht direkt, Ben. Ich meine, ja, es stimmt, dass ich einige Fragen hatte. Ich *bin* neugierig auf ein paar Dinge. Aber auch – ich mag Adèle. Wir haben einiges gemeinsam." Sie zuckte mit den Schultern, ohne zu erwähnen, dass sie dabei an ihren Geschmack für Handtaschen dachte.

„Darf ich fragen, ob du mit ihr größtenteils auf Französisch sprichst? Ich muss hinzufügen, dass sich dein Französisch seit unserer ersten Begegnung ziemlich dramatisch verbessert hat."

Molly strahlte. „Danke! Natürlich lerne ich jeden Tag dazu. Aber das Wichtigste ist, dass ich meine Angst vor Fehlern überwunden habe. Ich mache sie einfach und mache weiter, und paradoxerweise bedeutet das, dass ich weniger davon mache."

Dufort nickte. „Ich wünschte, ich könnte das Gleiche über mein Englisch sagen."

„Die Leute zu Hause denken, sie würden gekreuzigt werden, wenn sie beim Französischsprechen in Frankreich einen Fehler machen. Aber abgesehen von ein bisschen Kichern und dem gelegentlichen Lachausbruch über meine Fehler habe ich die

Menschen als außerordentlich geduldig erlebt. Manchmal werden meine Genus-Fehler korrigiert, aber das scheint eher eine reflexartige Korrektur zu sein, als dass jemand versucht, herrisch und kritisch zu sein."

Molly lehnte sich auf dem Sofa zurück und nahm einen langen Schluck von ihrem Kaffee. „Also gut, jetzt sei ehrlich zu mir, Ben. Ich höre da etwas in deinem Ton... denkst du, dass Adèle für die Vergiftung ihrer Tante verantwortlich war? Oder hast du jemand anderen im Visier?"

Dufort überlegte, ob er sie abwimmeln und ihr sagen sollte „Polizeiangelegenheit *blabla*." Aber er war ihr immer noch dankbar für ihre unschätzbare Hilfe bei dem früheren Fall. Er mochte sie. Und er wollte ihre Reaktion auf das sehen, was er zu sagen hatte.

20

„Ich habe Perrault und Maron noch nichts gesagt", meinte
Dufort. „Aber wenn man die üblichen Faktoren Mittel,
Motiv und Gelegenheit betrachtet, steht nicht Adèle an erster
Stelle der Liste, sondern ihr Bruder, Michel Faure." Er beobach-
tete Molly aufmerksam.

Sie nippte an ihrem Kaffee und verengte. nachdenklich die
Augen.

„Wir haben keine physischen Beweise – noch nicht. Aber
Michel erfüllt alle Kriterien. Erstens hat er die Party organisiert",
sagte Dufort, „was ich für einen wichtigen Punkt halte. Wenn du
deine Tante mit Gesichtscreme vergiften willst – so glauben wir,
dass es geschehen ist – dann ist es clever, so viele Leute wie
möglich einzuladen, damit du in der Menge untertauchen kannst.
Hätte er die Creme einfach zu ihr nach Hause gebracht, würde
sich die Liste der Verdächtigen auf ihn und Sabrina, die Haushälterin, beschränken. Madame Desrosiers hatte keine anderen
Besucher, und sie verließ nur sehr selten das Haus.

„Michels Familie würde das Geld erben, da Desrosiers keine
lebenden Kinder hatte – und wer weiß, vielleicht hatte er sie
überreden können, ihn mit einem großen Anteil zu begünstigen.

Die Organisation von Geburtstagsfeiern für sie könnte Freundlichkeit sein, oder vielleicht versuchte er, sich einzuschmeicheln, verstehst du?

„Perrault ist jetzt im Haus und sucht nach dem Testament, und ich habe einen Buchhalter an Desrosiers' Büchern arbeiten lassen. Wir warten noch auf die Information, wie viel sie wert ist, aber möglicherweise in der Größenordnung von fünf bis zehn Millionen Euro. Nicht in derselben Kategorie wie eure amerikanischen Tech-Milliardäre", sagte er mit einem ironischen Lächeln. „Aber für einen jungen Mann ohne Arbeit, ohne Karriere und ohne Geld? Mehr als ausreichend."

„Ich denke, für die meisten von uns", sagte Molly. Sie spürte, wie sie sich von Dufort zurückzog, nicht willens, sich von seiner Theorie überzeugen zu lassen. Sie *mochte* die Faures. Sie erinnerte sich, wie die Geschwister auf dem Weg zur Beerdigung die Straße entlanggekommen waren, lachend und im leichten Regen gehend – Molly hatte diesen Moment als unschuldige Freude interpretiert, nicht als Schuld.

Aber sie wusste auch, dass sie eine gewisse Schwäche für Charme hatte. Ihr Ex-Mann war dafür Beweisstück A.

Nicht, dass Charme an sich schlecht war. Was sie wollte, war, dass der Charme etwas *bedeutete*. Dass Michel mit seinen schönen Anzügen und seiner guten Laune wirklich ihr Freund war, nicht nur ein Mann, der nach einem vorübergehenden Publikum suchte. Und sicherlich nicht die Fassade von jemandem, der fähig wäre, eine alte Frau zu töten, egal wie unangenehm sie gewesen sein mochte.

Dufort seinerseits war nicht so entschieden in Bezug auf Michel, wie er vorgab. Er wollte Mollys Reaktion sehen, sehen, ob sie sich überzeugen ließ. Besonders jetzt, da sie anscheinend dabei war, sich mit Michel und seiner Schwester anzufreunden.

„Nun?", sagte er und brach ein langes Schweigen. Sie hörten ein ziemlich hektisches Klavierspiel aus dem Musikzimmer.

„Ich... ich weiß nicht. Ich sag dir was, mir fiel sofort auf, dass etwas bei dieser Party nicht stimmte. Die Leute waren ange-spannt und unglücklich. Und es kam mir auch in den Sinn, wahr-scheinlich deswegen und wegen meiner manchmal außer Kontrolle geratenen Fantasie, dass sie ermordet worden war. Nachdem ich sie gefunden hatte, meine ich. Aber jetzt, wo du mir präsentierst, wer es getan haben könnte, wehrt sich mein Gehirn und lehnt die Idee so entschieden wie möglich ab. Ich will nicht, dass es Michel ist. Oder Adèle. Ehrlich, Ben, ich finde sie reizend."

Dufort zuckte mit den Schultern. „Ich muss dir nicht sagen, dass reizende Menschen Morde begehen können. Menschen, die reizend erscheinen, sollte ich sagen, aber ich denke, du verstehst, was ich meine."

Molly nickte. Intellektuell stimmte sie ihm zu, und sie wusste, dass es Serienmörder gab, die dafür bekannt waren, besonders charismatisch und einnehmend zu sein... Ted Bundy, richtig?

„Ich verstehe, was du sagst. Ich fürchte, ich habe nichts zu berichten, keine Beweise oder Gespräche, die dich in Michels Richtung lenken oder davon wegführen würden." Sie seufzte. „Ich habe ein paar Fragen, wenn es dir nichts ausmacht, dass ich frage?"

„Ich glaube, das sollte eigentlich mein Job sein", sagte er amüsiert.

Sie grinste ihn an. „Nun, ich frage mich nur, ob Geld das einzige Motiv ist, das du in Betracht ziehst. Ich weiß, es ist ein ziemlich gutes, das sage ich nicht anders. Aber was ist mit... was ist mit Rache? Was, wenn Desrosiers absolut schrecklich zum Dienstmädchen gewesen wäre, zum Beispiel, und das Mädchen durchgedreht wäre? Sie würde offensichtlich nicht erben, aber wir reden hier nicht von einem gut durchdachten Verbrechen mit einem Jackpot am Ende. Wir reden von der Befriedigung, jemandem wehzutun, der dein Leben zur Hölle gemacht hat."

Dufort nickte. „Natürlich. Für die richtige Person könnte Rache sicherlich Motiv genug sein", stimmte er zu. „Gab es irgendetwas an Sabrinas Verhalten auf der Party, das dich glauben lässt, sie wäre dazu fähig, danach zu streben?"

„Nun, nein. Niemand benahm sich schlecht, zumindest nicht, dass ich es gesehen hätte. Aber sie sah wirklich so aus, als würde es sie umbringen, wenn sie noch eine Sekunde länger dortbleiben müsste. Und ihr Freund versuchte, sie zu beruhigen, aber sie ließ sich nicht darauf ein."

„Was meinst du mit ‚beruhigen'?"

„Oh, er streichelte ihren Arm und kuschelte gelegentlich mit ihr – ich glaube, einmal fuhr Desrosiers ihn deswegen an. Aber die ganze Zeit sah Sabrina aus, als litte sie Qualen. Aber... ich schätze, das könnte alles Mögliche bedeuten, oder? Wie vielleicht etwas in ihrem Leben, das nichts mit Desrosiers zu tun hatte und sie so aufgebracht hat?"

„Könnte sein", sagte Dufort. „Und war Jean-Francois der letzte Gast?", fragte er, wissend, dass er es nicht war.

„Nein. Eine andere alte Dame saß neben ihm. Wunderschönes weißes Haar in einem geflochtenen Dutt. Keine Ahnung, wer sie ist, allerdings."

„Claudette Mercier", sagte Dufort. „Eine Klassenkameradin von Desrosiers. Hast du zufällig ein Gespräch zwischen ihr und Madame Desrosiers mitbekommen?"

„Ich fürchte nicht", sagte Molly. „Ich meine, ich habe nicht jede einzelne Sekunde auf den Tisch geachtet, aber ich bin mir nicht sicher, ob sie überhaupt miteinander gesprochen haben."

Sie und Dufort saßen eine Weile schweigend da und blendeten das Klimpern des Klaviers aus, um über den Fall nachzudenken, aber keiner von ihnen hatte den geringsten Geistesblitz.

„Ich hoffe, es ist nicht Michel", sagte Molly mit leiser Stimme.

Aber Dufort presste nur die Lippen zusammen und sagte nichts.

Thérèse Perrault verließ die Polizeiwache in Hochstimmung. Die Aufgabe, die Dufort ihr gegeben hatte, würde wahrscheinlich nicht besonders aufregend sein, sagte sie sich, aber sie war begeistert, dass er sie dafür ausgewählt hatte, und zwar diesmal ganz allein. Besonders, nachdem es ihr nicht gelungen war, Adèle zu finden oder etwas über ihren verletzten Fuß herauszufinden. Sie grinste einem kleinen Jungen zu, der gerade aus der Épicerie kam und eine Packung Haribo-Gummibärchen umklammerte. Sie nickte einer Mutter mit Kinderwagen zu und dann einem Arbeiter, der in eine *Boulangerie* ging, um Brot fürs Mittagessen zu holen. Ihr Magen knurrte.

Nur wenige Häuserblocks entfernt ragte die Villa der Desrosiers auf, ein oder zwei Stockwerke höher als die anderen Häuser in der Straße. Die Fensterläden und die Tür waren violett-blau; die beiden Formschnittbüsche auf der Veranda sahen schon etwas zerzaust aus. Thérèse ging um das Haus herum, um unter den Blumentöpfen nach dem Schlüssel zu suchen, und fand ihn problemlos.

Erst als sie im Haus war, bekam sie eine Gänsehaut. Sie konnte nicht aufhören daran zu denken, dass das Haus einer toten

Frau gehörte, einer ermordeten Frau, und der Gedanke ließ sie bei jedem kleinen Geräusch zusammenzucken, sei es ein Knacken der Heizung oder ein zwitschernder Vogel draußen.

Ach, komm schon, du Dummkopf, alte Häuser haben schon Dutzenden von toten Menschen gehört. Jeder Menge sogar. Und sie wurde sowieso nicht hier ermordet.

Thérèse holte tief Luft – ohne zu wissen, dass sie dabei Kommissar Dufort nachahmte, der ständig Atemübungen machte, um seinen Stress abzubauen – und riss sich zusammen, um das Haus zu erkunden. Zuerst sah sie sich in der großen Küche um, in der anscheinend schon länger keine richtige Mahlzeit mehr zubereitet worden war. Dann warf sie nur einen kurzen Blick in die Waschküche, den Lagerraum, die Besenkammer und die Anrichte. Im vorderen Teil des Hauses befand sich zu beiden Seiten der Eingangstür je ein Salon, durch die sie hindurchging und nach allem Interessanten Ausschau hielt, aber es gab kaum etwas zu sehen. Nichts als Möbel und in einem Salon eine Karaffe mit ein paar zerbrechlich aussehenden Gläsern.

Keine Zeitschriften, Bücher oder die üblichen Anzeichen von Bewohnung. Die Räume wirkten fast steril.

Hinauf in die nächste Etage. Thérèses Augen weiteten sich, als sie das Licht einschaltete und den ausgestopften Strauß sah. Sie schaltete eine Tischlampe ein und erblickte einen zierlichen Schreibtisch mit einer zentralen Schublade und mehreren kleineren an den Seiten. Jetzt geht's los, dachte sie und ließ sich in den ledergepolsterten Stuhl vor dem Schreibtisch sinken. Methodisch öffnete sie die Schubladen, beginnend oben links und nach unten arbeitend. Zwei leere. Eine weitere mit Bleistiften, Kugelschreibern und Radiergummiresten. Die breite mittlere Schublade hingegen war vollgestopft mit Papieren, so vollgestopft, dass viele gegen die Unterseite der Schreibtischplatte gebogen waren. Vorsichtig zog sie die obersten heraus und legte sie auf den Schreibtisch, auf der Suche nach dem Briefkopf eines Anwalts oder irgendeinem Hinweis auf ein Testament.

Sie zog eine weitere Handvoll heraus und machte einen Stapel. Es war seltsam, dass jemand seine wichtigen Papiere so aufbewahrte, dachte Thérèse und strich mit der Hand über ein besonders zerknittertes Papier, um es zu glätten. Die Schublade war nun leer, und sie blätterte durch den Stapel. Die Urkunde für das Haus war da, ebenso wie eine Notiz, von der sie annahm, dass Desrosiers sie geschrieben hatte, mit einer Liste der Hymnen, die sie bei ihrer Beerdigung gesungen haben wollte, Einkaufslisten und dreißig Jahre alte Quittungen von Chanel.

Aber kein Testament.

Die oberste Schublade auf der rechten Seite war voller Briefe. Bündel davon, mit Bändern zusammengebunden. Teures, schweres Briefpapier ohne Adresse. Thérèse nahm den obersten unter dem Band hervor und öffnete den Brief.

Ma Belle, begann er. Sie überflog den Rest. Na ja, sie mag eine elende alte Frau gewesen sein, dachte Thérèse, aber vielleicht lag das daran, dass sie einen Ehemann verloren hatte, der ihr ergeben gewesen war.

Die anderen Schubladen waren leer.

Sie stand auf und durchsuchte die anderen Zimmer in dieser Etage: ein informeller Raum mit einem Zweisitzer und Sesseln, die weniger schön waren als die in den anderen Zimmern, und einem großen Spiegel sowie mehreren Schränken und Kommoden, alle voller Kleidung; ein riesiges Badezimmer mit einer enormen Porzellanwanne mit Löwenfüßen; ein karges Schlafzimmer mit einem Einzelbett und einer schlichten Kommode, ein weiteres Zimmer, das völlig leer war.

Hinauf in den dritten Stock. Es war unverkennbar Desrosiers' Schlafzimmer – es war der einzige Raum im ganzen Haus, der sich anfühlte, als hätte in den letzten zehn Jahren jemand Zeit darin verbracht. Auf ihrem Schminktisch stand geöffnetes Make-up, als wäre sie gerade aufgestanden, um den Raum für einen Moment zu verlassen, mitten in den Vorbereitungen für einen Ausgehabend.

Ein Kleid war über einen Sessel geworfen worden, und ein Paar Schuhe stand neben dem Bett, ein Schuh lag auf der Seite.

Thérèse konnte sich vorstellen, wie die alte Frau das Kleid anzog und entschied, dass es nicht richtig war, nicht so saß, wie sie es wollte, und es beiseite warf, damit die Haushälterin sich später darum kümmerte. Sie konnte sehen, wie sie ihre Schuhe auszog, als sie ins Bett stieg. Sie konnte Josephine Desrosiers in diesem Raum spüren. Nicht nur die offensichtlichen Zeichen ihrer physischen Präsenz; da war noch etwas anderes, etwas von ihrer Persönlichkeit lag in der Luft: ihre Unzufriedenheit und Traurigkeit, vielleicht sogar Trostlosigkeit.

Eine gute Detektivin sieht sowohl das, was vorhanden ist, als auch das, was fehlt, und Thérèse *war* gut. Wo ist die Schmuckschatulle, fragte sie sich? Sicherlich hatte die alte Dame einigen Schmuck, und sie verbrachte wahrscheinlich einige Zeit damit, am Schminktisch zu sitzen und sich selbst damit zu betrachten; Thérèse lag damit richtig. Sie suchte in den unteren Schubladen des Spiegelschranks, sie suchte unter dem Bett, sie suchte überall in diesem Zimmer, wo eine Schmuckschatulle versteckt sein könnte, aber sie fand keine.

Allerdings fand sie in einem Schuhkarton, der in einem Stauraum unter einer Fensterbank versteckt war, einen braunen Umschlag mit der Adresse einer Anwaltskanzlei als Absender – Blaise und Descartes aus Paris – und sie setzte sich direkt auf das Bett der alten Dame und las ihn von Anfang bis Ende durch.

❧

„NA, hat dir der Bulle gesagt, wer die alte Dame vergiftet hat?", fragte Frances, während sie und Molly das Mittagessen zubereiteten.

„Er weiß nicht, wer es getan hat", sagte Molly.

„Glaubt er, dass du es weißt?"

„Nee, er hat nur eine Menge Fragen über den Abend im La

Métairie gestellt. Manchmal sehen Leute Dinge, weißt du, und sie wissen nicht, dass das, was sie sehen, wichtig ist."

„Klar, Nancy Drew", neckte Frances.

Molly hackte einen Romanasalatkopf, in Gedanken versunken. „Ich stimme ihm aber nicht zu. Ich glaube einfach nicht..."

Frances wartete einen Moment, ob Molly ihren Satz beenden würde. „Ähm, also... sprichst du mit dir selbst oder mit mir?"

Molly schüttelte den Kopf. „Entschuldigung! Es ist nur – Ben denkt, Michel hat es getan. Glaubst du, das ist möglich? Scheint er nicht ein total netter Kerl zu sein? Vielleicht kein Alpha, kein Mr. Erfolgreich – aber anständig, sogar gutherzig?"

Frances legte den Kopf schräg, während sie Radieschen schnitt. „Ja, für uns wirkt er so. Aber wir sind nicht seine Familie. Wer weiß, was für verrückte Sachen hinter den Kulissen passiert sind."

„Geheime Babys! Wahnsinnige erste Ehefrauen, versteckt auf dem Dachboden!"

„Na genau", lachte Frances. „Familienmitglieder können unglaublich bösartig zueinander sein. Und verschwiegen."

„Du weißt, wie sehr ich mir Kinder gewünscht habe", sagte Molly leise. „Aber vielleicht liegt das daran, dass das Bild in meinem Kopf so rosig ist, als würden wir uns blendend verstehen und nichts als Lachen und Spaß miteinander haben. Und die Wahrheit ist, die kleinen Racker könnten heranwachsen und mich vergiften wollen, oder ich würde so genervt sein, dass ich sie enterben wollen würde."

„Zweifellos. Aber ich bin ziemlich sicher, dass keiner von euch diese Dinge tatsächlich tun würde. Es ist nicht das *Wollen*, das dich verrückt macht, sondern es tatsächlich durchzuziehen."

Molly nickte.

„Also weiht dich der Bulle immer in Polizeiangelegenheiten ein? Und hast du ihn dein Büro für innere Angelegenheiten besuchen lassen?" Frances wackelte mit den Augenbrauen in Mollys Richtung.

„Halt die Klappe", lachte Molly. „Es ist nichts dergleichen. Nur, dass ich bei diesem letzten Fall geholfen habe, also ist er... und außerdem hört er den Leuten tatsächlich zu, was, wie du weißt, nicht allzu häufig vorkommt. Jedenfalls hört er sich an, was ich zu sagen habe, und wenn du mich fragst, ist das eine ziemlich wunderbare Eigenschaft. Heißt nicht, dass ich mit ihm ausgehen will."

Frances nickte. Sie glaubte ihrer Freundin nicht ganz. „Hast du Käse für den Salat? Macht es dir was aus, wenn ich ein paar Sardinen reinwerfe?"

„Überhaupt nicht", sagte Molly. „In der Kühlschranktür ist etwas Ziegenkäse, den hab ich am Samstag auf dem Markt gekauft. Verdammt! Mir ist gerade aufgefallen, dass ich, als ich mit Adèle über die Gäste der Überraschungsparty sprach, nie dazu kam, sie nach der weißhaarigen Dame zu fragen."

„Die, die unserem Tisch am nächsten saß? Denkst du, sie hatte etwas vor? Ich bin nicht sicher, ob weißhaarige alte Damen die Hauptverdächtigen für einen Mord sind."

„Ich glaube nicht, dass man Leute aufgrund ihrer Haarfarbe ausschließen kann."

„Vielleicht nicht", sagte Frances, an einem Radieschen kauend. „Aber realistisch betrachtet? Glaubst du wirklich, dass diese lieb aussehende alte Dame ihre Freundin umgebracht hat? Sie kennen sich wahrscheinlich schon seit ihrer Kindheit."

„Es ist möglich. Ben sagte, das Gift war in ihrem Gesicht, sie denken, vielleicht eine Gesichtscreme als Geburtstagsgeschenk. Klingt vergiftete Gesichtscreme nicht nach der Art, wie eine lieb aussehende zweiundsiebzigjährige Dame jemanden ermorden würde, wenn sie es tun würde?"

„Da steckt irgendwo ein Trugschluss drin, ich weiß nur nicht, wie ich es nennen soll. Ich würde sagen, es ist höchst unwahrscheinlich – und damit meine ich verdammt unmöglich –, dass die Dame mit dem geflochtenen Dutt irgendjemanden getötet hat. Einfach nein. Es ist viel, viel wahrscheinlicher, dass dein Michel es getan hat. Wahrscheinlich hat er sich bei der alten Schachtel eingeschmeichelt, damit sie ihm alles hinterlässt."

„Aber ich will nicht, dass es Michel war", sagte Molly, fast jammernd.

„Er ist süß, das muss ich zugeben. Reich mir mal das Salz."

Molly schenkte ihnen beiden ein Glas Wein ein, und sie machten sich über ihre riesigen Salate her.

Jemand hämmerte an die Tür.

„Wahrscheinlich der Mörder", sagte Frances trocken.

Molly sprang auf und gab ihrer Freundin einen leichten Klaps auf den Hinterkopf. Sie öffnete die Tür und ließ einen eisigen Wind herein, und da war Constance, die auf der Fußmatte auf und ab hüpfte.

„Hiya", sagte Constance und benutzte das einzige amerikanische Wort, das sie von Molly aufgeschnappt hatte. Sie trat ein und rieb sich die Arme. „Hör mal, Molly, hey, schön dich zu sehen – und hallo auch an dich, wer auch immer du bist –", sagte sie in Frances' Richtung. „Hör zu, ich weiß, ich hätte vorher anrufen sollen, wie du es wolltest, aber ich hab mein Handy auf die Straße fallen lassen und es hat die Bordsteinkante genau so erwischt, dass das ganze Ding in Stücke zerbrochen ist. Also bin ich von jeder Kommunikation abgeschnitten, außer persönlich, was ich eigentlich besser finde, auch wenn ich dadurch total amisch klinge.

„Jedenfalls – Molly! Ich komme vorbei, weil Thomas und ich unbedingt zu diesem Konzert in Toulouse wollen. Da werden etwa vier Bands spielen und wir lieben sie alle total, aber die Sache ist die, wir sind total pleite und können uns das Benzin für die Fahrt dorthin nicht leisten. Also habe ich mich gefragt, gehofft eigentlich, wirklich wirklich gehofft, dass du es dir leisten könntest, mich heute putzen zu lassen. Ich weiß, deine Buchungen sind wegen des kalten Wetters und allem zurückgegangen, aber dieses Konzert, es ist wie unser Traum, der beste Traum meines ganzen Lebens, wirklich. Also, was sagst du?"

Frances grinste, da sie mehr oder weniger erraten konnte, was Constance sagte, allein durch den Ton ihrer Stimme, und wusste, dass sie ihren Willen durchsetzen würde, egal was sie von Molly wollte.

„Constance, das ist meine Freundin Frances", sagte Molly, um etwas Zeit zu gewinnen.

Die beiden Frauen lächelten einander an, unsicher, wie sie sich sonst begrüßen sollten.

„Na gut", sagte Molly, unfähig nein zu sagen. „Achte nur darauf, dass du das Cottage wirklich gründlich wischst, okay?"

Constance stürzte sich in Mollys Arme. „Vielen, vielen Dank, Molly, du bist die Beste! Ich werde diesen Ort zum Glänzen bringen! Und vielleicht arbeite ich so hart, dass du mir sogar ein extra Trinkgeld geben möchtest. Das Benzin ist in letzter Zeit ja unverschämt teuer."

„Weichei", sagte Frances, als Molly sich wieder an den Tisch setzte.

„Ach, sie ist jung und will arbeiten. Warum das nicht unterstützen?"

Frances zuckte mit den Schultern. „Alle großen Detektive haben eine herzlose Seite", sagte sie. „Furchtlos objektiv, so in der Art. Du, meine Liebe, bist ein Marshmallow."

Molly warf ein Stück Brot nach Frances und traf sie an der Stirn. Es gab eine kurze Pause, in der beide darüber nachdachten, vollständig in eine echte Essensschlacht zurückzufallen, aber am Ende entschieden sie sich dafür, das Essen lieber zu essen, was sie mit großem Genuss taten, während sie weiterhin die Details des Mordes an Desrosiers besprachen, aber absolut nicht weiterkamen.

❖   2 2   ❖

Nach dem Mittagessen ging Frances in das Schlafzimmer neben Mollys, um ein Nickerchen zu machen, da Constance lautstark das Cottage putzte. Molly war unruhig. Sie las gerade ein gutes Buch, stand aber immer wieder auf und fand Aufgaben zu erledigen. Schließlich gab sie auf und ging ins Dorf, um sich die Beine zu vertreten und möglicherweise ein paar Gebäckstücke für Frances und sich selbst zu besorgen, die sie am späten Nachmittag essen konnten. Ja, es war gefräßig, zweimal am Tag Gebäck zu essen, aber es war kalt und winterlich, und ihre beste Freundin war zu Besuch und... nun, sie konnte den ganzen Tag lang Gründe für Gebäck finden. Es war ein echtes Talent, und eines, für das sie dankbar war.

Castillac sah für sie Mitte Dezember traurig aus. Kaum jemand war auf der Straße, und die Weihnachtsdekorationen wirkten schlapp und halbherzig. Aber ihre eigenen Weihnachtsvorbereitungen hatten noch nicht einmal begonnen, wurde ihr mit leichter Panik bewusst. Eilig ging sie zur Pâtisserie Bujold und sprach mit dem Besitzer darüber, eine *Bûche de Noël* zu reservieren (dieses köstlichste aller Feiertagsdesserts, eine gerollte Torte, die wie ein Baumstamm aussah), was er ihr versicherte, gerne zu tun.

So abgelenkt vom Grübeln über Michel und die Frage, wie sie ihm helfen konnte, bemerkte Molly nicht einmal Monsieur Nugents übliches Starren und verließ den Laden mit einer gewachsten Tüte voller Nachmittagsgenüsse – einem Napoleon, zwei Windbeuteln und einem Erdbeertörtchen.

Sie knabberte an einem der Windbeutel, während sie durch das Zentrum von Castillac schlenderte. Ben hatte ihr erzählt, dass Josephine Desrosiers eine der wohlhabendsten Personen im Dorf gewesen war, und hatte ihr Haus beschrieben, ein Haus, das Molly erkannte, da es die größte Villa im Dorf und eine beeindruckende Präsenz in der Rue Simenon war, einer der Hauptstraßen des Dorfes. Ohne es zu beabsichtigen, trieb sie darauf zu, bis sie direkt davor stand. Die Fensterläden und die Tür hatten die perfekte blaue Farbe, dachte Molly, obwohl sie sich sehnlichst wünschte, diese Buchsbäume mit einer Schere zu bearbeiten.

Sie fragte sich, was Josephine so gemein gemacht hatte. Oder vielleicht war das irrelevant. Die Frage war, was jemanden dazu gebracht hatte, sie töten zu wollen? Ging es nur ums Geld? Oder war es Wut? Oder etwas ganz anderes, etwas, das niemand je erfahren würde?

Molly kehrte in ein Café direkt gegenüber ein und setzte sich an einen Tisch, von dem aus sie das Haus betrachten konnte. Sie hatte das Gefühl, dass der Anblick des Hauses ihr irgendwie half, Josephine zu verstehen, als ob einige ihrer Geheimnisse noch darin verborgen wären. Sie hätte möglicherweise ihre Tüte mit Gebäck hergegeben, um einen Blick hineinwerfen zu können.

Ein Kellner brachte ihr einen Petit Café, und sie lächelte vor Vergnügen bei ihrem ersten Schluck. Der Kaffee war sehr stark und bitter, die perfekte Begleitung zum süßen und luftigen Windbeutel, den sie heimlich aß, da sie richtig vermutete, dass der Cafébesitzer nicht begeistert wäre, wenn sie Essen von woanders verzehrte. Ihre Augen waren auf das Haus gerichtet, aber sie sah es nicht wirklich. Verloren in der Art von zufälligen Gedanken, die einem durch den Kopf schwappen, wenn man allein ist, dachte sie über alles und nichts nach, kreiste immer wieder um Mord/Kaffee/Buchsbaum/Mord/Windbeutel...

Zuerst bemerkte sie nicht, was sie sah. Ein weiterer Schluck Kaffee riss sie in die Gegenwart, und sie erkannte, dass an der Haustür der Villa ein Mann stand, mit dem Rücken zu ihr, der anscheinend einen Schlüssel benutzte. Er trug etwas Blaues, einen Arbeiteroverall, und hielt eine Plastiktüte mit etwas Schwerem darin. Sie wollte pfeifen, rufen, irgendetwas tun, um den Mann dazu zu bringen, sich umzudrehen, damit sie ihn eindeutig identifizieren konnte. Er sah aus wie Jean-François, Sabrinas Freund. Sie war sich fast sicher, dass er es war.

Der Mann bekam die Tür endlich auf und ging hinein, ohne sich umzudrehen, bis er im letzten Moment, als er die Tür schloss, sein Profil gegen die Dunkelheit im Inneren zeigte. Es war tatsächlich Jean-François.

Molly sprang impulsiv vom Tisch auf, um etwas zu unternehmen, aber als sie stand, wusste sie nicht, was. Sie konnte nicht einfach hinüberlaufen und sich Zutritt zum Haus der Desrosiers verschaffen... oder doch? Wenn Jean-François etwas im Schilde führte, könnte das gefährlich sein. Außerdem hatte sie kein Recht, dort einzudringen, egal wer drin war. Sie hatte keine Verbindung zu Josephine Desrosiers, außer dass sie sie tot auf dem gefliesten Badezimmerboden von La Métairie gefunden hatte und am Anfang einer Freundschaft mit ihrer Nichte und ihrem Neffen stand, was selbst mit Mollys Geschick zur Rationalisierung nicht ausreichte, um sich ohne Einladung Zutritt zu dem Haus der alten Dame zu verschaffen.

Selbst wenn Josephine noch am Leben gewesen wäre und Sabrina dort arbeiten würde, wäre es seltsam, wenn ihr Freund einen Schlüssel zum Haus hätte, oder? dachte Molly. Ja, das wäre es. Wenn er käme, um sie von der Arbeit abzuholen, sollte er klopfen. Und wenn Josephine die Art von Frau war, für die Molly sie hielt, würde er an der Hintertür und nicht an der Vordertür klopfen.

Molly bezahlte ihre Rechnung und überquerte die Straße. Die Fensterläden des Hauses waren alle geschlossen, sodass es keine Möglichkeit gab, einen Blick auf Jean-François im Inneren zu erhaschen. Sie ging an der Seite des Hauses entlang zum Garten und spähte über die Mauer. Es war im Winter schwer zu erkennen, aber es sah so aus, als wäre es einmal ein wunderschöner Ort gewesen. Molly konnte einen Spalierbuam an der Rückwand des Hauses sehen und zwei kreisförmige Goldfischteiche, deren Ränder mit den gleichen violett-blauen Fliesen umrandet waren wie die Fensterläden und die Haustür.

Ich wette, er stiehlt oder zerstört Beweise, sagte Molly zu sich selbst, während sie den Block hinunterging und in Richtung Heim abbog. Aber was? Und wie zum Teufel kann ich das herausfinden?

BENJAMIN DUFORT WAR BESTER LAUNE. Erstens war er, nachdem Perrault ihm das Testament gezeigt hatte, zu fünfundachtzig Prozent sicher, dass Michel Faure seine Tante getötet hatte, um ihr Geld zu erben, und alles, was noch blieb, war, genug Beweise zu finden, um ihn zunächst zu verhaften und dann zu verurteilen. Und zweitens ging er zum Abendessen zu Marie-Claire. Er war nicht unglücklich in seinem Junggesellenleben, aber er schätzte eine Mahlzeit, die von jemand anderem gekocht wurde, besonders von jemandem mit so viel Talent in der Küche wie Marie-Claire. Und natürlich genoss er ihre Gesellschaft sehr, abgesehen vom Essen – ihre Intelligenz und Aufrichtigkeit und die sexy-bibliothekarische Art, wie sie sich kleidete.

Nachdem er Perrault für ihre gute Arbeit bei der Suche nach Desrosiers' Testament gelobt hatte, verließ er für den Tag die Dienststelle. Er wollte noch ein paar Kleinigkeiten in der Épicerie besorgen und eventuell beim Blumenladen vorbeischauen, um zu sehen, ob er etwas für Marie-Claire mitnehmen könnte. Pfeifend ging er die Straße hinunter. Er blieb stehen, um mit der Frau an der Kasse in der Épicerie und dem Lieferjungen zu plaudern. Er pfiff weiter auf seinem Weg zum Blumenladen, der ein wenig abseits lag.

„Salut, Ben!", sagte Madame Langevin, die kleine Frau, die den Blumenladen schon so lange führte, wie Dufort Blumen kaufte. „Hast du den Mörder schon gefasst? Ich kann nicht glauben, dass jemand die arme Josephine umgebracht hat! Natürlich sage ich ‚arme Josephine' nur so, wie man eben über Tote spricht, egal wer es war. Denn mon Dieu, diese Frau war abscheulich! Oh, nun Ben, du solltest nicht wegschauen, wenn dir jemand die Wahrheit sagt!"

Dufort lächelte und schüttelte den Kopf. „Es ist nicht meine Aufgabe, das Opfer zu verleumden, Madame Langevin."

„Verleumdung? Wer hat etwas von Verleumdung gesagt? Verleumdung ist Unwahrheit, ja? Hör mir zu. Ich hatte jahrelang mit Josephine Desrosiers zu tun. Jahre! Sie war pingelig – das störte mich nicht. *Ich* bin pingelig. Die Dinge müssen genau stimmen, das verstehe ich vollkommen. Aber Ben, sie behielt einen Blumenstrauß für mehrere Tage und brachte ihn dann zurück! Brachte ihn zurück und beschwerte sich, dass er nicht frisch aussah. Nun, jeder auf der Welt versteht, dass Blumen nicht ewig frisch bleiben. Ihre Vergänglichkeit ist ihre Pracht, wie du sicher verstehst. Madame Desrosiers verstand das auch ganz genau. Aber das hielt sie nicht davon ab, zu versuchen, ihr Geld zurückzubekommen.

„Ich rede nicht von einmal, Ben, oder sogar zweimal. Ich sage dir, sie verhielt sich viele Jahre lang so, immer wieder. Ich hätte mich geweigert, ihr etwas zu verkaufen, aber dann hatte sie eine gute Phase und alles war für ein paar Monate in Ordnung. Wie du vielleicht weißt, hat mein Geschäft Höhen und Tiefen; manchmal können sich die Leute Blumen leisten, und in mageren Zeiten können sie es nicht. Ich konnte es mir nicht leisten, sie als Kundin zu verlieren, obwohl ich sie verachtete und kaum Gewinn mit ihr machte."

„Du wirst dich selbst auf die Liste der Verdächtigen setzen, wenn du so weitersprichst", sagte Dufort mit einem schwachen Lächeln.

„Oh, ich *sollte* darauf stehen", sagte Madame Langevin, „Tatsächlich würde es mir Freude bereiten, darauf zu stehen!" Sie brach vor Lachen über der Edelstahltheke zusammen, an der sie Blumen arrangierte.

Dufort war froh, dass Desrosiers reich genug gewesen war, damit jemand sie des Geldes wegen umbringen würde; wäre sie viel ärmer gewesen, wäre die Verdächtigenliste völlig außer Kontrolle geraten.

Er wählte einen weißen Weihnachtsstern, obwohl er sie nicht besonders mochte. Madame Langevin wartete auf eine Lieferung und hatte außer ein paar traurig aussehenden Nelken nicht viel anderes vorrätig. Dufort bezahlte und verabschiedete sich, wobei er Madame Langevin darüber grübeln ließ, für wen der Weihnachtsstern bestimmt war, denn sie wusste ganz genau, dass Duforts Mutter allergisch gegen sie war, was sie von der Liste der Möglichkeiten strich.

Dufort erreichte seine Wohnung in der Gendarmerie und ging hinein, um seine Kleinigkeiten wegzuräumen und zu duschen und sich umzuziehen, bevor er zu Marie-Claire ging. Unter der Dusche, wo er sich etwas Extravaganz mit dem heißen Wasser gönnte, überkam ihn ein Gefühl der Unsicherheit. Er hatte oft seine besten Gedanken unter der Dusche und hatte gelernt, aufmerksam zu sein, wenn ihm etwas einfiel, während das Wasser auf ihn herabprasselte.

Michel mag das Geld wollen, aber gibt es irgendeinen besonderen Grund, warum er nicht einfach warten konnte? Zwar war sie nicht so alt, wie Dufort Perrault und Maron immer wieder in Erinnerung rief. Aber trotzdem, in höchstens zehn oder fünfzehn Jahren hätte Michel die ganzen acht Millionen Euro bekommen, ohne irgendein Risiko einzugehen. Er war arbeitslos, aber er konnte von Sozialleistungen leben und hatte eine unterstützende

Familie. Es war ja nicht so, als lebte er auf der Straße und hätte nichts zu essen.

Manche Leute können einfach nicht warten, dachte Dufort, während er sich abtrocknete und versuchte, einen Mann zu verstehen, der einer alten Frau das Leben nehmen konnte, selbst einer äußerst unangenehmen, nur um sein eigenes Leben komfortabler zu gestalten.

※ 23 ※

1967
Albert Desrosiers knallte seine Schreibtischschublade zu und stand plötzlich auf, mit finsterer Miene. Ich bin ein Narr gewesen, dachte er. Ein lächerlicher, verdammter Narr.

Er hatte in den letzten zwei Jahren an einem Projekt gearbeitet, und es war fast fertig. Wenn es ihm gelänge, es durchzuziehen, würde es ihn zu einem sehr reichen Mann machen, daran bestand kein Zweifel. Es hatte natürlich Probleme gegeben – Verzögerungen, oft hatte er Wege verfolgt, die sich als fruchtlos erwiesen, Sackgassen, für die er eine Woche oder sogar Monate brauchte, um einen Ausweg zu finden – aber Albert war zuversichtlich, dass er Erfolg haben würde. Obwohl seine Erfindung noch nicht existierte, konnte er sie irgendwie körperlich spüren, so klar war ihre Form in seinem Kopf. Ihr Wesen war für ihn lebendig, und alles, was er tun musste, war, sie mit Drähten und Lötzinn konkret zu machen, und die Investoren würden sich überschlagen, um ein Stück davon zu bekommen. Geld war nie sein Hauptziel gewesen und stand auch jetzt nicht im Vordergrund, obwohl er sich dabei ertappte, wie er an Dinge dachte, die er sich nun würde leisten können, die er sich zuvor nie hatte leisten können. Hauptsächlich Instrumente.

Und vielleicht würde auch das richtige Schmuckstück sie umstimmen?

Albert ging mit großen Schritten zum Fenster und öffnete die Fensterläden, wobei er auf den Gehweg vor seinem bescheidenen Haus blickte.

Wo ist sie? Warum spricht sie nicht mit mir? Ma belle, ich brauche dich...

Mit einem zitternden Seufzer ging er zurück zu seinem Schreibtisch, nahm seine winzige Zange, schwenkte seine Lupe zurück an ihren Platz und machte sich an die Arbeit. Er brauchte enorme Kontrolle über seinen Körper, um die Arbeit zu verrichten, weil sie so mühselig war, und das kleinste Zittern würde das ganze Unterfangen zunichtemachen. Mit der Zeit hatte er sich selbst beigebracht, ruhig zu bleiben, nicht zu zittern, aber ein großer Teil des Geheimnisses dabei war, ein emotionales Gleichgewicht aufrechtzuerhalten, was in den letzten Stunden unmöglich gewesen war.

Ich bringe ihr Blumen, aber sie schaut weg von mir. Sind es die falschen Blumen? Ist es hoffnungslos?

Albert war sechsunddreißig Jahre alt. Zu alt, um so verliebt zu sein, glaubte er. Zu alt, um einer Frau hinterherzulaufen, die niemals nachgeben würde.

❧ 24 ❧

2⁰⁰⁵

Am Donnerstagmorgen versammelte sich die Polizei von Castillac in Duforts Büro, um alles zu sichten, was Perrault aus der Desrosiers-Villa mitgebracht hatte: das Testament, einen Stapel Briefe und einen Teddybären.

„Gute Arbeit, Perrault, auch wenn ich die Bedeutung des Bären nicht ganz verstehe."

„Nun ja, ich auch nicht", sagte Perrault. „Ich sage nicht, dass er etwas zu bedeuten hat. Er saß einfach auf einem Kissen auf ihrem Bett, und ich hatte das Gefühl, er war der Verstorbenen wichtig, also habe ich ihn mitgenommen."

Dufort unterzog den kleinen Bären einer kurzen Inspektion, betastete ihn, um zu sehen, ob außer Füllmaterial noch etwas darin war, und stellte ihn dann ins Regal. „Er kann für die Dauer des Falls unser Maskottchen sein", sagte er.

Maron verdrehte die Augen, als Dufort sich umdrehte, und wandte sich dann wieder dem Stapel Briefe zu, die er kommentarlos las.

„Da sie fast alles Michel Faure vermacht, ist er offensichtlich unser Hauptverdächtiger", sagte Dufort.

Perrault nickte. Als sie auf Desrosiers' Bett gesessen, das Testament gelesen und gesehen hatte, dass Michel der Hauptbegünstigte war, hatte sie ein Hitzeschwall durchfahren. Die Tatsache, dass sie ihn charmant und attraktiv fand, machte ihn in ihren Augen umso schuldiger, auch wenn sie diesen Gedanken nicht mit ihrem Chef teilte.

Maron hatte die Briefe beiseitegelegt und studierte die letzte Seite des Testaments. „Moment mal", sagte er, ging zu seinem Schreibtisch und holte den Brief hervor, den er vom Wohnzimmerboden von Claudette Mercier aufgehoben und noch nicht zu den Beweismitteln gelegt hatte. „Sehen Sie sich das an." Er glättete den handgeschriebenen Brief auf Duforts Schreibtisch und legte die letzte Seite des Testaments daneben. „Ich würde mich nicht als Experten bezeichnen, aber ich habe einen Kurs in Handschriftenanalyse gemacht, als ich in Paris war", sagte Maron. „Schauen Sie sich das große ‚D' hier und hier an", sagte er und zeigte auf Stellen in beiden Dokumenten. „Und auch das kleine ‚s' – sehen Sie, dass bei beiden unten ein leichter Schnörkel ist, als ob die Hand des Schreibers für einen Moment gezögert hätte?"

„Sie meinen, Desrosiers hat den Drohbrief an Mercier geschrieben?", fragte Perrault atemlos.

„So sieht es aus", sagte Maron und versuchte nicht ganz erfolgreich, seine Selbstgefälligkeit aus seiner Stimme herauszuhalten. „Sie kannten sich gut – vergessen Sie nicht, Mercier war auf der Geburtstagsfeier."

„Ich dachte, mit solchem Mist hören die Leute nach der Mittelstufe auf. Mir lief es kalt den Rücken runter, als ich es las."

„Vielleicht hat es Mercier auch erschaudern lassen, oder Schlimmeres", sagte Maron.

„Warum sollte Desrosiers so einen Brief überhaupt handschriftlich verfassen? Jeder weiß doch, dass man Handschriften vergleichen kann, oder?"

„Ich kann sie mir nicht an einem Computer vorstellen", sagte Maron. „Bei dieser Generation ist es mit den Computerkenntnissen ja so eine Sache. Und Schreibmaschinen, wer hat die denn heutzutage noch?" Er hielt inne und blickte abwechselnd auf das Testament und den Brief. „Da ist definitiv was dran."

Perrault studierte den Zettel und fügte hinzu: „Und hören Sie sich diesen Teil an: ‚Du kannst froh sein, dass du nicht als Küchenmagd geendet bist'. Entweder ist der Verfasser gut darin, falsche Fährten zu legen, oder es ist jemand Älteres. Wer weiß heutzutage überhaupt noch, was eine ‚Küchenmagd' ist?"

Dufort fragte: „Wenn Desrosiers Mercier so sehr hasste, dass sie die Briefe schrieb, warum war Mercier dann auf der Party?"

„Michel hat die Einladungen verschickt", sagte Perrault. „Es war eine Überraschungsparty, nichts, was Desrosiers geplant hatte. Vielleicht war sie entsetzt, Mercier dort zu sehen?"

„Oder vielleicht hat Mercier dafür gesorgt, eingeladen zu werden, um ein ganz besonderes Geschenk mitzubringen", sagte Maron.

„Maron hält Claudette Mercier für die Mörderin", sagte Dufort grinsend, er konnte sich nicht zurückhalten. Was war es an Maron, das einen so dazu brachte, ihn aufzuziehen?

„Es ist keine abwegige Idee", sagte Maron. „Vergiftung ist schließlich eine Frauenwaffe."

„Ach bitte", sagte Perrault und verdrehte die Augen. „Woher haben Sie denn diese dumme Idee? Aus dem Handbuch für Frauenfeinde?"

„Tatsächlich ist das nicht korrekt, Maron", sagte Dufort. „Ein kurzer Blick in die Geschichte zeigt, dass mehr Männer wegen Vergiftung verurteilt wurden als Frauen. Männer töten, unabhängig von der Methode, wesentlich häufiger als Frauen. Über neunzig Prozent."

„Okay, schön. Lassen Sie es mich anders ausdrücken: Wenn Desrosiers Mercier schikaniert und bedroht hat und Mercier an den Punkt getrieben wurde, an dem sie sie töten wollte, wie, glauben Sie, hätte sie es getan? Ich glaube nicht, dass sie zur Desrosiers-Villa gehen und sie erwürgen würde, oder? Können Sie sich die beiden wirklich im Salon vorstellen, wie sie einen Kampf auf Leben und Tod austragen? Nein. Nein, sie hätte Gift benutzt. Es ist vornehmer, es ist etwas, das sie körperlich bewältigen kann.

„Und nur weil Männer wahrscheinlicher Mörder sind, heißt das nicht, dass jeder Mord von einem Mann begangen wird, das wissen Sie beide sehr gut."

„Aber zweiundsiebzigjährige Frauen sind im Allgemeinen nicht die erste Gruppe, die man verdächtigt", sagte Dufort.

„Einverstanden", sagte Maron. „Aber ich sage trotzdem, wir sollten Mercier nicht ausschließen. Sie sind es, die sexistisch sind", sagte Maron und richtete sich auf. „Sie verallgemeinern über sie aufgrund ihres Geschlechts und Alters, und ich finde das falsch." Damit verließ er Duforts Büro und setzte sich an seinen Schreibtisch.

Perrault und Dufort tauschten Blicke aus. „Und Sie?", fragte Dufort. „Wie stellen Sie sich diesen Mord vor? Haben Sie irgendwelche anderen Ideen außer Michel?"

Perrault überlegte einen Moment. „Für mich muss es ums Geld gehen. Es ist leicht für Menschen, wegen einer Erbschaft den Kopf zu verlieren, wissen Sie? Besonders bei einer so großen. Sie könnten etwas tun, was im Rest ihres Lebens undenkbar wäre. Und im Fall Desrosiers hätte ein Mörder die einfache Rechtfertigung, dass er der Welt einen Gefallen tut, indem er eine schreckliche alte Frau beseitigt. Ein Gefallen, von dem er profitieren würde, aber trotzdem."

Dufort nickte. „Was, wenn der Inhalt des Testaments allen unbekannt war – gibt es andere Familienmitglieder, die geglaubt haben könnten, dass sie etwas bekämen, wenn Desrosiers stirbt?"

„Ich glaube nicht, dass viel Familie übrig ist. Es waren nur die beiden Mädchen, Murielle und Josephine. Ihre Eltern sind natürlich längst tot. Ich habe nach entfernten Verwandten gesucht und bisher keine gefunden, außer ein paar Cousins oben in der Franche-Comté."

Dufort ging zum Fenster und schaute hinaus. Es war grau und

nieselte, perfekt für einen Lauf. Vielleicht würde er früher Feierabend machen und noch einen Lauf einlegen, bevor es dunkel wurde. Manchmal hatte er beim Laufen bessere Ideen als in Uniform.

„Ich weiß, es ist kein Pferderennen", sagte Perrault. „Aber wenn ich wetten müsste? Ich würde mein Geld auf Michel setzen. Selbst wenn er nichts vom Testament wusste."

Dufort stimmte zu. „Er hatte die Gelegenheit. Was die Mittel angeht, Zyanid ist zwar nichts, was man in der Épicerie kaufen kann, aber es ist auch nicht so schrecklich schwer zu beschaffen. Wie ich schon sagte, spricht die Organisation der Party definitiv gegen ihn – es sieht aus, als wollte er die Liste der möglichen Verdächtigen aufblähen."

„Genau", sagte Perrault. „Und außerdem ist er schon lange arbeitslos. Hat sich nie wirklich in einem Job etabliert, soweit ich herausfinden konnte. Er hat seine Tante vielleicht wie eine fette Gans betrachtet, reif für die Schlachtung."

„Nein, das ist natürlich keine Verhaftung", sagte Dufort gerade zu Michel Faure, den er beim Kaffeetrinken im Chez Papa gefunden hatte. „Ich möchte nur, dass Sie mit mir zur Wache kommen, damit wir über ein paar Dinge reden können. Wenn Sie einen Moment Zeit haben?"

Michel legte den Kopf schief. Er hatte Dufort noch nie zuvor getroffen und war sich nicht sicher, was er von ihm halten sollte.

„Ich denke, Sie könnten uns in der Angelegenheit deiner Tante wichtige Hilfe geben", fügte Dufort mit freundlichem Gesichtsausdruck hinzu.

Michel nickte und rutschte von seinem Hocker. „In Ordnung, ich habe gerade Zeit." Er warf ein paar Münzen auf die Theke – nicht ganz genug für seine Rechnung, geschweige denn das Trinkgeld – und folgte Dufort auf die Straße. Es war kalt, und beide Männer zogen ihre Mäntel enger und zogen die Schultern hoch.

„Sie haben Ihr ganzes Leben in Castillac gelebt?", fragte Dufort Michel, während sie gingen.

„Ja. Na ja, ich weiß es eigentlich nicht genau, aber ich denke schon. Ich wurde kurz nach der Geburt adoptiert, aber ich habe keinen Grund zu glauben, dass ich woanders als in Castillac geboren wurde."

„Ah", sagte Dufort. „Sie sind also kein Blutsverwandter der Faures oder Desrosiers?"

„Nein." Michel warf dem Gendarmen einen Blick zu und fragte sich, ob Dufort etwas wusste, was er nicht wusste. Worüber er ständig nachdachte – was er aber nicht zu fragen wagte – war, ob Tante Josephines Testament gefunden worden war. All diese Abendessen, die er mit ihr ertragen hatte, all diese Dubonnets, die in die winzigen Gläser gegossen wurden, während er durstig blieb, all die Kritik und den Missbrauch, den er über sich hatte ergehen lassen... hatte es sich ausgezahlt? War er im Testament genannt, auch wenn nicht als Hauptbegünstigter? Bitte Gott?

Michel hielt seinen Blick auf den Bürgersteig gerichtet. Sein Mantel war dünn und er zitterte. Ein Schuh hatte ein Loch, dessen Reparatur er immer wieder aufschob.

„Ich werde offen sprechen", sagte Dufort. „Ihre Tante war nicht jedermanns Liebling, habe ich das richtig verstanden?"

Michel lachte. „Volltreffer", sagte er. „Eine üble Angelegenheit war sie."

Dufort dachte, Michel sei vielleicht clever, indem er seine Abneigung gegenüber der Frau zugab, die er ermordet hatte, denn welcher Mörder würde so etwas zugeben?

Michel bemerkte, dass sie in die Rue Simenon eingebogen waren, weg von der Wache, aber er wollte nicht fragen, warum. Er konnte die Villa seiner Tante weiter unten in der Straße auftauchen sehen und verspürte den starken Wunsch, nicht hineingehen zu müssen, besonders nicht mit Dufort, der ihn wie ein Falke beobachtete. Vielleicht ein stumpfsinniger Falke, Michel war sich da nicht sicher, aber auf jeden Fall wünschte er sich inbrünstig, er wäre irgendwo in einer Bar mit Adèle, beim Trinken und Lachen... oder eigentlich überall, nur nicht dort.

Sie blieben vor der Villa stehen. Die violett-blauen Fensterläden waren geschlossen, wie sie es seit Jahren waren.

„Ich will nicht hineingehen", sagte Michel, die Worte kamen heraus, bevor er sie aufhalten konnte.

„Irgendein bestimmter Grund?"

„Nein. Na ja, doch." Michel blickte zur Villa hoch, seine Augen wanderten darüber. Das Schieferdach war weiß vom Frost und er dachte, die Villa strahlte eine Art Kälte aus, die viel schlimmer war als das Wetter. „Spüren Sie es nicht? Können Sie nicht schon von hier draußen erkennen, dass der Ort schlechtes Juju hat?" Er fuhr sich mit der Hand durchs Haar.

„Es ist ein Haus", sagte Dufort achselzuckend. „Ein ziemlich schönes Haus, vielleicht das schönste im Dorf. Frühes 19. Jahrhundert, nicht wahr? Können Sie mir das Innere beschreiben?"

Michel rieb seine Arme in einem vergeblichen Versuch, sie zu wärmen. Er wollte verzweifelt an einen beheizten Ort gehen, versuchte aber sein Bestes, um für jeden Plan von Dufort aufgeschlossen zu erscheinen. „Ähm, gut, ich denke, das kann ich machen. Es ist ziemlich prächtig drinnen, mit zwei Salons zur Straße hin und einem breiten Foyer dazwischen. Eine breite Treppe mit schmiedeeisernem Geländer führt ins Foyer hinunter. Die Küche ist recht groß mit einem alten Holzofen sowie einem Gasherd. Ich glaube, nach dem Tod meines Onkels wurde mir aus dieser Küche nie wieder eine Mahlzeit serviert, damals als Adèle und ich noch Kinder waren. Es gibt noch mehrere andere Räume im Erdgeschoss – eine Waschküche, eine Speisekammer und vielleicht noch mehr. Ich erinnere mich nicht wirklich. Über das Obergeschoss kann ich Ihnen nichts sagen, weil ich es nie gesehen habe.

„Meine Tante lebte ziemlich zurückgezogen. Soweit ich weiß,

ist sie in den letzten fünf Jahren oder so nie ausgegangen, es sei denn, ich habe sie mitgenommen. Die Haushälterin, Sabrina – sie kam jeden Tag, putzte und kochte für sie, obwohl ich nicht glaube, dass meine Tante sehr viel aß. Jedenfalls besuchte ich sie, weil sie keine Freunde hatte und der Rest der Familie sie so gut wie möglich mied, und ich Mitleid mit ihr hatte."

Dufort hob die Augenbrauen, als wollte er sagen: „Hältst du mich wirklich für so leichtgläubig?"

„Hat sie Ihnen Geld gegeben?", fragte Dufort in einem freundlichen, beiläufigen Ton.

Michel lächelte nur. „Oh, normalerweise nicht. Einen Fünf-Euro-Schein, wenn ich Glück hatte. Sie zahlte das Essen, wenn wir ausgingen, aber es ist nicht so, als hätten wir ständig in La Métairie gespeist – eigentlich nur einmal. Meistens wollte sie, dass ich ihr eine Schüssel Paella von dem Typ hole, der dienstags abends auf dem Platz seinen Stand aufbaut. Oder sie bat mich, zur *Boulangerie* zu laufen und ihr ein frisches Baguette zu holen, und etwas Käse von der Épicerie. Sie aß es nicht vor mir. Ich hatte den Eindruck, sie würde dieses Essen in ihrem Zimmer verstecken und dann ablehnen, das zu essen, was Sabrina für sie zubereitete. Tante Josephine war so, sie verbrachte ihre ganze Zeit damit, Wege auszuhecken, um andere Menschen unglücklich zu machen, soweit ich das beurteilen konnte. Der Begriff ‚Drama Queen' wurde für sie erfunden, aber mit einer gemeinen Wendung, wenn Sie verstehen, was ich meine?"

„Sie klingt nicht gerade wie eine angenehme Person", sagte Dufort und dachte, das sei die Untertreibung der Woche. „Und hatten Sie den Eindruck, dass sie unglücklich war? Dass diese Handlungen von ihr vielleicht ein Zeichen dafür waren, dass sie des Lebens überdrüssig war, müde von ... von dem, was aus ihrer Existenz geworden war? Ich will nicht Selbstmord andeuten, ich frage mich nur, ob es möglich ist, dass die Person, die sie getötet hat, glaubte, ihr damit in gewisser Weise einen Gefallen zu tun."

„Dem Rest der Welt einen Gefallen tun, würde ich sagen", erwiderte Michel lachend.

Dufort beendete das informelle Gespräch kurz darauf mit der Ausrede, er müsse jemanden treffen. Er eilte die Straße hinunter und kehrte dann um, um Michel heimlich zu beobachten. Michel stand vor der Villa, blickte von einem Fensterladen zum anderen, stampfte von Zeit zu Zeit mit den Füßen, und dann wandte er sich ab und sah nicht zurück, zog sein Handy heraus und verschwand im Café auf der anderen Straßenseite.

Vielleicht ja, vielleicht nein, dachte Dufort. Jetzt will ich seine Schwester finden und sehen, was sie zu sagen hat – für sich selbst und für ihren Bruder.

25

In der Rue Simenon, etwa zwei Häuserblocks vom Anwesen der Desrosiers entfernt, machte sich Lucas Arbogast gerade bereit, seiner betagten Mutter das Abendessen zu servieren. Sie saß frisch gebadet und angekleidet am Tisch. Er legte vier dünn geschnittene Scheiben Entenbrust, so wie sie es mochte, auf ihren Teller und brachte diesen zusammen mit einem Brotkorb zum Tisch. Dann hielt er inne. Der Brotkorb fiel zu Boden, als er hastig den Teller abstellte, um sich um seine Mutter zu kümmern, die plötzlich nach Luft schnappte und sehr aufgeregt war.

„Maman!", rief Lucas, der glücklicherweise für Madame Arbogast Krankenpfleger im örtlichen Krankenhaus war. Die alte Dame stand ängstlich vom Tisch auf, immer noch nach Luft ringend, und bewegte sich zielstrebig, als müsse sie in diesem Moment irgendwohin. Dann stand sie für einen Moment aufrecht, ihre Augen blinzelten und waren unfokussiert.

„Maman! Was ist los? Setz dich hin und lass mich deine Vitalzeichen überprüfen", sagte Lucas und versuchte, sie sanft zurück auf ihren Stuhl zu setzen. Er beugte sich hinunter, da er erheblich größer war, legte einen Arm um sie, und sie brach zusammen, sank wie eine Stoffpuppe in den Stuhl.

Lucas war fassungslos, da er noch vor einer Stunde mit seiner Mutter gesprochen hatte und sie das Bild der Gesundheit gewesen war. Doch seine Ausbildung half ihm, den Schock beiseitezuschieben, als er den Stuhl vom Tisch wegzog, seine Arme unter sie schob, sie hochhob und auf dem Sofa ablegte. Ihr Kopf rollte zurück; sie war bewusstlos.

Lucas beugte seinen Kopf nah an ihr Gesicht, und da nahm er den charakteristischen Geruch von Bittermandeln wahr, den er nur einmal zuvor gerochen hatte, in der Einheit über Gifte, die er als eine der interessantesten in der gesamten Krankenpflegeschule empfunden hatte.

Sofort zog er sein Handy heraus und rief im Krankenhaus an. Er vergewisserte sich, dass seine Mutter atmete, und richtete ihre Beine, um es ihr bequemer zu machen. Dann rannte er nach oben in ihr Zimmer und suchte nach irgendetwas, das ihm verraten könnte, ob er mit seiner Vermutung einer Zyanidvergiftung richtig lag.

Es konnte kein Gas sein, überlegte er, denn dann hätte sie es nicht die Treppe herunter geschafft. Zyanidgas tötete schnell, daran erinnerte er sich ganz deutlich. Es konnte auch nicht in Speisen oder Getränken gewesen sein, denn seine Mutter aß oder trank nie etwas außerhalb der Mahlzeiten, und außerdem bereitete er selbst die Mahlzeiten zu. Jedenfalls hatte sie seit dem Mittagessen keinen einzigen Bissen zu sich genommen.

Lucas fand nichts Ungewöhnliches in ihrem Zimmer. Er sah unter dem Bett nach, öffnete die Schubladen ihrer Kommode – alles sah aus wie immer, soweit er das beurteilen konnte. Es erschien ihm wichtig zu wissen, woher das Zyanid kam, aber er hatte keine Zeit für eine gründliche Suche, nicht während seine liebe Maman dabei war, in ein Koma zu fallen.

Als er die Treppe wieder hinunterrannte, um nach ihr zu sehen, dachte er, Moment mal. Warte. Wie in aller Welt bekommt Maman eine Zyanidvergiftung, wenn sie den ganzen Tag kaum, wenn überhaupt, das Haus verlassen hat? Ist das überhaupt ein Unfall?

Lucas schüttelte den Kopf, unfähig zu glauben, dass irgendjemand in Castillac so etwas tun könnte oder überhaupt einen Grund dafür hätte.

Maman war immer noch bewusstlos. Ihr Keuchen war sehr schwer mit anzusehen. Ihre Haut färbte sich kirschrot, was ihn für einen Moment denken ließ, es ginge ihr besser, bevor er sich erinnerte, dass es ein Symptom einer Zyanidvergiftung war. Er beugte seinen Kopf wieder zu ihr und schnüffelte hörbar. Ja – er blähte seine Nasenflügel und atmete noch einmal ein, den Geruch wahrnehmend.

Seine Mutter hatte eine leichte Obsession für verjüngende Cremes und Lotionen, Emollienzien und Weichmacher aller Art – vielleicht war das Gift auf ihrer Haut, von einer kontaminierten Charge? Wenn es tatsächlich in einer Creme war, dann konnte er etwas für sie tun, bevor der Krankenwagen eintraf. Und wenn nicht, würde das Waschen ihres Gesichts keinen Schaden anrichten. Er eilte in die Küche und holte eine Schüssel mit Wasser, ein Stück Seife und ein paar Lappen, dann kniete er sich neben sie, tauchte den Lappen in das Seifenwasser und wischte ihr altes, runzliges, geliebtes Gesicht ab.

„Maman", flüsterte er heiser, „du wirst wieder gesund. Ich muss nur dieses Zeug von deiner Haut bekommen. Ich glaube, es ist die Creme, Maman, weißt du, ich habe dir schon früher gesagt, du weißt nicht, was die da alles reinmischen –"

Lucas war gründlich. Er wischte sie komplett ab, holte dann eine Schüssel mit frischem Wasser und neue Lappen und wischte sie erneut ab, bis hinunter zu ihren Schlüsselbeinen. Er wiederholte den Vorgang ein drittes Mal. Das Keuchen wurde weniger häufig. Ihre Haut war gerötet, wo er gerieben hatte, aber ansonsten schien ihre Farbe wieder normal zu werden.

Lucas war achtunddreißig Jahre alt und hatte nie woanders als zu Hause gelebt, außer für die drei Jahre, als er in eine größere Stadt hatte ziehen müssen, um Krankenpflege zu studieren. Er und seine Mutter standen sich sehr nahe. Sie mochten dieselben Fernsehsendungen, dasselbe Essen, dieselben Bücher. Obwohl seine Mutter alt war, hatte er sich nie wirklich mit der Tatsache auseinandergesetzt, dass er sie wahrscheinlich irgendwann in der Zukunft verlieren würde – natürlich war ihm klar, dass es passieren würde, aber diese Realität war nie wirklich in sein Bewusstsein eingedrungen, sondern eher an der Oberfläche entlanggeglitten, ohne dass er ihr Beachtung geschenkt hatte. Dieser Beinahe-Verlust – unmöglich zu ignorieren – erschütterte ihn so sehr, dass er kaum sprechen konnte.

Er blieb neben ihr knien, hielt ihre Hand und murmelte ihr zu, stand auf, um das Wasser in der Schüssel zu wechseln und noch mehr saubere Lappen zu holen, um sie abzuwischen, bis endlich – wo blieb dieser Krankenwagen? – Madame Arbogast ihrem Sohn zuflüsterte, er solle aufhören, bevor er ihr Gesicht ganz wegwische.

Die Klingel läutete, und lachend und ungemein erleichtert ging Lucas zur Tür. Er kannte den Fahrer und den Sanitäter und erzählte ihnen schnell, was passiert war. Madame Arbogast saß jetzt aufrecht auf dem Sofa, verlangte nach einem Glas Cognac und würde wieder gesund werden.

„Ich habe auf dem Weg hierher schon die Polizei verständigt, Lucas. Bei einer verdächtigen Vergiftung ist das das Protokoll, wie Sie wissen."

Lucas nickte. „Ich habe mich kurz umgesehen und versucht herauszufinden, woher das Zeug kam, aber ich musste bei Maman bleiben, also hatte ich keine Zeit für eine richtige Suche. Ich wusste, dass sie nichts gegessen hatte, was ich nicht für sie zubereitet hatte, also dachte ich, es muss irgendeine Art von Gesichtscreme oder so etwas sein. Tatsächlich brachte das Säubern sie schnell wieder zu sich."

„Das haben Sie gut gemacht", sagte der Sanitäter und deutete auf Madame Arbogast, die sich schon wieder gut genug fühlte, um mit dem Fahrer des Krankenwagens zu flirten. „Woher wussten Sie, dass es Zyanid war?"

„Ich habe es gerochen", sagte Lucas lachend und fühlte sich ein wenig schwindelig.

„Da haben Sie aber Glück gehabt. Nicht jeder kann diesen Geruch wahrnehmen – nicht einmal fünfzig Prozent, wenn ich mich recht erinnere."

Lucas schüttelte langsam den Kopf und atmete tief aus. „Das war verdammt knapp. Sie übertreibt es manchmal ein bisschen mit der Gesichtscreme." Er machte eine Pause. „Aber warum um alles in der Welt sollte ihre Gesichtscreme Zyanid enthalten?"

„Ja, das ist hier die entscheidende Frage", sagte der Fahrer des Krankenwagens, der sich normalerweise nicht sonderlich für die Patienten interessierte, die er transportierte, aber Gift? Das würde eine gute Geschichte für die Kumpels in der Bar nach der Arbeit abgeben.

Ein energisches Klopfen an der Tür, und Lucas ließ Thérèse Perrault herein, die an diesem Samstagabend Dienst hatte. „Hallo, Lucas, Madame Arbogast", sagte Thérèse, die beide kannte. „Verdacht auf Vergiftung, das ist die Information, die ich bekommen habe?"

„Ja. Ihr geht es jetzt gut, Gott sei Dank. Aber es war knapp. Ich hatte Glück und roch diesen Bittermandelgeruch, als ich mich ihrem Gesicht näherte, also habe ich sie gereinigt und sie erholte sich. Aber wow, für einen Moment dachte ich, ich würde sie verlieren." Er beugte sich hinunter und klopfte seiner Maman auf die Schulter. Sie goss sich noch einen Fingerbreit Cognac ein.

„Was meinen Sie mit ‚gereinigt'?"

„Wenn die Vergiftung über die Haut erfolgt, wie in diesem Fall, ist das beste Gegenmittel, es einfach abzuwaschen", erklärte Lucas. „Also habe ich ihr Gesicht mehrmals mit Seife und Wasser gewaschen, und sie wurde gleich munterer. Sie war etwa zehn Minuten lang bewusstlos, würde ich sagen. Sie hatte auch die kirschrote Haut, die für eine Zyanidvergiftung typisch ist."

„Na, zum Glück für sie kennen Sie sich damit aus", sagte Perrault. „Darf ich nach oben gehen und einen Blick in ihr Schlafzimmer werfen?"

„Natürlich", sagte Lucas, ohne Anstalten zu machen, seine Mutter zu verlassen.

Der Fahrer des Krankenwagens hätte auch gerne nach Gift gesucht, wusste aber, dass er keinen glaubwürdigen Grund hatte, Perrault zu begleiten.

Es dauerte nicht lange, bis sie etwas Verdächtiges fand. Sie zog ihre Handschuhe an und nahm ein Glas Gesichtscreme in die Hand, das weder markiert noch etikettiert war. Sie rief nach unten und bat um einen Karton. Um gründlich zu sein, packte sie alle Lotionen und Cremes von Madame Arbogasts Schminktisch hinein, um sie ins Labor zu bringen. Eine zweite alte Dame, die mit einer mit Zyanid versetzten Gesichtscreme vergiftet worden war.

Hatte Castillac einen Serienmörder?

Thérèse spürte, wie ein Schauer durch ihren Körper lief, und tadelte sich selbst dafür, dass sie sich so glücklich fühlte, während Menschen litten und starben.

$$\text{❦ } 26 \text{ ❦}$$

„**E**s ist mir egal, wie kalt es ist", sagte Frances. „Ich war den ganzen Tag eingesperrt, ich glaube, ich habe gerade einen Jingle geschrieben, für den mich jeder Mensch in den Vereinigten Staaten verfluchen wird – ein Riesenohrwurm, haha – und deshalb möchte ich etwas anderes sehen als dein süßes Gesicht."

„Nico oder Pascal, nehme ich an, hast du im Sinn?", sagte Molly, während sie das letzte Geschirr aus der Spülmaschine wegräumte.

„Sie *sind* wirklich eine Augenweide", sagte Frances grinsend. Sie stand vor dem Spiegel im Flur und versuchte, ihren Schal auf diese schicke Art zu binden, die französische Frauen scheinbar mühelos hinbekamen. „Heiliger Bimbam, Molls, wie machen die das?", sagte sie frustriert, während sie das Ende über, unter und um den Hals schlang und halb erwürgt aussah.

„Ich glaube, das ist genetisch bedingt", sagte Molly. Sie stellte sich neben ihre Freundin und schwang ihren Schal um den Hals, nach oben und hindurch, und es sah besser aus, wenn auch etwas schief.

„Manchmal, wenn ich dich ansehe, möchte ich Donnie aus dem Fenster werfen", sagte Frances und schielte auf Mollys Brust.

„Wenn du *mich* ansiehst?"

„Diese falschen Brüste, zu denen er dich überredet hat. Und ich bin nicht nur auf Donnie sauer. Auch auf dich, weil du diesem Unsinn zugestimmt hast."

Molly dachte über Frances' Worte nach. „Ich schätze, ich war auch mal wütend auf mich selbst. Ich weiß, dass es eine wirklich schlechte Entscheidung war, mich operieren zu lassen, nur um jemand anderen glücklich zu machen. So dumm. Irgendwann, wenn ich etwas Geld übrig habe, werde ich sie wieder loswerden. Aber weißt du, Frances? Das Ganze ist jetzt schon Jahre her. Ich habe es losgelassen. Vielleicht kannst du es also auch loslassen."

„Okay, aber ich werde ihn trotzdem aus dem Fenster werfen, wenn ich jemals die Gelegenheit dazu bekomme."

„Verstanden", sagte Molly fröhlich. „Also, ist Chez Papa für dich in Ordnung? Es tut mir leid, dass Lawrence während deines ganzen Besuchs nicht da war. Er heitert die Stimmung definitiv auf, wenn er da ist."

„Ja, klar, jeder Ort ist für mich in Ordnung. Lass mich nur kurz..." Sie kramte in einer Kosmetiktasche und holte einen stumpfen Stift heraus, zog damit eine rauchige, verwischte Linie um ihre dunkelbraunen Augen. Sie sahen riesig und leicht bedrohlich aus. Dann fischte sie ein winziges Parfümfläschchen heraus, sprühte in die Luft vor sich und ging durch den Nebel.

„Du bist unwiderstehlich", sagte Molly trocken.

Die Freundinnen zogen ihre dicksten Mäntel und Mützen an und gingen schnell ins Dorf, auf der Suche nach Gesellschaft und Kir.

„Die Blassen!", rief Nico, als sie mit einem Schwall kalter Luft hereinkamen.

„Was?", sagte Frances und sah Molly an.

Molly zuckte mit den Schultern. „Ich war neulich hier, während du gearbeitet hast. Nico fragte, wie wir uns kennengelernt haben und so, und ich habe vielleicht ein paar Geschichten aus unseren frühen Jahren erzählt."

„Und ihr seid auch auf dieselbe Uni gegangen? Ich war zwei Jahre lang an einer Uni in Amerika", sagte Nico. „Ich weiß alles über den verrückten Kram, den ihr Studenten so treibt." Er zwinkerte Frances zu, und sie hüpfte auf einen Barhocker und lächelte ihn kokett an.

„Du meine Güte, ich war ein *Engel*", sagte sie, und Molly und Nico lachten.

Gerade als Nico beiden einen Kir hinstellte, ging Mollys Handy los, mit dem Textton eines zwitschernden Rotkehlchens. Sie zog es aus der Tasche und schaute mit weit aufgerissenen Augen auf den Bildschirm.

„Es ist Lawrence..."

„Hi Larry", sagte Nico und winkte Mollys Handy zu.

„Das ist unglaublich", sagte Molly. Sie starrte angestrengt auf den Bildschirm, als hätte sie falsch gelesen, was dort stand.

„Na?", sagte Frances, während ihre Augen auf Nico ruhten, der einem Mann mittleren Alters am anderen Ende der Bar einen Espresso zubereitete.

„Er sagt, es gab eine weitere Vergiftung. Eine Frau in Madame Desrosiers' Straße. Wieder Zyanid, aber sie hat überlebt."

„Du meine Güte! Ist es jemand, den du kennst?"

„Ich... ich kann es kaum glauben... vielleicht macht Lawrence nur Witze."

„Macht er das gerne?"

„Nun..." Molly dachte darüber nach. Er neckte gern, aber das hier war nicht gerade Necken. Es wäre ein schlechter Scherz, wenn er es sich ausgedacht hätte. „Ich wünschte, ich könnte Ben anrufen und ihn fragen, was los ist."

„Was ist los, meine Schönen?", sagte Nico, nachdem er seinen Kaffee serviert hatte und eine gute Geschichte witterte.

„Molly hat gerade gehört, dass es eine weitere Vergiftung gab", sagte Frances.

„Larry hat es dir erzählt?"

„Ja. Wie zum Teufel weiß er immer alles? Und das, obwohl er in Marokko ist?"

Nico zuckte mit den Schultern. „Wer war es? Geht es ihr gut?"

„Woher wusstest du, dass es eine 'sie' war?", sagte Molly und verengte ihre Augen zu Schlitzen.

„Richte diese Detektivaugen nicht auf mich", sagte Nico. „Schau, ich hatte eine fünfzigprozentige Chance, es war einfach ein glücklicher Zufall."

„Ruf Ben an!", sagte Frances. „Du weißt, dass er ganz hingerissen von dir ist."

„Weißt du, dass die Hälfte deiner Ausdrücke direkt aus *Vom Winde verweht* stammt? Wir bereiten uns nicht darauf vor, zu einem Barbecue mit den Tarleton-Jungs nach Twelve Oaks zu gehen." Molly stand auf. Sie nahm einen Schluck von ihrem Kir. „Das ist ernst. Eine zweite Frau mit Zyanidvergiftung innerhalb einer Woche? Könnten wir es mit einem *Serienmörder* zu tun haben?"

„Ruf einfach den Bullen an", sagte Frances. „Du wirst an nichts anderes denken können, bis du die Details kennst, also ruf ihn einfach an!"

„Ich glaube nicht, dass Zivilisten einfach bei Gendarmen anrufen und nach dem neuesten Klatsch fragen können."

„Das ist kein *Klatsch*, Molly. Du sorgst dich um deine Sicherheit und die deines Gastes, der dir unheimlich wichtig ist. Stimmt's?"

„Nico? Was meinst du dazu?"

„Ruf ihn an. Was ist das Schlimmste, das passieren kann? Er wird sagen, dass es dich nichts angeht, und tschüss."

Molly nahm ihr Handy heraus und wollte schon fast die Nummer der Polizeistation eintippen. Nach einigen beängstigenden Vorfällen Anfang des Jahres hatte sie auch seine private Nummer in ihren Kontakten gespeichert, aber sie hatte das Gefühl, diese nur im Notfall wählen zu dürfen. Und obwohl es sich für sie wie ein Notfall anfühlte, herauszufinden, was genau passiert war, verstand sie, dass es keiner war.

Aber oh, wie gerne wollte sie wissen, was los war! Zuerst schrieb sie Lawrence zurück und bat um weitere Informationen.

„Lass uns noch einen Kir trinken", sagte Frances. „Machst du mit, Nico?"

„Ich trinke nie im Dienst", sagte er. „Aber hmm, es ist fast leer hier drin, außer euch... Alphonse ist mit einer schlimmen Erkältung zu Hause... okay, nie, außer ausnahmsweise diesmal", sagte Nico grinsend und griff nach einer Flasche Schnaps, um sich einen Kurzen einzuschenken.

„Okay, ich rufe an", sagte Molly. „Aber ich gehe dafür in den hinteren Raum. Ich werde nervös, wenn ich denke, dass jemand meinen Telefongesprächen zuhört."

Frances winkte, als Molly wegging. „Schenk mir noch einen ein, Nico", schnurrte sie. „Warst du in den USA, um zu schauspielern? Du siehst aus, als könntest du in Filmen mitspielen."

Nico lachte. „Du bist so eine Schmeichlerin", sagte er. „Und ziemlich unterhaltsam. Mach weiter..."

„Ich habe jede Menge Fragen, die ich dir stellen möchte", sagte sie und lächelte ihn an. „An welcher Uni du warst, wie dein Englisch so perfekt wurde, solche Sachen. Aber während Molly im anderen Raum ist, lass mich dich das fragen: Was hältst du eigentlich von Ben Dufort? Ist er ein guter Kerl?"

„Ja, er ist ein guter Kerl. Ich kann nicht behaupten, dass ich ihn sehr gut kenne, verstehst du, was ich meine?"

„Du weißt nicht, was ihn antreibt?"

„Ha, ich glaube nicht, dass ich weiß, was irgendjemanden antreibt."

„Ja", sagte Frances. „Das ist tiefgründig, weißt du das?"

Nico schüttelte nur den Kopf und schenkte sich noch einen Schnaps ein.

DUFORT WARF sein Handy verärgert auf den Schreibtisch. Er stand auf und ging vor dem Fenster auf und ab, den Blick auf den Boden gerichtet. Am Abend zuvor hatte er Marie-Claire angerufen, um sie zum Essen einzuladen, und sie hatte abgelehnt. Ihm gesagt, sie möge ihn und würde gerne befreundet sein. Nur befreundet.

Nun, er konnte sich selbst eingestehen, dass er nicht in Marie-Claire verliebt war, so sehr er sie auch mochte. Aber es war trotzdem ein Schluss, den er lieber selbst gezogen hätte, und es schmerzte.

Und dann heute Morgen war der Laborbericht eingegangen - kein Zyanid im unbeschrifteten Glas mit der Gesichtscreme. Er war so sicher gewesen, dass das die Quelle war, und war erfreut, dass Perrault es mitgebracht hatte. Hatte auf Fingerabdrücke gehofft, dass, wenn sie wirklich Glück hätten, sich die Apotheke im Dorf daran erinnern würde, dass der Mörder hereingekommen war, um ein leeres Glas zu kaufen, zusammen mit Gesichtscreme.

Aber sie hatten kein Glück.

Dufort fuhr sich mit der Hand übers Gesicht und kniff die Augen zusammen. Er tastete seine Taschen ab, fand das Fläschchen mit der Tinktur und ließ fünf Tropfen unter seine Zunge fallen, ohne sich darum zu kümmern, ob die anderen Beamten es sahen. In Ordnung, dachte er und riss sich zusammen, entweder hat Michel jemand anderen vergiftet, um uns auf eine falsche Fährte zu locken, oder es ist nicht Michel. Und wenn er es nicht ist, stehen wir vor dem Nichts. Und wenn wir vor dem Nichts stehen, wird der Mörder weitermachen und es werden mehr Menschen sterben.

Er rief nach Perrault und Maron, die eilig hereinkamen, als sie den schlecht gelaunten Ton in seiner Stimme hörten. „Der Fall Arbogast - entweder hat sich der Krankenpfleger geirrt, dass es Zyanid war, oder sie wurde auf andere Weise vergiftet. Das unbeschriftete Glas ist sauber."

„Verdammt", sagte Perrault.

„Also gut, das ist nur ein Rückschlag", sagte Dufort. „Aber wir machen weiter. Maron, gehen Sie und befragen Sie Arbogasts Sohn. Vielleicht ist es Münchhausen-Stellvertretersyndrom, oder vielleicht hat er versucht, seine Mutter zu töten, ist aber gescheitert. Schnüffeln Sie herum und sehen Sie, was Sie denken. Perrault, Sie klopfen an Türen und sprechen mit den Nachbarn. Fragen Sie, ob sie jemanden Ungewöhnliches gesehen haben, der zu Arbogasts Tür kam. Und dann gehen Sie zu beiden Apotheken und fragen nach jemandem, der Gesichtscreme und leere Glasgefäße gekauft hat. Sie werden die Telefonnummern von allen brauchen, die nicht bei der Arbeit sind, wenn Sie da sind, um sie telefonisch zu befragen."

„Es ist unwahrscheinlich, dass die beiden Vergiftungen nicht zusammenhängen, oder?", fragte Perrault mit schräg gelegtem Kopf.

„Ich habe Ihnen gerade gesagt, dass das Labor kein Zyanid gefunden hat. Passen Sie auf, Perrault. Vielleicht wurde sie auf andere Weise vergiftet, aber wir müssen mit dem Sanitäter sprechen, um zu sehen, ob er den Bericht des Sohnes über die Symptome seiner Mutter bestätigt. Und wir ziehen Schlüsse erst, wenn wir mehr Fakten haben. Ist das klar?"

„Jawohl", sagte Perrault und spürte, wie sich Tränen in ihren Augen sammelten, die sie streng wegbefahl.

„Glauben Sie, es könnte ein Serienmörder sein?", fragte Maron.

Dufort hob die Handflächen. „Ich weiß es nicht", sagte er. „Sie beide - los jetzt. Seien Sie gründlich. Dies ist ein heikler Moment in der Ermittlung - wir haben es mit jemandem zu tun, der äußerst gefährlich ist, besonders weil wir das Motiv nicht kennen und im Dunkeln tappen, wie wir ihn stoppen können. Es würde mich nicht überraschen, wenn wir sehr bald einen Bericht über eine weitere Vergiftung bekämen."

Perrault und Maron machten sich auf den Weg, ihre Mienen ernst. Dufort nahm fünf weitere Tropfen, dann noch fünf, und warf dann die Flasche gegen die Wand.

❄ 27 ❄

Michel verbrachte den Morgen damit, seine kleine Wohnung zu putzen. Er war sehr gründlich, nahm die Bücher aus dem Regal und staubte jedes einzelne ab, bevor er es zurück in das saubere Regal stellte. Alles unter dem Bett wurde hervorgeholt und ebenfalls abgestaubt, und die beiden Fenster wurden trotz der Kälte geöffnet, um die Luft in seinem Einzimmerapartment mit Kochnische zu erfrischen. Als es nichts mehr zu ordnen oder zu reinigen gab, zog er seinen dünnen Mantel und einen Schal an und ging spazieren.

Er schlenderte ziellos durch Castillac, aber die Desrosiers-Villa übte eine magnetische Anziehungskraft auf ihn aus und zog ihn näher, obwohl er gar nicht vorgehabt hatte, in ihre Nähe zu gehen. Er nahm eine Abkürzung durch eine Gasse, um schneller dorthin zu gelangen, sprang dann über einen Zaun und lief durch jemandes Hof. Die Straßen waren relativ voll mit Menschen, die vom Markt nach Hause gingen, und Michel nickte einem oder zweien im Vorbeigehen zu. Schließlich kam er am Haus seiner Tante an. Er umfasste die eiskalten Eisenstäbe des Tores und blickte hinauf.

Nichts hatte sich verändert. Die gleichen violett-blauen Fensterläden, geschlossen, ließen das Haus blind aussehen. Die gleichen zerzausten Formschnitthecken, der gleiche Frost auf den Dachschindeln. Er glaubte, einen Lichtstreifen unter einem der Fensterläden im Obergeschoss zu sehen, aber als er genauer hinsah, entschied er, dass er sich geirrt hatte. Er ging weiter, immer noch ohne die Absicht, an einen bestimmten Ort zu gehen, er wollte einfach nur aus seiner beengten Wohnung raus und hoffte ständig, er würde auf jemanden treffen, der ihn zum Mittagessen einladen oder ihm wenigstens eine Tasse guten Kaffee spendieren würde.

Michel hatte Hunger. Impulsiv betrat er einen Feinkostladen, die Art von Geschäft, die edle Pralinen, importierte Delikatessen und in diesem Fall Trüffel und Foie gras verkaufte. Alles Lebensmittel, die er vergötterte, aber schon lange nicht mehr die Gelegenheit gehabt hatte zu probieren. „Bonjour, madame!", sagte er herzlich zu der Frau mittleren Alters hinter der Theke.

„Bonjour, monsieur", antwortete sie und bemerkte seinen dünnen Mantel und auch die charmante Art, wie er sie anlächelte.

„Ich frage mich – Ihr Laden ist voll mit den göttlichsten Dingen", sagte er nach einem kurzen Überblick. „Könnten Sie mir vielleicht sagen, wo ich Austern finden könnte?"

„Sie meinen frische Austern? Dafür müssen Sie quer durch die Stadt zu Bedins Laden gehen. Er bekommt jeden Samstagmorgen Lieferungen von der Küste, also wäre jetzt ein guter Zeitpunkt, hinzugehen."

Michel nickte und lächelte. Eine Haarsträhne fiel ihm in die Augen.

„Und wenn Sie geräucherte Austern möchten? Gleich am Ende des Ganges, in dem Sie stehen, monsieur."

„Vielen Dank", sagte Michel. Er ging langsam den Gang entlang und betrachtete all die Flaschen und Dosen, während ihm das Wasser im Mund zusammenlief. Am Ende des Ganges ließ er geschickt eine Dose geräucherte Austern in seine Tasche gleiten, dann ging er langsam den nächsten Gang hinauf. „Ich glaube, ich werde jetzt gleich zu Bedin gehen, nochmals vielen Dank", sagte er und lächelte strahlend, als er zur Tür hinausging.

❧

„DAS IST EINE ETWAS HEIKLE EINLADUNG", sagte Molly zu Frances, während sie wie üblich im Foyer standen und versuchten, ihre Schals zu knoten. „Es ist ja nicht alltäglich, dass man mit jemandem zu Abend isst, der unter Mordverdacht steht."

„Na ja, glaubst du, sie werden Englisch sprechen? Denn wenn nicht, werde ich einfach nur wie ein Dummchen dasitzen."

„Vielleicht nicht. Sie sprechen beide Englisch mit mir, aber ich weiß nicht, wie es bei ihrer Mutter aussieht. Bist du sicher, dass du mitkommen willst?"

„Ja, ja, es macht mir nichts aus, ein Dummchen zu sein. Vielleicht kann ich für eine Ablenkung sorgen, damit du das Haus nach Beweisen durchsuchen kannst."

Sie verließen La Baraque, wobei Molly hinter ihnen abschloss. „Es gibt dort keine Beweise", sagte sie, „weil ich keine Sekunde lang glaube, dass Michel irgendetwas damit zu tun hatte. Du etwa?"

„Ehrlich? Ja. Vielleicht. Ich halte es durchaus für möglich. Fünf Millionen sind eine Menge Euro, weißt du?"

Molly fühlte sich irritiert. In der Dunkelheit gingen sie schweigend die Rue des Chênes hinunter, dann durch eine Gasse und eine enge Straße, mehr Abzweigungen und dann noch mehr, bis Frances völlig die Orientierung verloren hatte, auf dem Weg zu Murielle Faures kleinem Haus auf der anderen Seite des Dorfes. Es war ordentlich und sauber und trist. Molly klopfte an die Tür und zwang sich zu einem Lächeln in Frances' Richtung, das sie nicht wirklich fühlte.

Eine Pause, dann schwang die Tür auf und Murielle bat sie herein. „Wie schön, dass Sie kommen konnten!", sagte sie. „Michel und Adèle haben ununterbrochen von den interessanten

Amerikanerinnen gesprochen, die nach Castillac gekommen sind. Darf ich Ihnen beiden einen Kir anbieten?"

Molly und Frances sagten dankbar ja, und sie kamen in ein kleines Wohnzimmer, wo Michel und Adèle warteten.

„Wie immer, ich liebe deine Klamotten", sagte Molly, als sie und Adèle Wangenküsschen austauschten.

Adèle trug einen kurzen Wollrock, dicke Strumpfhosen und Stiefel mit Lammfellfutter. „Merci, Molly", sagte sie. „Schön, dich wiederzusehen." Adèle und Michel begrüßten Frances mit Interesse, und Frances führte ihre Gesten auf, von denen sie glaubte, dass sie gute Laune und freundliche Gefühle vermittelten, und die Geschwister lachten.

„Oh, Maman, ich habe etwas mitgebracht, das wir uns vor dem Essen schmecken lassen können, hast du kleine Toasts dazu?" Michel griff in seinen Rucksack, holte die Dose geräucherte Austern heraus und reichte sie seiner Mutter.

„Michel, wie wunderbar!", rief sie aus, legte einen Arm um ihn und drückte ihn. „Immer voller Überraschungen, mein Lieber. Können Sie sich vorstellen, wie viele Frösche er mir gebracht hat, als er noch ein kleiner Junge war?", sagte sie zu den Gästen, die höflich lachten.

Molly sah, wie Adèle Michel einen harten Blick zuwarf. Sie versuchte, ihn zu deuten: War sie eifersüchtig auf die Aufmerksamkeit ihrer Mutter? Wünschte sie, sie hätte auch etwas anzubieten? Mochte sie keine Austern?

Und dann, scheinbar aus dem Nichts, trat der gefürchtetste Umstand jeder Dinnerparty ein: ein langer, unangenehmer Moment, der sich immer weiter dehnte. Alle waren plötzlich völlig sprachlos, und das Gefühl verstärkte sich, je länger das Schweigen andauerte. Alles, woran Molly denken konnte, war die tote Tante Josephine, die auf dem Toilettenboden lag, und dann ihre Sorgen um Michel, aber natürlich konnte sie nichts davon erwähnen, und die Tatsache, dass sie es nicht erwähnen konnte, bedeutete, dass sie an nichts anderes denken konnte. Murielle gab

Michels Schultern noch einen Drücker, ging dann wortlos in die Küche. Adèle ging zum Fenster und tat so, als würde sie nach draußen schauen, und Michel lächelte reumütig und schüttelte den Kopf.

„Ich fürchte, wir denken alle an dasselbe", sagte er. „Also liegt es wohl an mir, es laut auszusprechen. Es stimmt, Dufort hat mit mir gesprochen. Nichts Formelles – noch nicht jedenfalls. Aber es ist ziemlich offensichtlich, dass er mich für einen Verdächtigen hält, möglicherweise sogar für den Hauptverdächtigen. Er kam heute Morgen sogar zu mir, nachdem er gestern Nachmittag mit mir gesprochen hatte. Laut ihm stellt sich heraus, dass ich Tante Josephines Vermögen erben werde, was wunderbar wäre, wenn es mir nicht einen Strick um den Hals legen würde."

Adèle lachte humorlos und schüttelte den Kopf. „Wenn Dufort irgendetwas wüsste, würde er wissen, dass du unfähig bist, jemandem wehzutun. Es liegt einfach nicht in Michels Natur, etwas so... so Aggressives zu tun."

„Herzlichen Glückwunsch – und es tut mir so leid", sagte Molly. „Verstehst du?", fragte Molly Frances, da alle auf Französisch gesprochen hatten.

„Natürlich nicht", sagte Frances fröhlich.

Molly übersetzte für sie. „Nun, ich weiß nicht", sagte Frances. „Können wir wirklich sagen, dass irgendjemand – und ich schließe mich da absolut ein – niemals zu einem Mord fähig wäre? *Niemals?* Ich bin irgendwie der Meinung, dass jeder es tun könnte, wenn alle Bedingungen erfüllt wären. Einige von uns haben mehr Bedingungen als andere, ja klar, aber wenn man nicht an Engel glaubt..." Sie zuckte mit den Schultern.

Molly übersetzte für die anderen. Adèle warf Frances einen frostigen Blick zu. Michel lächelte sie an. „Eigentlich stimme ich dir zu, Frances", sagte er in gutem Englisch. „Ich habe meine Tante nicht vergiftet. Aber ich kann nicht sagen, dass ich niemals jemanden töten würde, egal was passiert. Und ich bin ein bisschen beleidigt, dass du mich für eine so friedliche Seele hältst, unfähig zu handeln!", sagte er noch immer lächelnd zu seiner Schwester.

„Ich finde nicht, dass du so scherzen solltest", sagte Adèle leise.

Murielle kam mit Kir und einem kleinen Teller voller Toasts zurück, und einer Untertasse mit geräucherten Austern in der Mitte. „Die sollen sehr gut für das Liebesleben sein, habe ich immer gehört", sagte sie und blickte Michel an.

„Auf die Liebe!", sagte Michel, hob sein Glas und verdrehte die Augen.

Molly beobachtete Adèle. Ihr Gesicht hatte einen eingefrorenen Ausdruck, mit dem Plastiklächeln, das man bei Fernsehnachrichtensprechern sah. Die vier bemühten sich um Konversation, während sie sich bei jedem früheren Treffen so leicht unterhalten hatten. Molly schaute sich im Raum um, der fast völlig ohne Dekoration war, abgesehen von einem Strauß getrockneter Blumen in einer Ecke. Nichts an den Wänden. Nur ein Sofa und vier Stühle, die in den kleinen Raum gequetscht waren, eine schwache Lampe und ein Häkelteppich. Alles blitzsauber.

Frances aß die meisten Austern. Da die anderen drei kaum sprachen, begann sie, auf Englisch zu reden und erzählte Geschichten über ihre exzentrische Mutter, die glaubte, Autos seien böse, und deshalb überall nur mit dem Fahrrad hinfuhr, und schwadronierte darüber, welche Gebäcksorten sie und Molly am liebsten mochten und warum. Molly fing schließlich an, über die Arbeiten am Taubenhaus zu sprechen, aber da Pierre Gault tadellose Arbeit leistete, gab es nicht viel zu erzählen. Adèle warf Michel immer wieder Blicke zu, bis er sich schließlich in seinem Stuhl so drehte, dass er ihr den Rücken zuwandte.

„*À table!*" rief Murielle, und erleichtert gingen die vier in die Küche und setzten sich an einen rustikalen Holztisch.

„Ich muss euch warnen", sagte Michel mit einem Zwinkern in

den Augen, „Maman ist eine sehr talentierte Frau, aber vielleicht nicht so sehr in der Küche."

„Ich fordere dich heraus, das auf Französisch zu sagen", sagte Adèle lachend, ihr Gesichtsausdruck taute für einen Moment auf.

Murielle stellte zwei Baguettes auf den Tisch, zusammen mit einem Topf süßer Butter und einem anderen mit Landpastete. Molly und Frances, die sich unwohl fühlten, stürzten sich mit Begeisterung auf das Essen.

Als Murielle sich auch an den Tisch setzte, lebte die Unterhaltung etwas auf. Zumindest konnten sie etwas Smalltalk über das Wetter und verschiedene andere Themen ohne emotionale oder intellektuelle Komplikationen führen. Frances drückte unter dem Tisch auf Mollys Zeh und Molly drückte zurück, eine Kommunikationsmethode, die sie in ihrer Kindheit entwickelt hatten, bei der die erste sagte: „Kannst du das glauben?" und die zweite antwortete: „Ich weiß! Es ist verrückt!"

Das Abendessen war Lammragout. Das Fleisch war zäh und die Soße fade, aber Molly und Frances taten ihre Pflicht und aßen es auf, wobei sie Murielle Komplimente machten. Es wurde ihnen weder Kaffee noch etwas anderes zu trinken nach dem Essen angeboten, wofür sie dankbar waren, und nach ein paar Momenten des Abschiedküssens und überschwänglichen Dankens waren sie wieder draußen in der Kälte und Dunkelheit und gingen schnell zurück zur La Baraque.

„Nun, das war quälend", sagte Molly.

„Ich beginne deine Schnüffelei ein bisschen besser zu verstehen", sagte Frances, während sie ihren Schal über den Kopf wickelte, um ihre Ohren zu schützen. „Irgendetwas stimmt in diesem Haus definitiv nicht. Ich bin super neugierig, was es ist."

„Ich auch", sagte Molly. „Und ich werde es irgendwie herausfinden."

$\maltese$ 28 $\maltese$

1⁹⁶⁶

Es war eine heiße Frühlingsnacht, das Dorf war so still, dass man den Kuckuck deutlich hören konnte, der sein Revier behauptete. Josephine hatte sich sorgfältig gekleidet, in weißen, glänzenden, imitierten Courrèges-Stiefeln und einem so kurzen Kleid, dass sie kaum bedeckt war. Ihr Haar war auf dem Kopf aufgetürmt, mit sich kräuselnden Strähnen, die um ihr Gesicht fielen, das so geschminkt war, dass sie sich einbildete, fast wie Jean Shrimpton auszusehen, die sie mehr als jedes andere Model bewunderte.

Sie musste perfekt aussehen. Sie musste ihn verführen, ihn anlocken, ihn in Versuchung führen.

Josephine hatte auf seinen Zeitplan geachtet, und er war ein Mann mit regelmäßigen Gewohnheiten, sodass es nicht schwer war zu erraten, wann er auf dem Weg von der Arbeit nach Hause am Park vorbeigehen würde. Sie wartete hinter einem dichten Gebüsch, atmete die schweren, vielschichtigen Düfte der Frühlingsluft ein und zitterte vor Aufregung, wissend, dass ihr Leben im Begriff war, sich zu verändern.

Er war eigentlich ein langweiliger Mann, ein Elektriker –

wahrscheinlich der ermüdendste Beruf, den ein Mann haben konnte. Josephine verstand sich selbst nicht gut genug, um zu wissen, warum sie ausgerechnet ihn wählte, einen Mann, der eher Verachtung als Liebe hervorrief. Sie hörte Schritte und hielt den Atem an. Sie schob einen Zweig zur Seite, um sicherzugehen, dass er es war, und trat dann auf den Gehweg in seinen Weg.

„Josephine! Wie lustig, dich zu sehen!" Albert blieb plötzlich stehen, um nicht in sie hineinzulaufen. Er blickte auf sie herab und konnte nicht umhin, ihren kurvigen Körper in dem knappen Kleid und ihre so dramatisch zur Schau gestellten Beine zu bemerken. Er hätte es niemandem in einer Million Jahren erzählt, aber er hatte eine Schwäche für Frauen in Stiefeln.

„Ich bin *so* froh, dass ich dich getroffen habe", sagte Josephine und lächelte durch ihre Wimperntusche-beschichteten Wimpern zu ihm auf. „Du bist *genau* der Mann, den ich zu sehen hoffte. Denkst du, du könntest − ich weiß, ich bin aufdringlich, aber − wenn du mir einen kleinen Gefallen tun könntest? Es wird nur einen Moment dauern."

Alberts Gesichtsausdruck wurde weicher. „Ich würde dir gerne helfen", sagte er und zwang sich, nicht auf ihre Beine und den Saum ihres skandalös kurzen Kleides zu schauen. „Du weißt, dass ich deine Familie sehr schätze."

Josephines Gesicht verhärtete sich für einen Moment, doch dann verging der Moment. Sie blickte Albert kokett an. „Ich bin wirklich albern", sagte sie. „Aber würdest du mit mir in den Park kommen, nur für ein paar Minuten? Ich habe die Schaukeln als Kind geliebt − es war meine liebste, glücklichste Sache, ganz hoch zu fliegen. Und so..." Sie blickte nach unten und bewegte die Spitze ihres Stiefels in einem Kreis um sich herum.

„Du möchtest, dass ich dich anschiebe?", sagte Albert, glücklich, dass er verstanden hatte. „Natürlich mache ich das!"

Josephine fühlte sich von Genugtuung überflutet, dass er ihre Andeutungen mit solchem Enthusiasmus aufgenommen hatte. Sie gingen durch das Tor und den Kiesweg hinunter zum Spielplatzbereich des Parks. Er war von der Straße durch eine breite Reihe von Viburnum verborgen, die frisch ausgetrieben waren. Es war fast, als wären sie allein auf dem Land, umgeben von Grün, obwohl sie praktisch im Zentrum von Castillac waren.

Josephine setzte sich auf die Schaukel, ihre Unterwäsche war vorne fast zu sehen, weil ihr Kleid so kurz war. Albert legte seine Hände auf ihren Rücken. Er konnte den Träger ihres BHs fühlen, und er schluckte und kniff die Augen zu, versuchte, nicht an ihren Körper zu denken, selbst als er seine Hände fest gegen sie drückte.

„Schieb mich an", sagte Josephine, klang dabei zugleich wie ein Kind und wie eine Königin, und Albert schob.

Sie flog höher und höher, wandte ihr Gesicht zum Himmel und sah die Sterne über dem Dorf ausgebreitet. „Fester!", rief sie ihm zu und kreischte vor Glück, als er sie noch höher schob. Schließlich wanderten seine Hände nach unten und schoben nicht mehr ihren Rücken an, sondern weiter unten, und schließlich die Wölbung ihres Hinterns. Er ließ Josephines Schaukeln langsamer werden, immer langsamer, und als sie ganz angehalten hatte und ihm atemlos dankte, kam Albert um sie herum, um ihr gegenüberzustehen. Er hob Josephine von der Schaukel und küsste sie, leidenschaftlicher, als er sich selbst für fähig gehalten hatte.

Es gab einen Geräteschuppen nicht weit von den Schaukeln entfernt, und schon bald wurde Josephine gegen diesen Schuppen gedrückt, während Albert ihren Hals, ihre Lippen, ihre Stirn küsste. Und als er ihr Kleid anhob, protestierte sie nicht, sondern lehnte ihren Kopf zurück, blickte zu den Sternen und lächelte, da sie genau das bekommen hatte, was sie geplant hatte.

❦ 29 ❦

2005

Kaffee im Chez Papa gefolgt von Pommes war zur Sonntagmorgenroutine geworden, und Molly und Frances beeilten sich, dorthin zu kommen, immer noch leicht verkatert von der unangenehmen Dinnerparty bei den Faures.

„Bonjour, meine Schönheiten!", sagte Nico, als sie eintraten und begannen, ihre Winterkleidung abzulegen.

Frances schenkte ihm ein schiefes Lächeln und streckte den Arm über die Theke, um seinen Arm zu berühren. „Wir hätten gestern Abend mit dir zu Abend essen sollen", sagte sie.

„Eine ausgezeichnete Idee", sagte Nico. „Habt ihr euch gelangweilt?"

„Das war es nicht", sagte Molly und ließ sich auf einen Hocker sinken. „Kaffee, sofort. Bitte. Wir waren bei Adèle und Michel –"

„Ist Dufort durch die Tür gebrochen und hat ihn verhaftet?"

„Nicht witzig, Nico."

Nico zwinkerte Frances zu, die lachte.

„Jedenfalls", sagte Molly, „es war einfach... ich weiß nicht warum, aber ihr wisst ja, wie es manchmal ist: Man geht zu jemandem zum Abendessen und es ist einfach lahm. Die Unterhaltung... war stockend."

„Das kannst du laut sagen", meinte Frances. „Natürlich konnte ich sowieso nichts verstehen. Ich bin nur froh, jetzt hier zu sein. Viel bessere Aussicht", sagte sie, während sie Nico ansah und zurückzwinkerte.

„Gütiger Himmel", sagte Molly und verdrehte die Augen. Sie saß da und starrte nachdenklich auf einen Staubfleck auf der Theke.

Ein kalter Windstoß traf ihre Rücken, als zwei Männer eintraten. „Bier!", rief einer Nico zu, und sie setzten sich an einen Tisch nahe der Bar. „Er macht immer die dramatischste Geste, die ihm einfällt", sagte ein Mann zu seinem Freund. „Und jetzt kann er all die Aufmerksamkeit genießen, die eine Nacht im Gefängnis – wenn er Glück hat – mit sich bringt!" Die beiden Männer lachten schallend, einer von ihnen schlug wiederholt auf den Tisch.

„Was gibt's?", fragte Nico, als er zwei frostige Gläser Bier an ihren Tisch brachte.

„Nur Jean-François, der im Knast schmort, das ist alles." Sie brachen wieder in Gelächter aus.

„Was hat er denn gemacht?"

„Wir waren gestern bei der Demonstration in Périgueux. Die Müllarbeiter haben gestreikt. Es ist schrecklich, unter welchen Arbeitsbedingungen sie leiden müssen! Sie hatten viel Unterstützung, Studenten kamen raus, und alle möglichen Arbeiter... und Jean-François, er regt sich so auf, dass er einen Ziegelstein durch das Fenster eines Ladens wirft. Überall Glassplitter! Ein Gendarm sah die ganze Sache und führte ihn innerhalb von Sekunden ab, Jean-François schrie die ganze Zeit etwas von liberté und fraternité. Was für ein Crétin!" Sein Freund hielt sich den Bauch, der vor lauter Lachen schmerzte.

„Vielleicht ist genau das derjenige, den Dufort im Auge haben sollte, anstatt Michel", sagte Molly leise zu Frances und deutete unauffällig hinter sich.

„Wer? Du weißt, dass ich kein Wort von dem verstehe, was sie sagen."

Molly neigte ihren Mund zu Frances' Ohr. „Jean-François sitzt im Knast. Hat bei einer Demonstration einen Ziegelstein geworfen. Du kennst den Typen – er ist Sabrinas Freund. Der Typ, der immer über irgendetwas sauer ist."

„Hat er ein Vorstrafenregister?", fragte Molly Nico mit leiser Stimme.

„Jean-François?", Nico lachte. „Etwa eine Meile lang, würde ich schätzen. Er war in den letzten zehn Jahren bei jeder Demonstration im Umkreis von dreihundert Kilometern dabei. Normalerweise gibt er sein Bestes, um verhaftet zu werden – könnte so sein Bild in die Zeitung bekommen."

„Hmm", sagte Molly. „Weißt du, ich habe ihn gesehen, wie er nach Desrosiers' Tod wieder in die Villa ging. Er trug einen Sack bei sich. Nun, weißt du, irgendwas stimmt da nicht."

„Seine Freundin arbeitete dort, oder? Er könnte hingegangen sein, um ihre Sachen zu holen. Hat wahrscheinlich einen Pullover dort gelassen oder so. Hey, lass uns ein paar Pommes essen", sagte Frances, die nie den besten Grund aus den Augen verlor, sonntags morgens ins Chez Papa zu kommen. „Und sag mir, Nico – macht der Koch seine eigene Mayonnaise? Wenn ja, bring davon etwas mit den Pommes raus, okay?"

„Dein Wunsch ist mir Befehl, Prinzessin", sagte Nico mit einem Grinsen, als er in der Küche verschwand.

„Fang gar nicht erst an", sagte Frances, als Molly gerade sprechen wollte. „Ich weiß, du wirst gleich davon schwafeln, dass Michel seine liebe Tante Josephine nicht getötet hat und bla bla bla. Tatsache ist, Molly, du fühlst dich zu ihm hingezogen. Und das macht dich blind für die Realität."

„Also ist der Fall für dich abgeschlossen? Was für eine Detektivin du bist. Du schließt dich einfach dem an, was Dufort sagt, und hinterfragst nichts?"

„Ich habe nichts von Fall abgeschlossen gesagt. Alles, was ich sage, ist, dass du, liebe Freundin, deine Objektivität verloren hast. Und weißt du, Michel erinnert mich ein ganz kleines bisschen an Donnie..."

„Wer ist Donnie?", fragte Nico, stützte seine Ellbogen auf die Theke und streckte seinen Rücken.

„Nicht wichtig", sagte Molly.

„Mollys Ex", sagte Frances. „Totaler Crétin", fügte sie hinzu. „Hey... hast du gehört, wie ich gerade Französisch gesprochen habe?"

Molly lachte nicht. Vielleicht weil Frances einen wunden Punkt getroffen hatte, und sie zu bereitwillig gewesen war, Michel einen Freifahrtschein zu geben. Und außerdem, warum in aller Welt fand sie die Haarsträhne, die ihm in die Augen fiel, überhaupt charmant? Es war nur ein dummer Haarschopf. Bedeutete absolut nichts.

„Also zu Adèle und Michel – habe ich das richtig verstanden, dass niemand weiß, wer ihr Vater ist?", sagte Molly zu Nico.

Nico blickte zur Decke und dachte darüber nach. „Ich denke schon. Ehrlich gesagt bin ich nicht die Person, die man das fragen sollte. Meine Eltern hatten immer ihre Nasen in Büchern und verbrachten keine Zeit damit, über andere Dorfbewohner zu reden, also habe ich viel Klatsch verpasst."

„Das tut mir so leid", sagte Frances.

Nico lachte. „Du bist echt witzig", sagte er.

Molly konnte sehen, worauf das hinauslief. Sie war sich nicht sicher, ob es eine gute Idee war, aber sie war sich sicher, dass es sie nichts anging, also verbrachte sie die nächste halbe Stunde damit, Nico und Frances beim Flirten nicht zuzuhören und zu versuchen, einen Plan zu entwickeln, um den Verdacht von Michel abzulenken.

❧ 30 ❧

Maron wartete bis Sonntagnachmittag, um bei Claudette Mercier vorbeizuschauen. Er vermutete richtig, dass sie am Morgen in der Kirche war. Außerdem dachte er, sie würde wahrscheinlich bei jemandem zum Sonntagsessen sein, da sie eine große Familie in Castillac hatte. Doch an diesem speziellen Sonntag fühlte Claudette eine Erkältung aufkommen und blieb nach der Kirche zu Hause. Maron klopfte an ihre Tür, bereit mit einer Liste von Fragen.

„Ach, Polizeimeister Maron, bonjour!", sagte Claudette und öffnete ihm die Tür. „Was für eine Überraschung! Ich war gerade dabei, eine Suppe zu kochen. Ich habe dieses kribbelnde Gefühl in der Nase, als ob eine Erkältung im Anmarsch ist, Sie wissen schon, wie das ist? Ich hoffe, Sie haben Fortschritte gemacht. Haben Sie den Einbrecher gefasst, ist das der Grund für Ihren Besuch? Soll ich zur Gegenüberstellung aufs Revier kommen?", fragte sie mit leuchtenden Augen.

„Nein, leider habe ich in Ihrem Fall keine Fortschritte gemacht", sagte Maron. „Aber ich halte die Augen offen, darauf können Sie sich verlassen."

„Oh, das freut mich zu hören. Wissen Sie, es ist nicht leicht, allein zu leben, für eine Frau in meinem Alter. Als ich jung war, störte es mich nie, allein zu sein; ehrlich gesagt mochte ich es sogar. War nie so sehr an Jungs interessiert, außer an meinem Declan. Ich vermisse ihn schrecklich, wie Sie sich vorstellen können. Und jetzt, wissen Sie, kann es sich furchtbar... furchtbar verletzlich anfühlen, hier allein zu sein. Ich glaube nicht, dass Diderot viel zu meinem Schutz beitragen würde", sagte sie und deutete mit dem Ellbogen auf den getigerten Kater, der ausgestreckt auf der Rückenlehne des Sofas lag und tief und fest schlief.

„Da muss ich Ihnen zustimmen", sagte Maron und seufzte innerlich. Alte Menschen ließen ihn gähnen wollen, selbst diese, von der er dachte, sie könnte Desrosiers' Mörderin sein. *Könnte*, fügte er in Gedanken hinzu und verteidigte sich gegen Dufort.

„Darf ich Ihnen einen Kaffee anbieten? Ich fürchte, ich habe sonst nicht viel anzubieten außer etwas Toast und Marmelade. Declan mochte ein großes Frühstück – viele Männer tun das, nehme ich an. Die Suppe wird frühestens in einer Stunde fertig sein."

„Danke, ich brauche nichts, Madame Mercier. Ich hatte gehofft, mit Ihnen über einige Dinge zu sprechen, wenn Sie sich dazu in der Lage fühlen."

„Oh, ich bin noch nicht krank", sagte sie und zwinkerte ihm zu, was ihn anspannte. „Fragen Sie ruhig, junger Mann!" Sie deutete auf einen hochlehnigen Stuhl mit Samtpolsterung. „Und machen Sie es sich bequem."

Maron setzte sich vorsichtig in den Samtstuhl. Der Raum ließ ihn sich leicht klaustrophobisch fühlen. „Lassen Sie uns mit Anne Arbogast beginnen. Kennen Sie sie oder ihren Sohn Lucas?"

„Nicht gut", sagte Claudette und rutschte in das Sofakissen. „Sie war ein paar Jahre jünger als ich. Ich kenne sie vom Grüßen auf der Straße, aber nicht mehr."

Maron nickte. „Wissen Sie, dass sie vor ein paar Tagen beinahe an einer Zyanidvergiftung gestorben wäre?"

Claudettes Augen weiteten sich und sie schüttelte den Kopf. Was geschah nur mit ihrem süßen kleinen Dorf?

„Wie steht es mit Josephine Desrosiers. Sie waren Schulkameradinnen, stimmt das?"

„Ja, aber Polizeimeister Maron, ich dachte, Sie hätten Fragen zum Einbruch."

„Dazu komme ich noch", log Maron. „Wie war Ihre Beziehung zu Josephine, als Sie jung waren?"

Claudette sah Maron eindringlich an. Sie fand ihn schwer zu lesen, ganz anders als Declan oder irgendeiner der Männer in ihrer Familie, die alle eher gesellig waren und gerne lachten. Dieser Polizist sah aus, als hätte er seit Monaten nicht gekichert.

„Nun", sagte sie, „wir waren gute Freundinnen als Kinder. Gingen natürlich in die gleiche Schule. Zumindest waren wir eine Zeit lang gute Freundinnen."

„Und dann?"

Claudette zuckte mit den Schultern. Sie sagte nichts. Sie blickte zur Haustür, als würde sie sich wünschen, jemand käme herein und unterbrächte das Gespräch, dann fuhr sie mit der Hand über Diderots Rücken und weckte ihn auf. „Sie wissen ja, wie es auf dem Schulhof zugeht. Kinder können wirklich grausam sein. Die Situation war so, dass meine Familie wohlhabend war – mein Vater besaß einen großen Eisenwarenladen im Dorf, und oh je, er machte gute Geschäfte, das kann ich Ihnen sagen – aber Josephines Familie... war eher arm dran. Ihre Eltern führten einen Lebensmittelladen, aber ich glaube, es war ein kränkelndes Geschäft. Sie wissen ja, wie das ist, Polizeimeister Maron – manche Menschen haben eine Persönlichkeit, die sich für den Verkauf eignet, und manche nicht. Mein Vater war hilfsbereit und beliebt, und die Leute wollten bei ihm kaufen. Josephines Vater, nun ja, er war ein griesgrämiger Typ. Wer will schon seine Marmelade von jemandem kaufen, der einen finster anstarrt, verstehen Sie?"

„Und diese finanzielle Ungleichheit kam zwischen Sie beide?"

„Mir war das sicherlich egal. Es war mir nicht wichtig, obwohl ich zugeben muss, dass das leicht für mich zu sagen ist, da ich nie auf etwas verzichten musste. Mein Interesse galt schon immer dem Essen. Ich wollte ständig in der Küche sein und lernen, wie man alles zubereitet! Also Feinheiten und so – das war Josephines Sache, aber nicht meine. Schließlich wurde ihr Neid..."

Maron wartete.

„Nun, sie wurde mir gegenüber verbittert und unangenehm, und wir hörten auf, Zeit miteinander zu verbringen."

„Und wie alt waren Sie, als es zu diesem Bruch kam?"

„Oh, ich weiß nicht. Das ist alles schon sehr lange her, Polizeimeister Maron! Vor dem Lycée, würde ich schätzen. Zwölf, dreizehn Jahre alt, so in dem Dreh."

Maron nickte. „Und Madame Desrosiers war bis zu ihrer Heirat nicht wohlhabend?"

„Nun, nicht einmal dann, zumindest nicht sofort. Albert hatte überhaupt kein Geld, als sie heirateten. Ich war tatsächlich schockiert, dass sie ihn heiratete – dachte immer, sie würde hinter jemand Reichem her sein. Sie war so eine Person."

Maron bemerkte einen Hauch von Kälte, der in Madame Merciers Stimme mitschwang.

„Aber natürlich gab es da noch das Baby", sagte sie achselzuckend und warf Maron einen vielsagenden Blick zu.

„Baby?"

„Oh ja. Nun, lassen Sie mich Ihnen versichern, dass ich sie nicht verurteile. Sie würden es mir jetzt vielleicht nicht ansehen, aber ich verstehe Leidenschaft, Polizeimeister Maron. Declan und ich - nun, um auf Josephine zurückzukommen, ja, sie schien gleich schwanger geworden zu sein, wenn Sie verstehen, was ich meine."

Maron war sich nicht sicher, ob er es verstand. „Aber Frau Desrosiers hat keine Kinder. Irre ich mich? Oder ist etwas passiert?"

Claudette stand auf, frustriert von Maron, mit dem es eher schwierig war zu reden. „Ich fürchte, das Baby wurde tot geboren", sagte Claudette, „aber das ist nicht der Punkt. Was ich sagen will, ist, dass es für alle im Dorf offensichtlich war, dass Josephine vor der Ehe schwanger war."

Maron starrte sie nur an, unfähig zu verstehen, warum das für den Fall von Bedeutung sein sollte.

„Sie hätte Albert sonst nie geheiratet, verstehen Sie nicht? In jenen Tagen war Heirat die einzige Option in solch einer Situation, wenn man der Verurteilung von fast allen im Dorf entgehen wollte. Josephine wollte bewundert werden; sie hatte überhaupt keine Toleranz dafür, gemieden oder schlecht angesehen zu werden. Aber noch wichtiger - Albert war arm, und sie wollte Geld! Sie war immer so neidisch auf mich, weil mein Papa groß-zügig war und mir hübsche Dinge schenkte. Und doch - wie Sie sicher wissen, hat Albert am Ende irgendetwas erfunden und Unmengen an Geld verdient. Josephine hatte schon immer das Glück gepachtet."

„Nicht genug, um nicht vergiftet auf dem Badezimmerboden eines Restaurants zu enden", sagte Maron und beobachtete ihre Reaktion.

Aber Claudette zuckte nur wieder mit den Schultern. „Ach, wer weiß. Was Sie jungen Leute nicht verstehen können, ist, dass es Schlimmeres gibt als den Tod." Sie stand auf, da sie genug davon hatte, über die Vergangenheit zu sprechen. „Es tut mir leid, aber ich spüre, dass diese Erkältung kommt, und ich möchte mich etwas ausruhen. Danke, dass Sie mich besucht haben, und lassen Sie es mich wissen, wenn es einen Durchbruch in dem Fall gibt."

Maron machte sich schnell aus dem Staub und bemerkte, dass Mercier nicht spezifiziert hatte, von welchem Fall sie sprach, und dachte, dass nichts, was sie gesagt hatte, ihn weniger geneigt machte zu glauben, dass sie zu einem Mord fähig wäre.

31

Das klingt schon besser, sagte Dufort zu sich selbst, als der nächste Laborbericht eintraf. Der Chemiker hatte alle Tiegel mit Gesichtscreme getestet, die Perrault mitgebracht hatte, einschließlich der kommerziellen Produkte, die entweder ungeöffnet oder kaum benutzt schienen. Der unmarkierte Tiegel war tatsächlich frei von jeglichen Giften (obwohl nach Duforts Meinung Kosmetika und Lotionen normalerweise mit allerlei weniger als zuträglichen Chemikalien vollgestopft waren, aber zumindest waren sie legal und nicht unmittelbar tödlich). Einer der kaum benutzten Tiegel war von Chanel, ein ungeheuer teures Schönheitsprodukt in einem kleinen Glastiegel: Die Chanel-Creme war durch Dimethylsulfoxid ersetzt worden, das mit Zyanid angereichert war. Der Chemiker wies darauf hin, dass Dimethylsulfoxid für jedermann leicht erhältlich sei und eine sehr effiziente Aufnahme des Giftes über die Haut ermöglichen würde. Madame Arbogast hätte leicht nach ihrem Bad die manipulierte Creme zur Feuchtigkeitspflege verwenden und innerhalb von fünfzehn Minuten Symptome zeigen können, wie ihr Sohn angegeben hatte.

In einer Randnotiz erwähnte der Chemiker, dass er bei

weiteren Tests festgestellt hatte, dass keiner der Tiegel das enthielt, was die Etiketten versprachen. Die Chanel-Creme befand sich in einem Guerlain-Tiegel, vermischt mit Lauge; die Guerlain-Creme war im unmarkierten Tiegel, vermischt mit Naphthalin aus zerdrückten Mottenkugeln. Keines davon wäre wahrscheinlich tödlich gewesen, aber Madame Arbogast hätte möglicherweise unangenehme Symptome gehabt, wenn sie eine der Cremes auf ihr Gesicht aufgetragen hätte.

Also: zwei Vergiftungen, beides ältere Frauen. Nicht miteinander verwandt und möglicherweise einander unbekannt, obwohl sie in derselben Straße wohnten, angesichts dessen, wie zurückgezogen Desrosiers gelebt hatte. Seltsam, dass nicht nur ein, sondern eine ganze Reihe von Giften verwendet worden war – und warum waren die Behälter vertauscht? Aber natürlich ist die wichtige Frage, dachte Dufort, ob eines oder beide Opfer absichtlich ausgewählt wurden oder einfach die unglücklichen Opfer von jemandem waren, der wahllos Zerstörung und Chaos verursachen wollte.

Maron und Perrault kamen pünktlich, und Dufort brachte sie über den Laborbericht auf den neuesten Stand. „Und was haben Sie beide für mich?"

Perrault zuckte mit den Schultern. „Keiner der Nachbarn hat etwas gesehen. Aber wenn wir davon ausgehen, dass der Mörder jemand aus Castillac ist – jemand, den die Nachbarn kennen könnten –, dann haben sie ihn vielleicht gesehen und nicht weiter beachtet. Außerdem war ich im Krankenhaus und habe mit dem Sanitäter gesprochen. Er sagt, Arbogasts Symptome waren größtenteils abgeklungen, als sie dort ankamen. Sie war bei Bewusstsein, keuchte nicht, und ihre Haut war gerötet, aber nicht ungewöhnlich stark. Er berichtet, dass sie aussah, als hätte sie etwas durchgemacht – ihr Haar war zerzaust, und sie schwitzte –, aber insgesamt war sie putzmunter und genoss einen Schluck Cognac."

„Es gibt keinen Grund anzunehmen, dass der Sohn beteiligt

war", sagte Maron. „Ich habe auch mit einigen der Nachbarn gesprochen, und er scheint seiner Mutter ergeben zu sein und aufrichtig erleichtert, dass es ihr gut geht. Keine Berichte über Streit oder Zerwürfnisse oder Ähnliches. Er ist verärgert darüber, dass sie immer Geld für diese lächerlichen Cremes ausgibt, die versprechen, dass man wie Deneuve aussieht, und er sagt, jetzt wird sie ihm vielleicht zuhören.

„Allerdings", fuhr Maron fort und wappnete sich, „bin ich auch bei Claudette Mercier vorbeigegangen –"

Dufort sah genervt aus. „Also denken Sie, sie hat beide vergiftet? Kannten sich Mercier und Arbogast? Gibt es irgendwelche Beweise für ein Motiv, oder haben Sie die arme Frau jetzt zur Serienmörderin befördert?" Duforts Ton war beißend, und es war klar, dass seine Fragen nur rhetorisch waren.

„Haben Sie eine andere Erklärung dafür, wie es abgelaufen ist?", sagte Maron und konnte die Verachtung in seiner Stimme kaum verbergen.

Dufort warf ihm einen langen, durchdringenden Blick zu. Maron schaute weg. Dufort ging um die Seite seines Schreibtisches herum und wieder zurück. „Also gut. Michel Faure könnte eine Tasche mit Gesichtscremes beim Haus der Arbogasts abgestellt haben. Vielleicht mit einer Notiz ‚Sie haben einen Hauptpreis gewonnen!' oder so einen Unsinn. Er klingelt und geht weg. Der Sohn ist bei der Arbeit, und Madame Arbogast kommt an die Tür, sieht die Tasche auf ihrer Türschwelle stehen – vielleicht ist es sogar eine schicke Tasche von Chanel – und darin ist ihr Lieblingsluxus und teure Markenprodukte obendrein. Sie kann es kaum erwarten, an diesem Abend zu baden und ihre neuen Schätze auszuprobieren. Dann haben wir einen zweiten Zyanidmord, soweit wir wissen nicht mit Desrosiers verbunden, und der Verdacht wendet sich von der Familie ab und richtet sich auf irgendeinen Verrückten, der zufällige Opfer auswählt."

Er ging zum Fenster und hob seine Arme, streckte sich zur einen Seite und dann zur anderen. „Na? Ist das plausibel?"

„Ich denke schon", sagte Perrault. „Obwohl Michel, wenn er die Arbogasts nicht kennt, nicht gewusst hätte, dass sie verrückt nach Gesichtscreme ist. Aber mal ehrlich, welche Frau würde nicht ein bisschen Chanel ausprobieren, wenn es vom Himmel fällt? Das Zeug kostet wahrscheinlich fast 300 Euro pro Tiegel."

„Dieses kleine Ding?", sagte Maron ungläubig.

„Fantasie kann teuer sein", sagte Dufort. „Also gut. Maron, machen Sie zuerst einige Anrufe und geben Sie die Nachricht weiter, dass niemand in Castillac Gesichtscreme verwenden sollte, die er nicht selbst gekauft hat. Und sie sollten alle kürzlich gekauften Tiegel auf Anzeichen von Manipulation überprüfen. Bringen Sie das ins Radio und ins Internet. Dann gehen Sie und finden Sie Michel. Wenn er Sie in seine Wohnung lässt, umso besser. Fragen Sie ihn nach seinem Aufenthaltsort am Samstag, sehen Sie, ob jemand das bestätigen kann. Perrault, Sie und ich werden versuchen herauszufinden, wo die Quelle des Zyanids ist. Es gibt einige Fabriken am Rand von Périgueux, wir werden hinfahren und uns umsehen, ein paar Fragen stellen. Jemand wird entweder dafür bezahlt, eine Menge des Giftes weiterzugeben, oder es wird gestohlen." Dufort stand schon mit seinem Mantel an der Tür. „Kommen Sie, lassen Sie uns aufbrechen", sagte er, seine Stimme noch immer hart. „Es ist Montag. Ich hätte gerne jemanden bis zum Ende der Woche in Gewahrsam, nicht erst nächstes Jahr."

Maron und Perrault tauschten einen seltenen Blick der Kameradschaft aus, da Dufort fast nie so gereizt war.

32

„Ja, ich weiß, dass es mich nichts angeht. Außerdem bin ich nicht in der Position, Ratschläge in Sachen Romantik zu geben. Alles, was ich sagen will, Franny – alles, was ich sagen will, ist: brich dem armen Mann nicht das Herz.”

„Oh, du bist lustig. Nico meint es genauso wenig ernst wie ich. Herrgott nochmal, wir werden uns heute Abend einfach nur treffen und eine gute Zeit zusammen haben, nicht durchbrennen und einen Haufen Kinder der Liebe in die Welt setzen”, sagte Frances. „Hast du gute Wimperntusche? Der blöde Sicherheitsmensch am Flughafen hat meine konfisziert, und das Zeug, das ich mir besorgt habe, taugt nichts. Ich glaube, er hat versucht, mit mir zu flirten oder so, denn Wimperntusche ist ja wohl kaum eine Waffe.”

„In deinen Händen ist sie das schon irgendwie”, sagte Molly und prustete in ihren Kaffee.

Die orangefarbene Katze tauchte plötzlich wie aus dem Nichts auf und sprang auf die Küchentheke.

„Na hallo!”, sagte Frances. „Ich wusste gar nicht, dass du eine Katze hast. Wo hast du dich versteckt, hübsches Mädchen?”, sagte sie und ging hinüber, um sie zu streicheln.

„Nein!", schrie Molly. „Sie beißt! Und ich weiß nicht, woher dieses Höllenvieh kommt. Ich hab sie seit über einem Monat nicht mehr gesehen. Aber es ist *nicht* meine Katze. Sie taucht nur gelegentlich auf, um mich zu beißen und lachend wegzulaufen."

„Ich bin ein Katzenmensch", sagte Frances. Sie rieb der Katze die Lippen und die Katze fiel schnurrend auf den Rücken. „Siehst du? Sie weiß, dass ich auf ihrer Seite bin."

„Ich war auch auf ihrer Seite, bis sie mich gebissen hat."

„Gib's einfach auf und hol dir einen Hund, Molls. Du kannst dich nicht zum Katzenmenschen machen, wenn du es nicht in dir hast. Katzen merken das."

Molly kicherte. „Ich möchte wirklich einen Hund haben. Ich dachte irgendwie, es würde einfach einer auftauchen."

„Seit wann sitzt du einfach da und wartest mit verschränkten Fingern? Du bist doch sonst so eine Macherin, Molly Sutton! Gibt es hier in der Nähe ein Tierheim?"

„Keine Ahnung. Ich bin noch nicht bereit, das jetzt anzuge-hen. Jedenfalls werde ich heute endlich den Flur streichen. Der schreckliche Anstrich der Vorbesitzer hat mich nun endgültig an den Rand des Wahnsinns getrieben. Ich kann diese welligen Linien keine Sekunde länger ertragen. Außerdem bin ich etwas verrückt geworden und habe mango-orangene Farbe gekauft."

„Was, heute keine Schnüffelei? Geht's dir gut?"

„Jap. Gut. Na ja, vielleicht ein bisschen niedergeschlagen."

Frances wartete auf eine Erklärung, aber Molly stand auf und ging in ihr Schlafzimmer, um sich alte Klamotten zum Malen anzuziehen. „Niedergeschlagen worüber?", fragte Frances und folgte ihr. „Bist du wirklich so aufgebracht wegen meinem Date mit Nico?"

Molly brach in Gelächter aus. „Gott, nein, darum geht's nicht. Ich ... ich habe einfach Angst um Michel. Ich habe das Gefühl, Dufort hat sich seine Meinung gebildet, und die Erbschaftssache sieht so belastend aus. Ich glaube wirklich in meinem tiefsten Inneren, dass er unschuldig ist, aber was kann ich tun, um das zu beweisen? Nichts. Ich bete nur, dass die Bullen keinen Weg finden, ihn mit der zweiten Vergiftung in Verbindung zu bringen. Das würde ihn endgültig in die Pfanne hauen."

„Aber Molls, wenn er mit der zweiten Vergiftung in Verbindung gebracht wird, *sollte* er doch in die Pfanne gehauen werden."

Molly zuckte mit den Schultern. „Hier ist meine Wimperntusche. Hör mal, du hast dir doch keine Gesichtscreme gekauft, seit du hier bist, oder? Nur für den Fall, dass der Giftmörder wie dieser Tylenol-Mörder zu Hause ist, sollten wir vorsichtig sein mit dem, was wir uns ins Gesicht schmieren."

„Geht klar", sagte Frances. „Also, gib mir den Lowdown über Nico. Andere Freundinnen? Andere Jobs? Ich weiß, er hat in den USA studiert, aber er sagt nicht viel darüber."

„Ich weiß nichts. Das musst du alles selbst herausfinden."

„Was für eine Detektivin du bist."

„Weißt du, ich kannte mal einen Privatdetektiv. Die meiste Zeit verbrachte er damit, bei Überwachungen untreue Ehepartner zu erwischen."

„Ich wette, er hatte genug zu tun."

„Allerdings. Entweder sind die Leute sehr misstrauisch oder es wird viel betrogen."

„Oder beides."

In ihre Malerklamotten gekleidet, ging Molly zum Schrank, wo sie die Farbe und die Utensilien verstaut hatte, und begann alles im Flur vorzubereiten: Abdeckplane, Farbdosenöffner, Rührstab zum Umrühren der Farbe, Pinsel, Rolle und Farbwanne. Frances redete über Nico, über die Zeit, als sie und Molly Kinder gewesen waren und einen Zaubertrank hergestellt hatten, indem sie das ganze Make-up von Mollys Mutter in einer Schüssel zusammenmischt hatten, und über ihre Ideen für einen neuen Jingle. Molly tauchte die Rolle in die Wanne, glättete sie oben und hob sie zur Wand.

„Streichen ist vielleicht meine Lieblingsarbeit", sagte sie, gerade als Frances mit den Armen wedelte, während sie über den

Jingle sprach, und dabei in die Farbwanne trat und sie umkippte. Mango-orangene Farbe spritzte überall hin, auch auf Frances' Hose und in Mollys Haare.

„Oh!", sagte Molly, die eigentlich lachen wollte, sich aber zu deprimiert fühlte wegen des Farbstroms, der über den Rand der Abdeckplane auf den Boden floss.

Nach einer Flut von Entschuldigungen ging Frances zurück zum Cottage, um sich umzuziehen, und Molly begann mit dem Aufräumen. Aber als sie die Farbe mit einem Schwamm aufwischte und in einen Eimer Wasser auswrang, traf es sie endlich, gottlob: Was hatte Manette neulich über Josephine Desrosiers' totgeborenes Baby gesagt? Molly war sich sicher, dass sie sich erinnerte, dass das französische Gesetz verlangte, dass ein beträchtlicher Teil eines Nachlasses an alle Kinder gehen musste. Wenn dieses Baby nicht wirklich tot geboren wurde und irgendwo am Leben war, dann konnte Michel nicht der Hauptbegünstigte sein. Würde das nicht ausreichen, um ihn aus der Verdächtigenwolke herauszuholen?

War das eine brillante Idee, die Spur des Jahrhunderts – oder hatte sie als Teenager zu viele Soaps geschaut?

Einen Moment lang war Molly schwindelig vor lauter Möglichkeiten. Einen Augenblick später wurde ihr klar – niedergeschlagen (und mit Farbe bedeckt) –, dass Michel von dem Kind gewusst haben müsste, um ihn vor Dufort zu retten. Andernfalls hätte er immer noch ein handfestes Motiv, selbst wenn es auf seiner Unkenntnis der wahren Situation beruhte. Aber darüber konnte sie sich jetzt keine Gedanken machen. Das Wichtigste war, sich absolut sicher zu sein, dass Josephine Desrosiers so kinderlos war, wie alle dachten.

Molly hatte keine Ahnung, wie sie das anstellen sollte. Aber während sie mit der Farbrolle die Flurwände auf und ab strich, war sie sich ziemlich sicher, dass ihr schon etwas einfallen würde. Endlich hatte sie eine Spur, der sie folgen konnte, und alles, was sie tun musste, war, ihr nachzugehen.

$$\text{❧}\quad 33 \quad \text{❧}$$

Es war spät, als Dufort und Perrault in den Fabriken außerhalb von Périgueux fertig waren. Auf der Heimfahrt sprachen sie nicht miteinander, beide entmutigt von einem Nachmittag voller Sackgassen. Die Manager aller drei Standorte waren defensiv und unkooperativ gewesen und bestanden darauf, dass das Zyanid in ihren Anlagen ausschließlich für Galvanotechnik/Filmentwicklung/Textilproduktion verwendet wurde. Sie reagierten gereizt auf die Idee, dass einer ihrer Arbeiter versuchen könnte, sich durch den Verkauf des Giftes an irgendjemanden ein paar Euro nebenbei zu verdienen, und sagten, dass das Material streng kontrolliert und alles genau erfasst würde.

Es gab keine Möglichkeit, das Zyanid in den Gesichtscremes mit dem Zyanid in den Fabriken in Verbindung zu bringen; Dufort hatte das mit dem Chemiker geklärt, bevor er die Reise angetreten hatte. Seine einzige Hoffnung war es gewesen, jemanden zu finden, dem etwas Verdächtiges aufgefallen war und der bereit war, sich zu melden. Er hatte keine Beweise dafür, dass die Manager logen, und keinen Grund, ihnen nicht zu glauben.

Zyanid kam schließlich natürlich vor - in Apfelkernen, Maniokwurzeln, Zigaretten und unzähligen anderen Dingen. Wie praktisch wäre es gewesen, wenn ein Manager auf einen Arbeiter gezeigt und gesagt hätte, dass er Geld brauchte und dabei gesehen worden war, wie er in einem Sperrbereich mit dem Gift hantierte ... aber das war der Stoff für Agatha Christie, nicht für das echte Leben.

Ist ein kleiner Fetzen Beweis zu viel verlangt, dachte Dufort, während er sich selbst bemitleidete und etwas zu schnell den Hügel südlich von Périgueux hinunterfuhr. Perrault schaute aus dem Fenster und verbarg ihren niedergeschlagenen Gesichtsausdruck. Sie hatte sich so sehr gewünscht, als Gendarme Aufsehen zu erregen, während sie zu Hause war, bevor ihre erste Versetzung in ein anderes *département* anstand. Diejenige zu sein, die das Rätsel vor allen anderen löst, die Sache entdeckt, die nicht passt, das entscheidende Beweisstück, das übersehen wurde. Ihre Familie zustolz machen, nach all dem Ärger, den sie ihnen bereitet hatte, als sie jünger und eine schwache Schülerin gewesen war.

Ihr und Dufort lief die Zeit davon. In ein paar Monaten würden sie versetzt werden, weg von Castillac, und keiner von beiden wollte einen möglichen Serienmörder zurücklassen, ihre Pflicht unerfüllt.

Dufort setzte sie vor ihrer Wohnung ab, und Perrault murmelte: „Danke", und ging hinein. Dufort spürte ein schmerzhaftes Pochen an der Seite seines Kopfes. Er hatte keine Lust, nach Hause zu gehen, konnte sich aber auch nicht vorstellen, wohin er sonst gehen wollte. Er fuhr vom Bordstein weg und durch das Dorf, nordwärts auf der Rue des Chênes. Er fuhr an Mollys Haus vorbei, sah, dass die Palette mit Steinen in ihrem Vorgarten bewegt worden war, und fragte sich, wie ihr Projekt mit dem Taubenhaus voranging. Er fuhr weiter, nahm immer kleinere Straßen, bis er auf einem Schotterweg war, der gerade breit genug für sein Auto war, tief im Wald. Er hielt das Auto an und stieg aus.

Der Trommelschlag in seinem Kopf betraf nicht Desrosiers, obwohl sie in seinem Bewusstsein im Vordergrund stand. Nein, es waren diese beiden älteren Fälle - Valerie Boutillier und Elizabeth Martin, die aus Castillac verschwunden und nie gefunden worden waren -, deren Präsenz so unerbittlich in sein Gehirn hämmerte.

Das Wetter war mild und der Mond schien. Dufort begann, durch den Wald zu laufen, bahnte sich seinen Weg, ließ Äste hinter sich zurückschnellen, seine Augen nahmen kaum wahr, wohin er ging.

Stell dir vor, wie es sich anfühlen würde, verloren zu sein und zu wissen, dass alle aufgegeben haben, nach dir zu suchen.

Das war der Gedanke, den er nicht aus seinem Kopf vertreiben konnte, egal wie viele andere Fälle dazugekommen waren. Egal wie viele Berichte er geschrieben oder Angelegenheiten er gelöst hatte. Er wusste, dass ein Mann in seiner Position härter sein sollte, sich nicht so von ungelösten Fällen auffressen lassen sollte.

Aber sie taten es. Und Dufort spürte, dass alle Kräutertinkturen, Atemübungen und Fünf-Meilen-Läufe der Welt daran nichts ändern würden.

Er war entweder im falschen Job, oder er musste 100% der Zeit erfolgreich sein. Und er wusste genau, dass das unmöglich war.

Als Dufort zu seinem Auto zurückkehrte, fühlte er sich dank der Bewegung etwas besser, und vielleicht auch, weil er der Wahrheit direkt ins Auge gesehen hatte. Die Straße war schmal mit hohen Böschungen zu beiden Seiten, und er war gezwungen, den ganzen Weg bis zu einer Kreuzung rückwärts zu fahren, bevor er das Auto wenden und nach Hause fahren konnte. Er plante, sich ein einfaches Abendessen zu machen, eine Flasche Bier zu trinken und zu sehen, ob er über die Details des Desrosiers-Falls nachdenken konnte und ihm ein Geistesblitz kommen würde.

ABER ALS ER in der Nähe von La Baraque fuhr, verlangsamte Dufort das Tempo und bog dann spontan in Mollys Einfahrt ein.

„Na, hallo Ben!", sagte Molly und öffnete die Tür weit. Sie war mit mango-orangener Farbe bedeckt. „Komm rein! Tut mir leid, dass alles so unordentlich ist. Ich habe angefangen, den Flur zu streichen, wie du sehen kannst - es sieht auch ziemlich gut aus, wenn ich das selbst sage, so eine schöne fröhliche Farbe! Vorher war er grau, was mich nicht so sehr störte, und es passte gut zu den weißen Zierleisten, aber die Vorbesitzer müssen einen Maler mit Tremor oder so angeheuert haben, denn das Grau war überall auf den weißen Zierleisten und das Weiß ging auf die Wand über - jedenfalls sah es schlampig und schrecklich aus, und jedes Mal, wenn ich den Flur entlangging, was ungefähr dreißig Millionen Mal am Tag ist, fiel es mir auf und ich habe das Gesicht verzogen."

Dufort sah leicht benommen aus.

„Ich weiß, ich plappere. Bitte, setz dich. Kann ich dir etwas zu trinken anbieten?"

Dufort überraschte sich selbst, indem er fragte, ob sie Cidre hätte.

„Klar, ich liebe ihn, also habe ich immer welchen da, ich hole dir ein Glas. Setz dich an den Ofen! Es ist schon ganz warm geworden - was du offensichtlich weißt, da du von draußen rein-kommst ..." Molly schüttelte den Kopf und fragte sich, warum sie so albern schwafelte. Sie entkorkte den Apfelwein und goss sich und Dufort prickelnde Gläser ein.

„Es tut mir leid, dass ich unangemeldet hereinplatze", sagte Dufort. „Ich war unterwegs, versuchte meine Gedanken zu ordnen und bin einfach hier gelandet."

Eine Pause, während der sie sich offen und mit Zuneigung ansahen. Er sagte: „Hast du dich je gefragt, ob der Weg, den du für dich gewählt hast, sich als riesiger Fehler herausgestellt hat?"

Molly stieß einen unfeinen Ruf aus, als sie ihm ein Glas

reichte und sich neben ihn auf das Sofa setzte. „Ob ich große Fehler gemacht habe? Ist das dein Ernst? Habe ich dir nicht von meiner Ehe erzählt, meinem Job, meinem ganzen Leben in den USA, das ich aufgegeben habe, um hierher zu kommen? Eine lange Reihe unglücklicher Entscheidungen." Sie klatschte mit den Handflächen auf ihre Oberschenkel und grinste.

Dufort nickte. Molly wartete darauf, dass er mehr sagte, aber er tat es nicht.

„Wäre es indiskret von mir zu fragen, wie es mit dem Fall Desrosiers läuft?", sagte sie leise.

„Nein. Schrecklich", sagte Dufort, und aus irgendeinem Grund fing er an zu lachen. Es fühlte sich an, als würde das Eingeständnis seines Scheiterns gegenüber Molly etwas von der Last von seinen Schultern nehmen, und er lachte noch lauter über diese Erleichterung. „Wir haben nichts!", sagte er und brach erneut in Gelächter aus, obwohl der größte Teil des Drucks wieder da war, als das Lachen verstummte.

„Der Fall hat einige Aspekte, die ich einfach nicht verstehen kann. Zum Beispiel die Vergiftung von Arbogast. Das Gift war in einem Gesichtscreme-Tiegel, genau wie wir es bei Desrosiers vermuten. Aber Arbogast wurden mehrere andere Tiegel mit sehr teurer Creme gegeben, und die Cremes wurden vertauscht – Guerlain im Chanel-Tiegel zum Beispiel. Diese anderen Tiegel enthielten auch Gift, aber nichts Tödliches.

„Ich verstehe es absolut nicht. Was sollte der Sinn davon sein, sich so viel Mühe zu machen?"

Molly starrte in die Luft, ohne sich zu bewegen. „Warte", sagte sie. „Das erinnert mich an etwas..." Sie schnippte mit den Fingern. „Ich hab's! Adèle hat mir erzählt, dass Josephine wirklich schrecklich zu allen war, die für sie arbeiteten. Und dass sie einmal alle Gartenchemikalien genommen und in die falschen Behälter gefüllt hat, sodass der Gärtner schwer verletzt wurde. Verätzungen, glaube ich."

Dufort und Molly sahen sich an. „Also haben wir die Vorgehensweise einer toten Person."

„Wenig hilfreich. Tut mir leid." Molly füllte ihre Gläser nach und lehnte sich dann in die Sofakissen zurück und seufzte. „Okay, hör zu", sagte Molly und strich sich die farbverschmierte Haare aus dem Gesicht. „Ich weiß, ich habe kein Recht, das zu sagen, aber ich sage es trotzdem. Ich glaube nicht, dass es Michel ist. Ich denke, es wäre ein schrecklicher Justizirrtum, wenn du ihn verhaftest. Und ich weiß, dass es mich nichts angeht und ich nicht den geringsten Beweis habe, den ich dir geben könnte."

„Du magst ihn?"

„Nun, ich... ja, natürlich. Ich meine, ich mag ihn nicht auf diese Weise, wenn du das meinst."

„Ich bin mir nicht sicher, was ‚auf diese Weise mögen' bedeutet", sagte Dufort amüsiert.

„Ich meine, er ist ein Freund. Nur ein Freund. Kein... romantisches Interesse."

„Ah."

Molly lächelte in sich hinein, denn als sie es aussprach, wusste sie, dass es stimmte, was irgendwie erleichternd war. Es war einfacher, ihren Gedanken über den Fall zu vertrauen, wenn ihr Interesse an Michel nur freundschaftlicher Natur war.

„Hast du Jean-François überprüft, Sabrinas Freund?"

„Er ist ein Aktivist, Molly. Diese Verhaftung hat nichts mit Gewaltverbrechen zu tun."

„Darum geht es mir nicht. Ich habe gesehen, wie er lange nach Josephines Tod in die Desrosiers-Villa ging. Ich meine, ich kenne mich mit den Abläufen in solchen Situationen nicht aus, aber ich nehme an, dass, wenn die Besitzerin eines Hauses stirbt, sie nicht weiterhin eine Haushälterin bezahlt, die aufräumt, wenn niemand dort wohnt? Warum sollte also der Freund der Haushälterin sich selbst zur Vordertür hereinlassen und eine Tasche tragen?"

„Ich werde mit ihm sprechen", versprach Dufort. „Aber mach dir keine zu großen Hoffnungen."

Sie tranken ihren Cidre und redeten über andere Dinge, bis Dufort auf seine Uhr sah und feststellte, dass es fast Mitternacht war. Er entschuldigte sich dafür, so lange geblieben zu sein, sie gaben einander Wangenküsse, und er fuhr auf den leeren Straßen von Castillac nach Hause, verwirrter als je zuvor.

❧ 34 ☙

olly war am nächsten Morgen früh auf. Sie wollte mit ihrem Freund Lawrence sprechen und versuchte, ihm eine Nachricht nach Marokko zu schicken, bekam aber keine Antwort.

Vielleicht bedeutete das zumindest, dass es keine weitere Vergiftung gegeben hatte.

Sie trank zwei Tassen Kaffee, während sie ins Leere starrte und vergeblich versuchte, einen Weg zu finden, um irgendwelche Informationen über Josephine Desrosiers' Baby herauszufinden. Der größte Teil ihres Verstandes wusste, dass es weit hergeholt war, zu denken, dass das Baby tatsächlich gelebt hatte – so weit hergeholt, dass es in ein Melodrama gehörte. Aber Familien waren seltsam, und Menschen waren verschwiegen, und das war wahr genug für sie, um weiterzumachen.

Sie duschte, schaffte es größtenteils, das Orange aus ihren Haaren zu bekommen, zog sich an und machte sich auf den Weg ins Dorf. Denn wie viele knifflige Probleme schienen nicht einfacher, wenn man dazu ein Gebäck aß? Null, war Mollys feste Überzeugung. Sie würde zum ersten Mal einen Beignet probieren, zusammen mit einer dritten Tasse Kaffee, in der Überzeugung, dass das eine magische Kombination sein würde.

Es war wieder kälter geworden und der Himmel hatte diesen schmutziggrauen, schweren Schnee-Look. Weihnachten war in der folgenden Woche, und ihr wurde klar, dass sie keinen Plan gemacht hatte, außer die Bûche de Noël zu bestellen – sie hatte keine Geschenke gekauft und keinen Baum. Sie fühlte sich, als wäre sie irgendwie vom Kalender abgekoppelt, als hätte sie zu viele andere Dinge im Kopf.

Ben Dufort zum Beispiel...

Als Molly den Friedhof erreichte, verlangsamte sie ihre Schritte. Dann hielt sie an. Moment mal. Vielleicht gab es ein Grab für das Desrosiers-Baby! Schnell ging sie durch das Tor und unter der Inschrift „Priez pour vos morts" hindurch und suchte nach Josephines Grab. Der Friedhof war ordentlich und aufgeräumt, ohne Anzeichen einer Störung. Ein alter Mann kniete vor einem Grab, das mit Vasen voller Kunstblumen geschmückt war. Molly konnte ihn reden hören.

Sie fand Desrosiers' Grab leicht genug. Der Grabstein war schlicht und die Inschrift lautete Josephine Faure Desrosiers. 1933-2005. Auf einer Seite von ihr war das Grab von Albert Desrosiers; sein Marmorgrabstein war größer als ihrer und hochglanzpoliert. Auf ihrer anderen Seite war ein Franck Desrosiers, der 1958 gestorben war. Molly schaute die ganze Reihe entlang, und während sie mehrere Kindergräber fand, fand sie keines mit dem Namen Desrosiers.

Die kleinen Gräber der anderen Kinder stachen ihr ins Herz, und sie versuchte, wie schon so oft zuvor, sich einzureden, dass sie durch ihre Kinderlosigkeit der Möglichkeit eines schrecklichen, nie endenden Schmerzes entgangen war. Es war ein überzeugendes Argument, und doch war sie nicht überzeugt.

Sie überprüfte andere Reihen und deckte schließlich den gesamten kleinen Friedhof ab, aber es gab keine weiteren Desrosiers-Gräber, und die Kinder, die sie fand, schienen eindeutig zu anderen Familien zu gehören. Sackgasse.

Aber Molly gab nicht so leicht auf. Vielleicht war das Baby eingeäschert worden oder aus einem anderen Grund nicht bei seinen Eltern begraben worden. Vielleicht konnte sie den Arzt ausfindig machen, der bei der Geburt dabei gewesen war? Wie wäre es damit, im Rathaus oder einem anderen offiziellen Gebäude nach einer Sterbeurkunde zu suchen?

Zuerst zur Pâtisserie Bujold und dann zum Rathaus, Mairie genannt. Zweifellos würde ihr dort jemand zumindest sagen können, wo sie als Nächstes suchen sollte.

ADÈLE FAURE WACHTE AN DIESEM DIENSTAGMORGEN, eine Woche vor Weihnachten, schweißgebadet auf. Die Tage vergingen, kurz und dunkel, und wenn man dem Dorftratsch Glauben schenken konnte – und Adèle dachte, das konnte man – steckte Michel in ernsthaften Schwierigkeiten. Dieser dumme Dufort hatte sich in den Kopf gesetzt, dass Tante Josephines Testament unweigerlich auf die Schuld ihres Bruders hinwies, als könne er sich nicht vorstellen, dass jemand ein Mordmotiv haben könnte, ohne danach zu handeln. Als ob sich nicht alle Menschen millionenfach im Laufe ihres Lebens in genau dieser Position befänden, selbst wenn das Motiv einfach darin bestünde, die nervige Person aus dem Nachbarbüro zu entfernen.

Sie schwang ihre Beine über die Bettkante und setzte sich auf, während sie ihren schmerzenden Fuß massierte, der in der Kälte schmerzte. Es war Zeit, dass jemand handelte, dachte sie, bevor dieser Unsinn noch weiterging. Sie bürstete ihre Haare und Zähne, zog sich mit weniger Sorgfalt als üblich an und machte sich auf den Weg zur Bank. Es war dunkel an diesem Morgen, einem der kürzesten Tage des Jahres, und das Dorf selbst fühlte sich für Adèle in seinem Herzen dunkel an, als ob all seine Bewohner sie und ihren geliebten Bruder verraten hätten.

Damals im Collège, als sie dreizehn oder vierzehn waren, hatten ihre Mitschüler sie gehänselt und gesagt, der Bruder und die Schwester würden sich zu sehr lieben und wollten sich küssen. Und die Wahrheit war, dass Adèle Michel tatsächlich hatte küssen wollen. Sie hatte sich ihm auf jede erdenkliche Weise hingeben wollen, und ein paar Mal war sie kurz davor gewesen, es ihm zu sagen... aber am Ende hatte sie sich zurückgehalten, aus Angst vor Zurückweisung. Sie war als Kind hart gewesen, weil sie es sein musste, und sie konnte Hänseleien und ihre Behinderung und alle möglichen schwierigen und schmerzhaften Probleme ertragen – aber nicht Michels Zurückweisung. Das nicht.

Natürlich wäre es ein ziemlicher Skandal gewesen, wenn sie und Michel in der Öffentlichkeit eine romantische Beziehung gehabt hätten; aber Adèle konnte darüber hinwegsehen, da Michel adoptiert war und sie keine Blutsverwandten waren – und wen kümmerte es schon, was andere Leute dachten? Es stimmte, dass sie zusammen aufgewachsen waren, aber das bedeutete nur, dass sie einander intim kannten und tief umeinander besorgt waren, und nach Adèles Meinung war das die beste Grundlage für eine Romanze, die man sich wünschen konnte.

All diese Gedanken und Hoffnungen waren größtenteils längst in der Vergangenheit begraben, und Adèle hatte sich mit ihrem Singleleben und einer engen Freundschaft zu Michel abgefunden. Seinerseits hatte es nicht viele Freundinnen gegeben, und Adèle hatte nie gefragt, warum, da sie lieber an dem Glauben festhielt, dass seine tiefe Liebe zu ihr verhinderte, dass jemand anderes ihm sehr nahe kam.

Und nun war die Liebe ihres Lebens in Schwierigkeiten. Sie war klug genug zu wissen, dass seine Unschuld ihn nicht unbedingt schützen würde – unschuldige Menschen landen ständig im Gefängnis, wie Adèle und jeder, der aufmerksam Zeitung las, wusste. Die Frage war... was würde sie tun, um es zu verhindern?

Es ist Zeit, zu handeln.

Adèle wickelte einen Wollschal über ihren Kopf und um ihren Hals, sodass alles außer ihrem Gesicht bedeckt war, und verließ die Kälte ihrer Wohnung für die Kälte der Straße. Die Rue Tartine war so früh am Morgen leer, und das ungleichmäßige Klappern ihrer Absätze hallte von den Hauswänden wider. Sechs Blocks bis zur Bank, zwei lange und vier mittlere. Sie hatte ihre Wohnung gewählt, weil sechs Blocks für sie bequem zu laufen waren, aber an diesem Morgen war ihr ganzer Körper angespannt und ihr schlechter Fuß pochte schlimmer als gewöhnlich, was sie verlangsamte.

Dieser ganze Plan ist wahrscheinlich idiotisch, dachte sie und blieb auf der Straße stehen. *Hätte ich das vor dem Mord gemacht, dann hätte es vielleicht funktioniert.*

Sie war zu spät und wusste es, aber sie machte weiter, weil ihr keine anderen Ideen gekommen waren. Plötzlich von Hunger geplagt, wünschte sich Adèle, sie hätte sich vor dem Verlassen des Hauses ein Omelett und Kaffee gemacht. Sie fragte sich, ob Hunger Hand in Hand mit Gesetzesbruch ging, und lächelte ironisch bei dem Gedanken, dass sie, sobald sie selbst wegen Behinderung der Justiz oder wie auch immer man das nannte, was sie im Begriff war zu tun, im Gefängnis saß, die anderen Insassen persönlich fragen könnte. Sie stellte sich vor, wie sie auf dem Gefängnishof standen, lange Atemwolken in die eisige Luft bliesen und sich gegenseitig von all den Gerichten erzählten, nach denen sie sich kurz vor der Begehung ihrer Verbrechen gesehnt hatten.

Sie konnte sich dieses Omelett so lebhaft vorstellen, wie es vor Butter glänzte, mit einer Handvoll leuchtend grüner Schnittlauchhalme, die darüber fielen.

Mit den Gedanken beim Essen beschleunigte Adèle ihr Tempo, egal wie sehr es ihren Fuß schmerzte, erreichte die Bank vor allen anderen und ließ sich ein. Sie schaltete die Lichter an. Es war nicht ungewöhnlich, das sie als Erste ankam; sie war im Allgemeinen eine Frühaufsteherin und eine engagierte Mitarbeiterin, und bevor sie zur leitenden Angestellten der Bank ernannt worden war, war sie oft früh gekommen, um sicherzustellen, dass sie ihre Arbeit so perfekt wie möglich erledigen konnte.

Ihr Büro war klein, hatte aber ein Fenster. Adèle setzte sich an ihren Schreibtisch und überlegte, wie sie das, was sie vorhatte, bewerkstelligen konnte, ohne irgendeine Art von Spur zu hinterlassen. Sie hoffte naiv, dass es keine Rolle spielen würde, wenn jemand irgendwann herausfände, dass sie so viel Geld auf Michels Konto überwiesen hatte – fast ihr gesamtes Geld, alles bis auf das, was sie zum Leben in diesem Monat brauchte und um Geschenke für Michel und ihre Mutter zu Weihnachten zu kaufen. Adèle war nicht besonders sparsam und gab weit mehr für Kleidung und Handtaschen aus, als sie sollte, sodass die Summe kaum übermäßig war.

Aber sie betete, dass es ausreichen würde, um Dufort abzuschrecken. Dass er sehen würde, sobald er anfing, in Michels Angelegenheiten herumzuschnüffeln, dass für Michel gesorgt war, dass er keineswegs verzweifelt nach Geld suchte und es überhaupt nicht eilig hatte, das zu bekommen, was Tante Josephine ohnehin letztendlich für ihn vorgesehen hatte.

�֍ 35 ✣

Überkoffeiniert und mit einem Schnurrbart aus Puderzucker auf ihrer Oberlippe verließ Molly die Pâtisserie Bujold mit einer weißen Wachstüte gefüllt mit vier Beignets: zwei mit Vanillecreme und zwei ohne Füllung. Wenn sie mit leeren Händen in La Baraque ankäme, fürchtete sie Frances' Reaktion, da diese ihr nie verziehen hatte, dass sie einmal von einem Marktbesuch nur mit Auberginen zurückgekommen war. Als Molly sich auf den Weg zum Mairie machte, wurde ihr bewusst, dass sie so sehr mit dem Baby der Desrosiers beschäftigt gewesen war, dass sie Monsieur Nugent und seine übliche Aufmerksamkeit gar nicht bemerkt hatte.

Das Mairie war das Zentrum aller Verwaltungsangelegenheiten in Castillac. Sie wurde immer etwas nervös, wenn sie hineinging, weil das stattliche Gebäude sie ihre Unwissenheit deutlich spüren ließ – so viele Regeln und Vorschriften, und sie befolgte wahrscheinlich nicht einmal die Hälfte davon, da sie nach knapp vier Monaten noch viel zu lernen hatte.

Sie stotterte und verhaspelte sich in ihrem Französisch, während sie spürte, wie eine Röte ihren Hals hinaufkroch. *Werden sie sich nicht wundern, warum ich mich um Himmels willen für Sterbere-*

gister interessiere, wo ich doch gerade erst angekommen bin? Vielleicht hätte sie sich eine Ausrede ausdenken sollen.

Aber die freundliche Frau hinter dem Tresen war mehr als glücklich zu helfen und führte Molly in einen Raum im hinteren Teil, der eine Reihe hoher Aktenschränke aus Holz enthielt.

„Hier ist der Tod", sagte die Frau und deutete auf drei Schränke an einer Wand. „Und hier ist die Geburt", fügte sie hinzu. „Alpha und Omega, wir haben alles hier im Mairie!"

Molly lächelte und liebte es, wie die Menschen in Castillac bei jeder Gelegenheit in philosophische Betrachtungen verfielen. Sie ging direkt zum ersten Schrank an der Wand und öffnete ihn. Darin befanden sich Ordner nach Jahren, in chronologischer Reihenfolge, und Dokumente über die Todesfälle des jeweiligen Jahres in jedem Ordner. Die Schublade, die sie geöffnet hatte, enthielt die Jahre 1899-1930. Die Schublade darüber war für 1931-1967. In einem Dorf von der Größe Castillacs gab es jedes Jahr Todesfälle, aber nicht so viele, dass sie nicht in der Lage sein würde, das zu finden, wonach sie suchte.

Hmm. Molly war sich nicht sicher, wie alt Josephine bei ihrer Heirat gewesen war, also wusste sie nicht, wo sie anfangen sollte. Zumindest wusste sie, dass sie am Tag ihres Todes zweiundsiebzig Jahre alt gewesen war, was die Sache etwas eingrenzte. So sehr sie auch darauf aus war, Beweise zu finden, die Sterberegister waren so interessant, dass sie sich dabei ertappte, wie sie sich ablenken ließ. Besonders interessant waren die Todesursachen. Solch eine Vielfalt, und welche Geschichten sie andeuteten! Tuberkulose, Krebs und von einer Leiter fallen. Ein Ertrunkener, mehr Krebs, Lungenentzündung. Sie konnte nicht anders, als bei jedem Dokument innezuhalten, den Namen zu lesen und sich zu fragen, was für ein Leben die Person geführt hatte und ob sie vermisst wurde.

Sie brauchte so lange, dass sie schließlich in die Wachstüte griff und eines der Beignets aß. Die Vanillecreme explodierte mit einer so erstaunlichen Intensität in ihrem Mund, dass sie die Augen schließen und versuchen musste, nicht laut zu stöhnen.

Und dann ging es zurück an die Arbeit, sie arbeitete sich durch 1963, 1964, 1965... Jahre bevor sie geboren wurde, ihre Hauptassoziationen waren Twiggy und die Beatles.

Bis 1967, und immer noch keine Erwähnung von Desrosiers oder Faure. Vielleicht führte Frankreich keine Aufzeichnungen über Totgeburten? Aber soweit sie es beurteilen konnte, führte Frankreich Aufzeichnungen über alles. Sie suchte weiter.

1968, 1969, 1970. Sie aß noch ein Beignet. Am Ende der 70er Jahre war Molly sicher, dass es keine Sterbeurkunde für ein Desrosiers-Baby in dem Aktenschrank gab, nachdem sie jede einzelne Seite in jedem Ordner für all die Jahre durchgegangen war, in denen es physisch möglich gewesen wäre, dass Josephine schwanger gewesen war. Sie stand auf, unsicher, was sie als Nächstes tun sollte.

Sie holte ihr Handy aus ihrer Tasche und rief Frances an, wurde aber zur Mailbox weitergeleitet. Sie schrieb Lawrence eine SMS und fragte ihn, ob er noch andere Hinweise für sie hätte, obwohl sie vermutete, dass sie schon von ihm gehört hätte, wenn dem so wäre. Dann dachte sie, Moment mal. Wenn das Baby nicht gestorben ist, gäbe es offensichtlich keine Sterbeurkunde – ich sollte zu den Geburtenregistern wechseln.

Sie verstaute ihre Tasche und öffnete den ersten Schrank mit den Geburtenregistern, blätterte durch die dicken Ordner mit *Extrait du Registre des Naissance*. Wie die Sterbeformulare waren sie getippt, was Molly wunderbar antiquiert vorkam. Die Buchstaben waren nicht so ausgerichtet, wie sie es automatisch auf einem Computer waren, es gab Tintenflecken und Buchstaben, die einen Eindruck auf dem Papier hinterließen, aber ansonsten kaum eine Spur. Die Berufe der Eltern waren aufgelistet: Fabrikarbeiter, Bauer, Ladenbesitzer, Angestellter.

Mit einem plötzlichen Aufschrei sah sie ADÈLE mit dem Nachnamen FAURE und zog es lächelnd aus dem Ordner, um es besser sehen zu können. Das Papier war etwas verbogen und nicht ganz sauber. Adèle war neununddreißig, ein Jahr älter als

Molly. Es war kein Vater aufgeführt. Molly sah genauer hin. Sie hätte es fast nicht bemerkt, aber genau über dem Platz für den Namen des Vaters gab es eine streifenförmige Verfärbung. Eine Kante stand gerade so ab und hatte Staub oder Schmutz aufgefangen, sodass sie leicht gebräunt war. Ein schmaler Papierstreifen war über den Bereich geklebt worden, wo der Name des Vaters hätte getippt sein sollen.

Mit einem Blick hinter sich, um sicherzugehen, dass die Frau im anderen Raum beschäftigt war, kratzte Molly mit ihrem Fingernagel an der Kante.

Es dauerte eine Minute, bis sie sich löste. Der Klebstoff war alt und spröde, hielt aber fest. Molly begann zu zittern, ein Gefühl der Vorahnung durchströmte ihren Körper. Schließlich gelang es ihr, den Streifen vollständig abzuziehen, indem sie sehr langsam und vorsichtig daran zog.

Auf dem offiziellen Geburtsformular war Albert Desrosiers als Adèle Faures Vater aufgeführt.

Molly starrte darauf, unfähig zu verstehen, was das bedeutete.

Ihr Onkel war ihr Vater? Bedeutete das, dass Murielle eine Affäre mit Josephines Ehemann gehabt hatte? Mit ihrem Schwager? Molly setzte sich auf den Boden, unfähig, den Blick von dem Stück Papier abzuwenden. Wusste Adèle davon? Und wer hatte an dem Formular herumgepfuscht und versucht, es zu vertuschen?

Ohne es zu merken, aß Molly das letzte Beignet. Sie betrachtete das Papier noch einmal, ging es von oben bis unten durch und hielt es gegen das Winterlicht, das durch ein Fenster über ihr hereinfiel. Sie sah, dass es einen weiteren schmalen Streifen über der Zeile für die Mutter gab – auf dem ‚Murielle Faure' getippt war –, aber er war fester geklebt und schwerer zu erkennen. Er hatte auch keine abstehende Kante, aber Molly hatte einen ordentlichen Fingernagel und fuhr immer wieder damit am Rand entlang, während sie das Papier bog, in der Hoffnung, dass er sich an dem Streifen verfangen und ihn gerade genug anheben würde, um ihn vom Formular zu lösen.

Ein Geräusch im anderen Raum versetzte ihr fast einen Herzinfarkt, aber es war nur die Tür, die hinter jemandem zugeschlagen war, der die Frau am Empfang nach Strafzetteln fragte. Molly drehte dem Eingang den Rücken zu, damit niemand sehen konnte, dass sie gerade dabei war, an amtlichen Unterlagen herumzufummeln, falls jemand hereinkäme. Wenn sie etwas war, dann hartnäckig, und schließlich löste sich die obere Kante gerade genug vom Formular, dass sie den Nagel ihres kleinen Fingers darunterschieben konnte, und der Streifen sprang einfach ab.

Unter dem Streifen, als Mutter von Adèle Faure eingetragen ... stand Josephine Desrosiers.

❧

„ICH SAGE ja schon die ganze Zeit, dass Familien verrückt sind", meinte Frances, nachdem Molly ihr erzählt hatte, was sie im Rathaus entdeckt hatte. „Und wer isst überhaupt vier Beignets?"

„Offenbar ich", sagte Molly ohne Reue. „Komm schon, Franny, hilf mir, das zu enträtseln. Ist es möglich, dass das Formular von falsch zu richtig geändert wurde – dass diese Streifen von jemandem Offiziellen dort angebracht wurden, weil ein Fehler gemacht worden war?"

„Wenn es etwas wie das Datum wäre, dann vielleicht. Aber wer trägt denn die falsche Mutter in so ein Formular ein? Das glaube ich nicht."

„Also ist Adèle wirklich Josephines Tochter, nicht Murielles? Das ist *riesig*. Riesig! Zum einen kann Michel nicht länger der Hauptverdächtige sein, weil ein Kind im französischen Erbrecht allen anderen vorgeht. Adèle wird den Großteil des Vermögens erben, nicht Michel."

„Das bedeutet doch nur, dass der Verdacht auf sie übergeht, oder?"

Molly ließ sich mit einem dumpfen Geräusch aufs Sofa fallen.

„Ach du meine Güte, daran hatte ich gar nicht gedacht. Ich war so damit beschäftigt, mich über Michel zu freuen, dass mir nicht in den Sinn kam, dass das schlecht für Adèle ausgehen könnte. Aber warte mal – sie müsste es doch wissen, oder? Wenn sie nicht weiß, wer ihre richtige Mutter ist, hätte sie keinen Grund gehabt, sie zu töten."

„Aber wenn niemand es weiß, dann könnte Michel sie aus Unwissenheit getötet haben, verstehst du? Und was ist mit Michels Abstammung? Hast du ihn in den Akten gesehen?"

„Ich war schon auf halbem Weg nach Hause, als mir das einfiel. Ich bin zurück zum Rathaus gerannt und reingegangen, um nach ihm zu suchen – ich bin sicher, die Frau, die dort arbeitet, hält mich für völlig verrückt –, jedenfalls ja, ich habe ihn gefunden. Sein Formular sah original aus und nicht manipuliert, und seine Eltern waren ... ich erinnere mich nicht an ihre Namen, aber ich habe mir eine Notiz auf meinem Handy gemacht ... jedenfalls niemand, von dem ich je gehört hatte. Er scheint adoptiert zu sein, genau wie er sagt."

Molly stand auf, um zu prüfen, ob ihre Pinsel und Rolle trocken waren. „Ich verstehe das einfach nicht. Ich weiß, früher, als die Welt konservativer war, haben manchmal ein verheiratetes Paar oder eine Großmutter ein uneheliches Kind aufgenommen und so getan, als wäre es ihres – aber das hier ist irgendwie das Gegenteil davon. Ein verheiratetes Paar gibt sein Kind an eine Schwester ab, die alleinstehend ist. Erkläre das bitte."

„Vielleicht wäre mein Verstand klarer, wenn ich ein Beignet hätte", sagte Frances.

„Du bist wie ein Hund mit einem Knochen."

„Und dieser Knochen ist nicht fluffig weich und mit Vanille-pudding gefüllt."

Molly lachte. „Okay, ich werde mal nachsehen, wie Pierre mit dem Taubenschlag vorankommt, und dann versuchen, diesen Anstrich zu Ende zu bringen. Ich muss entscheiden, was zum

Teufel ich mit diesen Informationen anfangen soll, und bis jetzt habe ich keine Ahnung."

„Du meinst, ob du mit Adèle darüber reden sollst? Oder mit Ben?"

Bei Bens Namen errötete Molly heftig. „Beides. Warte mal. Ich war so baff über diese Neuigkeiten, dass ich gar nicht nach gestern Abend gefragt habe. Wie war's mit Nico?"

Frances gab ein kleines Piepsen von sich und lächelte, ohne Augenkontakt herzustellen.

„Das ist alles? Nur mhmm? Was habt ihr gemacht?"

„Okay Molly, ich werde noch ein paar Stunden arbeiten und sehen, ob ich diesen Jingle gut genug hinbekomme, um ihn an den Kunden zu schicken. Und dann schlendere ich vielleicht ins Dorf und schaue, ob ich einen Happen zu essen finde, bevor ich verhungere."

Molly grinste, da sie eine Mauer erkannte, wenn sie auf eine stieß. Zumindest schien Frances' übliche schwarze Dramatik-Wolke auf der anderen Seite des Ozeans geblieben zu sein.

Sie ging ohne Mantel nach draußen. Es war kalt und die Luft fühlte sich feucht an – all ihre Jahre in Boston hatten sie gelehrt, zu erkennen, wann Schnee im Anmarsch war, und sie vermutete, dass er bald kommen würde. Sie ging schnell zum Taubenschlag und rief Pierre Gault zu, der oben auf einer Leiter stand, die an das halb fertige Gebäude gelehnt war.

„Salut! Wie läuft es?"

„Besser als erwartet", sagte Pierre und kletterte herunter. „All die Steine, die im hohen Gras versteckt waren, stellten sich als in gutem Zustand heraus, und sogar der Teil der Mauer, der einge-stürzt ist, lässt sich leichter reparieren, als ich zuerst dachte. Ich sollte in ein paar Tagen mit dem Äußeren fertig sein, auf jeden Fall vor Weihnachten."

„Ich bin froh, dass wenigstens das gut läuft", sagte sie.

„Laufen andere Dinge nicht so gut?", fragte Pierre.

„Nein. Na ja, vielleicht. Ich weiß nicht."

„Ah. Dann ist ja alles geklärt."

Molly dankte ihm für seine schnelle Arbeit und ging hinaus auf die Wiese. Das Gras knisterte unter ihren Füßen, gefroren in Spitzen, die unter ihren Turnschuhen knackten. Für einen kurzen Moment vergaß sie die Faures und Desrosiers, und Ben, und Nico und Frances, und dachte an die Überraschung, die sie erwarten würde, wenn endlich der Frühling käme. La Baraque hatte alte Gärten, und die Wiese war auch alt – sie erwartete, allerlei Dinge aufsprießen zu sehen, die frühere Bewohner gepflanzt hatten, bevor sie gestorben oder weggezogen waren. Ein paar Apfelbäume hielten noch durch, ihre Rinde war vernarbt und zeigte Anzeichen schlechter Gesundheit. Dann der Wald, dunkel und undurchdringlich, zumindest vom Rand der Wiese aus. Molly hatte es nicht eilig, dort hinten herumzustolpern, weg vom Sonnenlicht.

Sie war sicher, dass das Geheimnis von Adèles Abstammung etwas bedeutete. Aber was? Und was in aller Welt war das Richtige, das sie tun sollte? Sie fühlte sich, als würde sie mit einer Granate in der Tasche um die Wiese spazieren. Ohne zu wissen, wie sie sie zünden sollte, um den geringsten Schaden anzurichten.

❧ 36 ❧

Die dritte Zyanidvergiftung in Castillac ereignete sich am nächsten Tag, einem Mittwoch, der durch ungewöhnlich starken Schneefall auffiel. Castillac bekam normalerweise jeden Winter nur ein oder zwei Mal leichten Schneefall, selten mehr, aber dies war echter Schnee. Nicht für Molly, die aus Boston an fast eineinhalb Meter pro Jahr gewöhnt war, aber für die Bewohner von Castillac waren die zwölf Zentimeter ein echter Notfall.

Doch kein Krankenwagen schlitterte in dieser Nacht durch den Sturm zum Haus von Madame LaGreffe. Madame LaGreffe lebte allein in einem kleinen Haus in der Rue Saterne, und es war niemand da, der Hilfe rufen konnte.

An jenem Morgen war sie früh aufgestanden, wie sie es immer tat, da sie seit ihren Fünfzigern nicht mehr die ganze Nacht durchschlafen konnte. Jetzt war sie fast achtzig. Zumindest, so sagte sie Freunden, werde ich in diesen letzten Jahren meines Lebens fast die ganze Zeit wach sein, sodass mir nichts entgeht.

Madame LaGreffe hatte ihre Einkäufe erledigt, sobald die Épicerie und der Metzger ihre Türen öffneten. Sie hatte sich einen Kasten Perrier gegönnt und vereinbart, dass der Lieferjunge ihn später am Tag bringen würde. Anders als viele alte Menschen liebte sie Schnee und freute sich darauf, in ihrem gemütlichen Haus zu sitzen und zuzusehen, wie das Dorf weiß wurde. Als sie mit ihrem Korb unter einem Arm wieder nach Hause kam, sah sie eine kleine Papiertüte auf ihrer Türschwelle stehen, direkt an der Tür, als wolle man sie vor dem Schnee schützen.

Darin war kein Zettel, nur ein Tiegel Gesichtscreme – ausgerechnet von Chanel. Madame LaGreffe hatte nie etwas so Feines benutzt, und sie stieß ein kleines Kichern aus, als sie es sah. Keinen Moment lang fragte sie sich, woher die Gesichtscreme kam oder ob etwas Verdächtiges oder Unsicheres daran sein könnte. Der Rest des Tages verlief wie die meisten ihrer Tage: Sie saugte oben Staub, aß zu Mittag und spülte das Mittagsgeschirr, dachte über das Abendessen nach, strickte ein wenig, während sie Radio hörte. Sie war einsam, aber so an die Einsamkeit gewöhnt, dass sie ihr keinen Schmerz bereitete, sondern eher wie ein Gelenk mit einem Schmerz war, der nie wirklich verging, so beständig, dass sie ihn kaum bemerkte.

Im Hinterkopf freute sie sich den ganzen Tag auf ihr Bad und darauf, diese teure Gesichtscreme vor dem Schlafengehen zu benutzen. Es machte das Mittagessen aufregender. Es hatte sogar das Auswaschen ihrer Unterwäsche nach dem Abendessen aufregender gemacht. Sie dachte, dass sie sich selbst dann, wenn sie plötzlich eine Million Euro geerbt hätte, nie einen so teuren Tiegel Gesichtscreme gekauft hätte – es lag einfach nicht in ihrer Natur, sich so zu verwöhnen. Aber wie schön war es, es tun zu können, ohne die Wahl treffen zu müssen!

Madame LaGreffe genoss ihr Bad ausgiebig, wusch sich gründlich und planschte für einen Moment wie ein kleines Mädchen, schlug aufs Wasser und ließ es gegen die Fliesen spritzen. Sie trocknete sich ab und zog ein Flanellnachthemd an, das eine Freundin ihr vor fünfzehn Jahren aus England mitgebracht hatte, und dann, schicksalhaft, setzte sie sich auf die Bettkante und öffnete den Tiegel. Sie beugte sich vor und roch den Duft, und für einen Augenblick schloss sie die Augen und erinnerte sich daran, wie ihre Mutter ihr als Teenagerin erlaubt hatte, vor einem Date schnell etwas gutes Parfüm aufzusprühen.

Dann tauchte sie ihren Finger ein und verteilte die Creme über ihre Wangen, ihre Stirn, ihr Kinn. Sorgfältig schraubte sie den Deckel wieder auf den Tiegel, schob ihre Füße unter die Decke und schlief mit einem Lächeln im Gesicht ein.

Sie wachte später auf, aber zunächst registrierte sie nicht, dass etwas nicht stimmte, weil sie es gewohnt war, mitten in der Nacht aufzuwachen. Sie stand nicht auf und ging nicht zum Fenster, um den Schnee fallen zu sehen; stattdessen lag sie keuchend da, fühlte sich übel und fragte sich, warum um alles in der Welt es ihr plötzlich so schrecklich schlecht ging.

Sie verdächtigte nicht für einen Moment die Gesichtscreme. Sie litt zwar, aber nicht lange, und es war niemand da, der zusehen oder helfen konnte, während das Dorf den Sturm verschlief und ganz Castillac immer weißer und weißer wurde.

❧ 37 ☙

Dufort war außer sich vor Wut. Ein weiterer Todesfall nur wenige Straßen vom Haus der Desrosiers entfernt, und nichts, was er und die anderen Gendarmen taten, schien sie dem Mörder näherzubringen.

„Wie konnte LaGreffe nichts von der Gefahr wissen?", verlangte er zu wissen. Perrault lehnte mit gesenktem Kopf an der Wand. Maron blieb ausdruckslos.

„Wir haben im ganzen Dorf Hinweise aufgehängt", sagte Perrault. „Und auch online viel Lärm gemacht. Das Problem ist, dass die Leute, auf die der Mörder es abgesehen hat − Frauen über siebzig − oft keine Computer haben. Wir müssen uns einen besseren Weg überlegen, sie zu erreichen."

„Hören Sie, wir können von Tür zu Tür gehen und jeden warnen, aber die Mörderin wird einfach ihre Methode ändern", sagte Maron. „Heute ist es eine Gesichtscreme, morgen könnte es, ich weiß nicht, ein Fruchtgetränk sein."

„'Ihre'?", sagte Perrault ätzend. „Sie lassen wohl nicht von der Idee ab, dass alle Giftmörder Frauen sind, oder?"

Maron starrte geradeaus und ließ sich nicht provozieren.

„Es ist acht Uhr", sagte Dufort. „Ich möchte, dass Sie beide bis zum Mittagessen in der Nachbarschaft Befragungen durchführen, und nehmen Sie sich mehr Zeit, wenn nötig. Erstens, fragen Sie alle Nachbarn in dieser Straße, ob sie jemanden gesehen haben, der sich herumgetrieben hat, jemanden, der nicht in der Gegend wohnt. Ich will eine Liste mit Namen. Und zweitens, wenn Sie schon mit den Leuten sprechen, warnen Sie sie davor, irgendetwas zu sich zu nehmen, dessen Herkunft sie nicht kennen. Sie sollen nichts auf ihre Haut, in ihre Haare, in ihren Mund ... nirgendwo auf ihren Körper auftragen. Und drittens – sagen Sie ihnen, sie sollen ihr Bestes tun, um auf die älteren Menschen in unserer Gemeinschaft aufzupassen. Bisher wurden offensichtlich nur Frauen angegriffen, aber das heißt nicht, dass unser Mörder sich nicht auch ausweiten könnte."

„Jawohl", sagte Perrault und ging zur Tür.

„Maron, warten Sie mal, ich möchte noch ein Wort mit Ihnen", sagte Dufort. Maron blieb regungslos stehen und reagierte nicht. „Ich möchte wissen, ob Sie weitere Gründe haben, zu glauben, dass Claudette Mercier darin verwickelt ist."

„Äh, ich kann nicht behaupten, dass ich etwas Neues habe, aber ich würde gerne untersuchen, ob es eine Verbindung zwischen Mercier und LaGreffe gibt. Ich weiß, LaGreffe war älter, keine von Merciers Schulkameradinnen, aber das heißt nicht, dass es nicht etwas anderes gibt. Vielleicht ist Mercier unglücklich darüber, alt zu werden, und sie projiziert all diese Angst und Unzufriedenheit auf ihre Opfer, als ob das Töten irgendwie ihr Altern verlangsamen würde, psychologisch meine ich."

Dufort ging um seinen Schreibtisch herum und trat dicht an Maron heran. „Das ist wahrscheinlich die idiotischste, unglaubwürdigste Theorie, die ich je in diesem Büro gehört habe. Lassen Sie sie fallen, Maron", sagte er mit eiserner Stimme. „Jetzt gehen Sie raus und finden Sie heraus, wer gestern in der Rue Saterne war. Ich will einen Bericht von Ihnen, der so gründlich und präzise ist, als hätten wir Überwachungskameras in der ganzen Straße. Verstanden?"

„Jawohl", sagte Maron. Seine dunklen Augenbrauen zogen sich zusammen und ließen ihn wütend aussehen. Er hatte noch mehr zu sagen, aber er hatte genug Verstand, um zu wissen, dass dies nicht der richtige Zeitpunkt war. Er zog seinen schweren Mantel an und folgte Perrault hinaus auf die verschneite Straße.

DIESES MAL ERFUHR Molly vom neuesten Mord weder durch das zufällige Auffinden der Leiche noch durch eine Nachricht von Lawrence. Sie erfuhr es in der Épicerie, wo sie gerade einen Kasten Perrier zur Lieferung bestellte, genau wie Madame LaGreffe am Tag zuvor. Einige Leute in der Épicerie sprachen über das Geschehene, aber Molly blieb nicht stehen, um die Details zu erfahren. Sie ging direkt zur Bank, in der Adèle arbeitete, und fragte nach einer Wartezeit am Empfang, ob sie zum Mittagessen frei sei – es gäbe etwas Wichtiges, worüber sie mit ihr sprechen wolle.

Adèle betrachtete Molly aufmerksam, den Kopf zur Seite geneigt. Sie mochte die Amerikanerin und genoss ihre Gesellschaft, war sich aber nicht sicher, ob sie ihr vertraute. Eine neue Freundin war ungeprüft, ganz anders als die Freunde, mit denen man aufgewachsen ist, oder Familie. Sie schien zwar freundlich genug, aber es war nicht ganz klar, wo Mollys Loyalitäten lagen; schließlich war sie mit Dufort befreundet. Adèle erinnerte sich selbst, vorsichtig zu sein und sich nicht von Mollys energischem Geplauder mitreißen zu lassen und etwas zu sagen, was sie bereuen würde.

„Ich kann mich mit dir zum Mittagessen treffen", sagte Adèle lächelnd. „Wusstest du, dass nur ein paar Straßen von hier eine kleine Boutique eröffnet hat? Vielleicht können wir nach dem Essen vorbeischauen, wenn wir Zeit haben. Ich hoffe, deine Neuigkeiten ... sind nicht schlecht? Nichts zu Ernstes?"

Molly sah Adèle ausdruckslos an. Sie hatte keine Ahnung, was ihre Neuigkeiten bedeuteten, also konnte sie nicht antworten. „Ich sehe dich um 12:30 Uhr", sagte sie unbeholfen und ging wieder nach draußen. Sie hatte eine Stunde totzuschlagen und verbrachte sie damit, durch die Straßen von Castillac zu wandern und zu versuchen, zu genießen, wie hübsch das Dorf in seiner frischen Schneedecke aussah. Aber sie konnte ihre Nervosität und sogar Angst nicht verdrängen. Sie sagte sich, dass sie nicht zur Zielgruppe des Mörders gehörte und nicht in Gefahr war, aber Angst folgte keiner Logik. Es gab einen Mörder in Castillac, sein Motiv war unbekannt, und Molly begann, ernsthafte Zweifel an ihren neuen Freunden zu hegen.

Sie wollte an Adèle und Michel glauben. Aber worauf basierte die Freundschaft überhaupt? Ein paar flüchtige Begegnungen, bei denen sie einen Funken von Anziehung und Sympathie gespürt hatten? Das war nicht viel. Es war eigentlich gar nichts, zumindest nichts, worauf sie sich verlassen konnte. Sie hatte wirklich keine Ahnung, was für Menschen sie im Innersten waren. Und sie wusste, dass ihre Vergangenheit voller Beispiele war, in denen sie sich von Menschen wegen einer kleinen Charme-Offenbarung hatte hinreißen lassen – ein Witz, den sie gemacht hatten, oder ein passend zitierter Vers – und dabei Anzeichen für ernsthafte Charaktermängel ignoriert hatte.

Der Schnee war nass, und Molly spürte, wie Feuchtigkeit in ihre Stiefel eindrang, aber sie ignorierte es. Ohne darüber nachzudenken, fand sie sich auf der Rue Simenon wieder, auf dem Weg zum Anwesen der Desrosiers. Sie spähte über die Mauer in den leeren hinteren Garten. Keine Fußspuren im Schnee. Die Vorderseite des Hauses sah für sie irgendwie traurig aus, als ob dem Gebäude seine Bewohner fehlten. Ein Fensterladen im Erdgeschoss hatte sich gelöst und hing schief an einer Seite. Die Stufen waren nicht geschaufelt. Es ist wie ein wunderschönes Grab, dachte Molly und erschauderte.

Warum um alles in der Welt hatte Josephine Adèle weggegeben? Molly ging alle Gründe durch, die ihr einfielen, warum eine

Mutter ihr Baby weggeben würde, aber soweit sie feststellen konnte, traf keiner davon auf Josephine zu. Sie stand einen langen Moment da und spürte Wut auf die tote Frau, weil sie weggegeben hatte, wonach Molly sich so tief sehnte.

So viele unbeantwortete Fragen.

Die Stunde war fast um, und Molly eilte schnell zur Bank zurück. Sie wünschte, sie hätte sich einen cleveren Weg ausgedacht, um herauszufinden, ob Adèle wusste, wer ihre leibliche Mutter war.

„Schöne Tasche", sagte Molly und konnte sich ein Grinsen nicht verkneifen. Das Leder hatte einen satten Grünton und sah so weich aus wie ein Babypopo.

Adèle zuckte mit den Schultern. „Keine Kinder, weißt du? Ich habe nicht viele Ausgaben."

Molly holte tief Luft. Sie fingen nicht gut an — Adèle war defensiv und spröde, und Molly musste sich schon zurückhalten, nicht einen Schwall von Fragen herauszuplatzen. „Ich verhungere", sagte sie. „Wie wär's, wenn wir etwas essen gehen, bevor wir uns die Boutique ansehen, die du erwähnt hast?"

Adèle nickte. Sie hatte kurze wasserdichte Stiefel angezogen, und die beiden Frauen gingen nach draußen. „Gleich um die Ecke gibt es einen kleinen Laden, wo ich schon oft war", sagte Adèle. „Klingt eine sehr gute Suppe gut?"

„Perfekt für einen verschneiten Tag", sagte Molly und zuckte innerlich zusammen, wie sie wieder darauf reduziert waren, über das Wetter zu reden.

Sie saßen kaum, als Molly herausplatzte. „Hör zu, es tut mir leid, dass es unangenehm ist. Ich meine nicht wirklich — naja, eigentlich doch — hör zu, Adèle. Ich weiß, dass ich mich wahrscheinlich eingemischt habe, wo ich nicht hingehöre. Aber ich möchte, dass du weißt, dass meine Absichten gut waren. Ich meine, ich habe versucht zu tun, was ich konnte, um Michel zu helfen, verstehst du?"

„Nein", sagte Adèle, „ich verstehe nicht. Was versuchst du zu sagen?"

Der Kellner näherte sich und wich dann zurück, als er die Intensität des Gesprächs hörte.

„Ich versuche zu erklären, dass ich ein bisschen nachgeforscht habe", sagte Molly und hielt ihre Stimme leise. „Ich hörte, dass deine Tante eine Totgeburt hatte, und das brachte mich zum Nachdenken... wenn das Schlimmste Indiz gegen deinen Bruder ist, dass er das Geld deiner Tante erben soll, wäre er dann nicht frei von Verdacht, wenn jemand anderes erben würde? Jedenfalls, nochmal – ich weiß, es geht mich nichts an, aber ich habe die Unterlagen im Rathaus überprüft." Molly hoffte, dass Adèle einspringen und ihr sagen würde, dass nichts davon neu für sie sei, aber Adèle sagte nichts. Ihr Gesicht war undurchdringlich.

„Was ich herausgefunden habe, Adèle – in deiner Geburtsurkunde steht, dass Josephine Desrosiers deine Mutter ist."

Adèles Augenlid zuckte, aber ansonsten bewegte sie sich nicht; sie sprach nicht.

„Ich weiß, es war eine schreckliche Verletzung der Privatsphäre", sagte Molly. „Ich dachte nur – wenn Michel nicht erbt, dann löst sich wirklich der einzige Beweis, den Dufort gegen ihn hat, in Luft auf, verstehst du? Ich... ich hätte nie gedacht... ich wollte nicht... Es tut mir leid, wenn dir das Schmerzen bereitet. Ich war schockiert, Josephines und Alberts Namen auf deiner Geburtsurkunde zu sehen. Und ich sehe, dass es die Dinge eher verkompliziert als löst."

Adèle bewegte sich nicht und sprach nicht, ihr Blick war aus dem Fenster gerichtet.

„Adèle? Sprich mit mir!"

Adèle flüsterte: „Ich glaube, ich kann keine Worte finden." Ihre Augen füllten sich mit Tränen. „Was du mir sagst, ist, dass mein ganzes Leben auf... einer Lüge basiert..."

„Nun, ich weiß nicht, ob dein ganzes Leben davon abhängt, wer deine Eltern sind." Molly legte ihre Hand auf die Schulter ihrer Freundin und nahm sie dann zurück. „Aber ja, es sieht sicherlich so aus, als hätte es einige Lügen gegeben. Ich verstehe es nicht, und ich hatte gehofft, du könntest erklären, warum deine Familie getan hat, was sie getan hat."

Adèle schüttelte den Kopf. Sie benutzte eine Serviette, um Tränen aus beiden Augen zu wischen und holte tief Luft. „Meine Mutter war eine wunderbare Mutter für mich", sagte sie. „Und ich sollte Gott wohl dankbar sein, dass ich nicht bei der schrecklichen Tante Josephine aufwachsen musste." Sie nahm einen tiefen, zackigen Atemzug. „Und jetzt, wo ich erben soll, werde ich wohl das nächste Ziel der Ermittlungen sein."

Molly winkte dem Kellner, da sie nicht länger auf das Mittagessen warten konnte. „Wenn du keine Ahnung davon hattest, sehe ich nicht, wie Dufort anfangen könnte, dich wegen des Mordes an ihr zu verdächtigen. Ich glaube nicht, dass du dir darüber Sorgen machen musst", obwohl Molly sich selbst Sorgen machte. Sie sorgte sich, dass ihre Einmischung die Dinge für die Menschen, denen sie zu helfen versuchte, nur verschlimmert hatte. „Du solltest genug Geld bekommen, um dir jede Handtasche der Welt kaufen zu können", sagte Molly und versuchte, die positive Seite zu sehen.

„Ich will das Geld dieser Hexe nicht", murmelte Adèle und schob sich vom Tisch weg. „Und wenn du mich entschuldigst, ich kann nichts essen. Ich muss Michel finden."

„Adèle, es tut mir so leid-", sagte Molly, aber Adèle war schon schnell aufgestanden, ihre Serviette fiel zu Boden, und sie war schon halb aus der Tür.

❧ 38 ❧

Perrault rannte die Straße hinunter und rutschte im Schnee aus. Endlich hatte sie etwas Greifbares erreicht! Wer hätte je gedacht, dass die alte Madame Tessier sich als beste Freundin eines Gendarmen entpuppen würde?

„Chef!", rief sie etwas zu laut, als sie in Duforts Büro stürmte. „Ich habe gerade mit Madame Tessier gesprochen, und ich glaube, wir haben Michel Faure!"

„Langsam, Thérèse", sagte Dufort. Seine Stimme war sanft, aber sein Blick intensiv. „Erzählen Sie mir jetzt, was Madame Tessier gesagt hat."

„Na ja, Sie wissen ja, dass sie die größte Tratschtante in ganz Castillac ist. Sitzt auf ihrer Türschwelle, wenn es warm ist, und späht aus ihrem Fenster, wenn es kalt ist."

„Ja, das weiß ich alles, ich habe sie oft genug gesehen und mit ihr gesprochen."

„Sie hat Michel am Mittwoch gesehen, wie er die Rue Saterne entlangging. Er trug eine Papiertüte. Die er dann auf Madame LaGreffes Türstufe gestellt hat!" Perrault hatte sich immer weiter nach vorne gelehnt, aber als sie den letzten Satz sagte, lehnte sie sich triumphierend zurück und schlug mit den Handflächen auf Duforts Schreibtisch.

Dufort rieb sich mit der Hand über seinen Bürstenschnitt und dachte darüber nach. „Sie war sich sicher, dass es Michel war?"

„Ohne jeden Zweifel."

„Was für eine Tüte?"

„Braunes Papier. Nicht so groß wie eine Einkaufstüte."

„Und sie hat gesehen, wie er LaGreffes Vordertreppe hochging und die Tüte dort abstellte? Hat er geklingelt?"

„Nein, das glaubte sie nicht."

Dufort kratzte sich am Ohr. Es schien verdächtig. Warum fühlte er sich also nicht zufrieden?

„Also gut, gute Arbeit, Perrault. Holen wir ihn uns zu einem Gespräch her."

✿

„ES SCHEINT SCHON SELTSAM, dass ein vierunddreißigjähriger Mann niemanden außer seiner Mutter anrufen kann", sagte Michel, nachdem Perrault ihn zur Wache gebracht hatte. „Aber so ist es nun mal", murmelte er vor sich hin und ließ sich in einen Stuhl fallen. „Ich sage Ihnen gleich von Anfang an, dass Sie meine Version der Ereignisse für lächerlich halten werden. Und ehrlich gesagt ist mein Leben im Moment tatsächlich ziemlich lächerlich. Ich bin seit fast einem Jahr arbeitslos, habe keinen Cent in der Tasche, und aus irgendeinem mir unbekannten Grund kann ich den Schatten des Verdachts nicht von mir abschütteln. Wissen Sie, ich hatte einen anständigen Job in Paris, für kurze Zeit, in der Werbung. Aber manchmal... manchmal laufen die Dinge eben nicht so, wie wir es gerne hätten, da sind wir uns doch alle einig, oder?"

Perrault und Dufort ließen ihn reden, da er sich so mitteilsam fühlte. Das war ungewöhnlich für Verdächtige, aber immer willkommen, da sie fast unvermeidlich Dinge sagten, die sie später lieber nicht gesagt hätten.

„Ich scheine einfach das größte Pech zu haben", sagte er achselzuckend. „Am Mittwoch, kurz bevor es zu schneien begann, war ich in der Rue Saterne. Und ja, ich trug eine Tüte und ließ sie auf Madame LaGreffes Türstufe - das stimmt alles. Aber der Rest der Geschichte ist, dass ich, wie gesagt, arbeitslos bin. Ich habe jede Menge Freizeit, verstehen Sie, und so laufe ich viel im Dorf herum und manchmal auch weiter. Da meine Tante in der Rue Saterne lebte, bin ich schon hunderte Male diese Straße entlanggegangen, und mir ist aufgefallen, dass Madame LaGreffe jeden Mittwoch Milch geliefert bekommt."

„Vielleicht hätte ich keinen Gedanken daran verschwendet, wenn mein Arbeitslosengeld großzügiger wäre. Aber die Höhe der Unterstützung basiert, wie Sie beide zweifellos wissen, darauf, wie viel man im Laufe seines Arbeitslebens in das System einzahlt. Aber meine Arbeit war, nun ja... denken Sie, ich könnte ein Glas Wasser bekommen?"

Perrault sprang auf, um ihm eins zu holen. Dufort blieb gelassen, lehnte sich in seinem Stuhl zurück und zeigte einen freundlichen Gesichtsausdruck, als würden er und Michel sich einfach in seinem Wohnzimmer entspannen, bevor sie gemeinsam ein Fußballspiel im Fernsehen anschauten. Als Perrault mit dem Wasser zurückkam, schwieg er.

„Also, was habe ich gesagt? Ach ja. Das ist mir peinlich, also sage ich es einfach geradeheraus. Tatsache ist, dass ich Hunger hatte. Ich wusste von Madame LaGreffes Milch am Mittwoch. Und ab und zu sorgte ich dafür, dass ich gerade dann die Rue Saterne entlangging, wenn die Lieferung kam, damit ich sie stehlen konnte. Ich wusste gar nicht, dass noch jemand Milch geliefert bekommt, aber diese Milch ist so frisch und köstlich - unbeschreiblich gut. Ich habe in meinem Leben noch nie Gläser voll Milch getrunken, bis ich anfing, Madame LaGreffes zu nehmen, aber Sie verstehen, wenn man hungrig ist, probiert man neue Dinge aus. Die Milch war besonders gut, wenn sie sehr kalt war, wie am Mittwoch."

„Also ja, ich gebe es voll und ganz und beschämt zu - ich habe die Milch genommen. Da bin ich nun, vierunddreißig Jahre alt, und stehle einer alten Dame die Milch! Mir ist durchaus bewusst, Chef Dufort, dass dies ein verwerfliches Verhalten ist. Ich habe sie nicht jede Woche gestohlen, bei weitem nicht. Und ich habe versucht, ihr jedes Mal, wenn ich sie stahl, etwas als Entschädigung zu hinterlassen. Dieses letzte Mal brachte ich ihr eine Tüte mit Tannenzapfen, die ich gesammelt hatte. Ich weiß, es ist kaum etwas Wertvolles, aber man kann sie zum Anzünden von Feuern verwenden oder sie sind eine schöne rustikale Tischdekoration." Michel zuckte wieder mit den Schultern. „Wie ich es geschafft habe, ausgerechnet den Tag zu erwischen, an dem die arme Madame LaGreffe vergiftet wurde -" Er schüttelte den Kopf mit einem schiefen Lächeln.

Alle drei drehten sich um, als Murielle Faure den Raum betrat. „Was für ein lächerlicher Unfug ist das hier?", verlangte sie von Dufort zu wissen. Ihr grau meliertes Haar war zu einem straffen Pferdeschwanz zurückgebunden, und sie trug einen Cordrock, der bis zu ihren Schienbeinen reichte. Perrault, die nicht gerade modebewusst war, zuckte bei diesem Rock zusammen und fragte sich, wie in aller Welt Adèle und Murielle aus derselben Familie stammen konnten, wenn man bedachte, wie gegensätzlich ihr Kleidungsstil war.

„Bonjour, Madame Faure", sagte Dufort. „Wir unterhalten uns gerade mit Michel, weil er dabei gesehen wurde, wie er am Tag, als Madame LaGreffe mit Zyanid vergiftet wurde, eine Tüte vor ihrer Haustür abgelegt hat. Dasselbe Gift, das Ihre Schwester getötet hat." Dufort hielt seine Stimme gleichmäßig, fast beiläufig.

„Also, ich weiß nichts über Gift oder irgendeine Madame LaGreffe, aber ich kann Ihnen sagen, dass Michel von allen

Menschen am allerwenigsten mit irgendetwas Illegalem zu tun hatte!"

„Können Sie sagen, warum Sie sich da so sicher sind?", fragte Perrault.

„Michel ist mein Sohn. Ich kenne ihn in- und auswendig, so wie Mütter ihre Kinder kennen. Michel ist ein gutherziger Junge, das war er schon immer. Er ist der letzte Mensch auf der Welt, der jemandem wehtun würde."

Dufort neigte den Kopf zur Seite und wartete ab, ob Murielle weitersprechen würde.

„Maman, ich kann es dir genauso gut sagen, da ich es dem Chef gerade erzählt habe – ich habe manchmal Madame LaGreffes Milch gestohlen. Ich weiß, es ist sehr peinlich. Richtig beschämend, wirklich. Es wäre viel besser gewesen, wenn ich mir eine glamourösere Art ausgedacht hätte, das Gesetz zu brechen, etwas, das zumindest eine bessere Geschichte abgeben würde."

„Oh, Michel", sagte Murielle, ging zu ihm und küsste ihn auf den Kopf. „Weißt du denn nicht, dass du immer nach Hause kommen kannst, um eine Mahlzeit zu bekommen, wenn es eng wird? Immer." Murielle sah zu Dufort. „Sehen Sie also? Natürlich, wenn er eine Geldstrafe zahlen muss oder so, bin ich mehr als glücklich, mich darum zu kümmern. Aber sein Verbrechen ist Diebstahl, nicht Mord."

Dufort nickte. „Und Madame Faure, da Sie nun hier sind, kann ich Sie vielleicht fragen – wer, glauben Sie, hat Ihre Schwester ermordet, wenn es nicht Michel war, der der Hauptbegünstigte in ihrem Testament ist?"

Murielle keuchte. „Ich wusste nicht, dass Josephine eine Verfügung für ihn getroffen hat." Sie küsste Michel erneut auf den Kopf. „Es ist wunderbar, dass sie das getan hat, besonders da sie und ich nicht sehr eng waren. Aber ich weiß, dass sie Michel sehr mochte, und ich bin so erfreut, dass sie ihre Zuneigung auf diese Weise gezeigt hat."

„Aber Sie sehen das Problem, Madame Faure? Dass das Erbe

Ihrem Sohn das einzige Motiv für ihre Ermordung gibt, das wir bisher finden konnten?"

„Chef Dufort! Michel – er ist nicht fähig, irgendetwas zu tun!"

„Vielleicht habe ich doch etwas getan. Ausnahmsweise", murmelte Michel, fast unhörbar, aber Perrault schnappte es auf.

„Verhaften Sie ihn? Denn wenn nicht, würde ich meinen Jungen gerne mit nach Hause nehmen und ihm ein gutes Abendessen kochen. Soweit ich sehen kann, ist das die Lösung für jedes Verbrechen, das Michel begangen hat. Es gibt nichts, was eine ordentliche Mahlzeit nicht in Ordnung bringen kann."

„Nein, wir halten ihn nicht fest", sagte Dufort widerwillig. „Er kann gehen. Aber Michel, ich würde auf Ihre Mutter hören. Wenn Sie nicht genug zu essen haben, nehmen Sie ihr Angebot an und lassen Sie die Bewohner von Castillac in Ruhe, *comprends*?"

Die Faures gingen Arm in Arm, obwohl Michel nicht gerechtfertigt aussah. Er warf Perrault einen Blick zurück und sie lächelte ihn an.

„Was denken Sie?", fragte Dufort sie.

„Sie behandelt ihn wie ein Kind."

„Ja. Eine Mischung aus Vergötterung und Verachtung, nicht wahr?"

Perrault nickte. Dann erzählte sie Dufort, dass sie gehört hatte, wie Michel etwas darüber murmelte, „ausnahmsweise etwas getan zu haben". Die beiden Gendarmen grübelten darüber, aber die Bedeutung blieb unklar.

Am Freitagmorgen nahmen Molly und Frances ihre Kaffeetassen, um sich die Hände zu wärmen, und spazierten durch den frostigen Garten. Der Schnee war halb geschmolzen, lag aber dort, wo die Sonne ihn nicht getroffen hatte, immer noch. Molly konnte leicht erkennen, wie viel Schatten alles bekam – gut zu wissen bei der Planung, was man pflanzen sollte, obwohl sie an diesem Morgen zu abgelenkt war, um viel darauf zu achten.

„Ich habe beschlossen, es Ben zu erzählen", sagte sie und blieb neben einer Eiche stehen, die ihre braunen Blätter noch nicht losgelassen hatte.

„Ich weiß nicht", sagte Frances. „Sollte er solche Dinge nicht selbst herausfinden müssen? Warum musst du die ganze Arbeit machen?"

„Du sagst das, als wäre es eine Plackerei. Ich *mag* es, Dinge herauszufinden. Und außerdem will ich genauso sehr wie jeder andere, dass derjenige, der diese beiden Frauen getötet hat, zur Rechenschaft gezogen wird! Du etwa nicht?"

„Na ja, du wirst mich nicht dazu bringen, die Seite des Mörders zu vertreten", lachte Frances. „Ich verstehe nur nicht ganz, warum es für den Fall einen Unterschied machen sollte, wer Adèles Mutter ist oder nicht ist."

„Ich weiß es auch nicht", sagte Molly. „Nicht wenn es dieses große Geheimnis war, von dem weder Adèle noch Michel etwas wussten."

„Vielleicht suchst du nur nach einem Vorwand, um dich mit dem attraktiven Polizisten zu beraten", sagte Frances.

Molly bückte sich und stellte ihre Kaffeetasse auf den Boden, nahm dann eine Handvoll nassen Schnee und warf ihn nach ihr. Sie traf sie genau am Nacken, sodass der Schnee in ihr Hemd tropfte.

„Dafür wirst du bezahlen, Molly Sutton!", rief Frances und rannte zu einer guten Schneestelle.

Molly kreischte und lief nach drinnen. Sie und Frances liebten es, sich gelegentlich wie Achtjährige zu benehmen. Sie füllte ihren Kaffee nach und ging sich anziehen. Es stimmte ein bisschen; sie mochte es, Ben zu sehen und mit ihm an einem Fall zu arbeiten. Aber es stimmte auch, dass die Sache mit den Lügen darüber, wessen Baby wem gehörte, nach weiteren Nachforschungen verlangte, und je mehr sie darüber nachdachte, desto weniger Zweifel hatte sie daran, dass Ben davon wissen sollte.

Es war vielleicht ein Verrat an ihrer Freundin. Aber die Wahrheit war nun mal die Wahrheit, und Adèle würde sich damit so oder so auseinandersetzen müssen. Wenn Molly das Geheimnis weiter für sich behielt, würde sie sie davor nicht schützen können.

„MOLLY! BONJOUR", sagte Dufort und stand von seinem Schreibtisch auf.

„Bonjour, Ben. Ich habe mich gefragt, ob du einen Moment Zeit hast?"

„Natürlich." Dufort führte sie in sein Büro und ging herum, um die Tür zu schließen. „Was beschäftigt dich?"

„Wahrscheinlich nichts. Aber ich habe etwas herausgefunden, von dem ich dachte, du solltest es wissen." Sie setzte sich.

Dufort bewegte sich neben Molly und setzte sich halb auf die Vorderseite des Schreibtischs. Er bewunderte, wie ihr rotes Haar zerzaust unter ihrer Mütze hervorlugte. „Ja?"

„Nun, ich habe gehört, dass Josephine Desrosiers ein Baby hatte – ein totgeborenes Baby. Wusstest du davon?"

Dufort schüttelte den Kopf. „Das wäre... in den Sechzigern oder Siebzigern gewesen?"

Molly nickte. „Es war 1966, um genau zu sein. Also dachte ich, nun ja, ich habe gehört, wie unterschiedlich die Erbschaftsgesetze in Frankreich im Vergleich zu den USA sind. Siehst du, Amerikaner können alles jedem vermachen – oder auch nicht. Sie können ein Vermögen ihrer unangenehmen Katze vermachen und die Kinder leer ausgehen lassen, wenn sie wollen."

„In Frankreich ist das nicht so. Die Kinder sind gesetzlich geschützt."

„Das habe ich verstanden. Also dachte ich: Was, wenn Josephines Baby *nicht* totgeboren war? Wenn er oder sie am Leben wäre, dann würde der größte Teil des Desrosiers-Vermögens an dieses Kind gehen, egal was Josephine gewollt hätte, richtig?"

„Ich glaube schon, ja", sagte Dufort und sah Molly aufmerksam an. „Geht es darum, den Verdacht von Michel Faure abzulenken?"

„Nein. Ich meine, ja, irgendwie schon. Ich bin diesen Weg zunächst gegangen in der Annahme, dass sein Motiv verschwindet, wenn er nicht erbt. Aber dann wurde mir klar, dass, solange Michel glaubte, er sei der Begünstigte, die Wahrheit über Desrosiers' Kind keine Rolle spielte. Was das Motiv betrifft, meine ich. Ich bin der Spur trotzdem gefolgt, weil ich neugierig war."

„Und was hast du herausgefunden, Molly?"

Sie erzählte es ihm.

Wieder einmal war Benjamin Dufort völlig verblüfft von den Dingen, die Menschen taten. Er und Molly verbrachten mehrere

Minuten damit, sich darüber einig zu sein, dass es überhaupt keinen Sinn ergab. Sie überlegten, ob die Papierstreifen über den Namen tatsächlich einen Fehler korrigierten. Und am Ende kamen sie zu dem Schluss, dass es einen Grund gab, warum die Desrosiers ihr Baby Josephines Schwester gegeben und es dann vertuscht hatten – sie hatten nur keine Ahnung, welcher es war.

„Ich sage dir, ich bin nicht weniger geneigt zu glauben, dass Michel in den Mord verwickelt ist. Vielleicht haben er und seine Schwester es zusammen geplant? Wir haben ihn heute Morgen zu einem Gespräch hereingebeten, und er gab zu, dass er am Tag ihres Todes eine Tüte vor LaGreffes Haustür abgestellt hat. Er wurde dabei von Madame Tessier gesehen, die zwei Häuser weiter in der Rue Saterne wohnt, also hatte es wenig Sinn, es zu leugnen. Er hatte eine absurde Geschichte über das Hinterlassen von Tannenzapfen." Dufort schüttelte den Kopf. „Ich weiß, Josephine Desrosiers war keine beliebte Frau. Aber in einem Fall wie diesem muss man in der Familie nach dem Mörder suchen, Molly. In der Familie sind die Emotionen am tiefsten und der Schmerz manchmal unerträglich."

„Ich wusste gar nicht, dass du so eine rosige Vorstellung vom Familienleben hast", sagte Molly.

„Heh. Nun, lass mich Tolstoi falsch zitieren – glückliche Familien sind alle gut und schön, aber wenn Familien unglücklich werden, dann könnte die Gendarmerie involviert werden."

Molly lachte laut auf und wurde dann ernst. „Aber Ben, es gibt doch auch andere Möglichkeiten. Hast du wirklich absolut sicherstellen können, dass es zum Beispiel nicht Sabrina war? Ich habe gehört, dass Desrosiers sie furchtbar behandelt hat. Und was ist mit Sabrinas Freund, diesem hitzköpfigen politischen Typen? Er hätte sie allein schon aus ideologischen Gründen umbringen können, ganz zu schweigen davon, wie sie seine Freundin behandelt hat."

Dufort zuckte mit den Schultern. „Bist *du* davon überzeugt, dass einer von ihnen es getan hat?", fragte er sanft.

Sie zögerte, bevor sie fortfuhr. „Aber Michel und Adèle – ich ... ich *will* einfach nicht, dass sie das getan haben! Und du sagst, sie hätten auch Madame LaGreffe getötet, um den ersten Mord zu vertuschen? Das ist doch so viel schlimmer, oder? Wann hört das endlich auf?"

„Wenn ich die Beweise habe, um sie zu stoppen", sagte Dufort.

Beide blickten zu Boden und fragten sich, wie – und wann – und ob – das geschehen würde.

✼ 40 ✼

Adèle war von Mollys Enthüllung so erschüttert, dass sie nicht zur Bank zurückkehrte. Nachdem sie draußen in der Kälte gestanden und versucht hatte, sich zu beruhigen und zu überlegen, was sie als Nächstes tun sollte, ging sie den ganzen Weg zum Haus ihrer Mutter. Wahrscheinlich wäre es das Beste gewesen, zu warten, die Dinge zu überdenken und vielleicht selbst ins Rathaus zu gehen, um die Unterlagen einzusehen. Aber manchmal war das Beste nicht das Dringendste, und Adèle musste so schnell wie möglich ihrer Mutter ins Gesicht sehen und sie fragen, ob es stimmte.

War ihre leibliche Mutter Josephine gewesen? Und wenn ja, warum hatte Josephine sie weggegeben? Und warum um alles in der Welt war ihre Schwester diejenige, die sie aufgenommen hatte?

Es ergab keinen Sinn. Egal, von welcher Seite Adèle es zu betrachten versuchte – es ergab einfach keinen Sinn. Sie wollte zu Michel laufen, aber was konnte er schon tun? Das Einzige war, ihre Mutter zur Rede zu stellen, ihre Reaktion zu sehen und dann zu hoffen, dass sie bereit war, alles zu erklären.

In der Zwischenzeit fühlte Adèle sich, als hätte sich ihre Welt gefährlich geneigt, als hätte sie das Gleichgewicht verloren und würde in eine Richtung rutschen, sich kaum noch festhalten können, nur um dann in die andere Richtung zu kippen; ihre Gedanken überschlugen sich in ihrem Kopf, zusammenhanglos, und ihr Herz raste.

Sie wollte nach Hause gehen, um mit ihrer Mutter zu sprechen, und auch, um wieder in der vertrauten Umgebung ihrer Kindheit zu sein. Zuhause war immer noch Zuhause, fast unverändert; die Gerüche und Geräusche waren die gleichen, das Muster der Tapete und die Geräte und die knarrende Stelle auf der Treppe ... alles war gleich. Sie hatte unzählige glückliche Erinnerungen an sie drei – ihre Mutter, Michel und sich selbst –, wie sie über die neueste kulinarische Katastrophe ihrer Mutter lachten oder Ameisenfarmen bauten oder, weniger erfreulich, unter der strengen Anleitung ihrer Mutter im Garten arbeiteten.

Adèle liebte Castillac und hatte nie den Wunsch gehabt, woanders zu leben, aber gleichzeitig hatte sie sich, solange sie denken konnte, vom Dorf getrennt gefühlt. In der Schule war sie das Mädchen, das hinkte. Aber zu Hause, bei Maman und Michel, war sie einfach Adèle, und ihre Nähe machte all ihre Schwierigkeiten immer leichter zu ertragen.

Als sie das Haus erreichte, betrachtete sie es mit anderen Augen. Es sah heruntergekommen und schäbig aus. Die Fenster waren schmutzig, und ein Stapel Kisten drängte sich auf der kleinen Eingangsterrasse. Adèle ging um das Haus herum, fischte einen Schlüssel unter einem Stein hervor und ließ sich durch die Hintertür in die Küche.

„Maman!", rief sie, obwohl sie wusste, dass es zu früh war, als dass ihre Mutter schon vom Gymnasium zurück sein könnte. Dennoch fühlte sich die Stille traurig an, nicht friedlich. „Michel!", rief sie, wohl wissend, dass er nicht da war; er kam nie zu Maman, es sei denn, Adèle war auch dort.

Wie schon so oft zuvor wanderte Adèle durch das Haus und ließ ihre Fingerspitzen über vertraute Dinge gleiten: Stapel von

Büchern, eine alte Vase, eine schiefe Tonschale, die sie für ihre Mutter in der *primaire* gemacht hatte, ein Stapel Geschirrtücher mit Birnenaufdruck. Das einzige Geräusch waren ihre Schritte auf dem Holzboden. Es war so still, dass sie sich ihres eigenen Atems bewusst wurde, der aufgrund einer leichten Erkältung etwas geräuschvoll war, und nie hatte sie sich mehr einen Hund in diesem Haus gewünscht – etwas, worum sie gebettelt hatte, wovon sie aber ihre Mutter nie hatte überzeugen können.

Sie driftete in das Schlafzimmer ihrer Mutter. Es sah karg aus: ein einfaches Einzelbett mit einem Eisengestell, ein billiger Kleiderschrank mit einem verschmierten Spiegel an einer der Türen. Adèle betrachtete sich selbst. Sie hob eine Hand zu ihrem Gesicht und berührte die Linien, die gerade begannen, sich an ihren Augen- und Mundwinkeln zu zeigen. Sie sah, dass sie müde und älter aussah, als sie erwartet hatte, und dass ihr Make-up den Nachmittag nicht überstanden hatte.

Wer bin ich jetzt?

Sie konnte nicht aufhören, sich über Josephines Schlafzimmer Gedanken zu machen, und verspürte plötzlich den starken Wunsch, zur Villa in der Rue Simenon zu gehen und es selbst zu sehen.

Adèle setzte sich auf das Bett ihrer Mutter – oder ihrer Tante, sie war sich nicht ganz sicher – und weinte. Sie verbarg ihr Gesicht in den Händen und ließ sich von ihrem Kummer und ihrer Verwirrung übermannen, ihr Körper bebte, ihr Atem stockte. Und dann war der Schub vorüber, und sie stand auf und suchte nach einem Taschentuch, um ihr Gesicht abzuwischen.

Sie hätte nicht sagen können, warum sie zum Schreibtisch ihrer Mutter ging, um zu suchen, denn wenn sie darüber nachgedacht hätte, wäre es nicht der Ort gewesen, um Taschentücher zu finden. Aber schnüffelnd setzte sie sich an den Schreibtisch ihrer Mutter, wo Murielle über die Jahre von Adèles Kindheit hinweg ihre Unterrichtspläne gemacht hatte. Es fühlte sich ein wenig seltsam an, auf Mamans Platz zu sitzen, und sie erwartete halb, dass sie hereinkommen und fragen würde, was sie da tat. Adèle wurde klar, dass der Schreibtisch mit einer Art Zauber belegt war, einer unausgesprochenen Grenze, die sie und Michel nicht überschreiten sollten.

Adèle öffnete die obere Schublade und fand ein paar Reagenzgläser und einige Filzstifte. Es gab nur eine weitere Schublade. Sie war vollgestopft mit verschiedenen Arten von Papieren; Adèle blätterte sie durch und sah Bankunterlagen, Stromrechnungen und so weiter, alle nach Datum geordnet. Unter den Haushaltspapieren lag ein Stapel Briefe, und Adèle zögerte nur einen Moment, bevor sie den ersten aus dem Umschlag nahm und las.

Ma belle, begann er. Adèles Augen weiteten sich. Hatte ihre Mutter einen Liebhaber, einen Freund gehabt? Wenn ja, hatte sie nie ein Wort davon gehört.

Ma belle,

Ich weiß, dass es keine Worte gibt, die stark genug sind, um mein Bedauern auszudrücken, und keine Worte, die magisch genug sind, um den Schmerz, den ich verursacht habe, auszulöschen. Oder vielleicht gibt es sie doch, und ich bin zu unbeholfen, sie zu finden. Bitte wisse, dass du mir am liebsten bist und es für immer bleiben wirst.

Der Brief war nicht unterschrieben. Adèle las die anderen, und sie sagten alle mehr oder weniger dasselbe, baten um Vergebung für eine nicht erwähnte Tat. Der letzte Brief steckte in einem leeren Umschlag, und als sie ihn entfaltete, erkannte sie die Handschrift ihrer Mutter.

Albert,

Du nennst mich hübsche Dinge, sagst „ma belle", aber deine Taten sind überhaupt nicht hübsch. Ich hätte gesagt, dass meine Schwester dich nicht verdient hat, aber jetzt, da ich deinen Charakter klarer sehe, denke ich, dass ich mich vielleicht geirrt habe.

Ich möchte nicht unversöhnlich erscheinen, aber alles, was ich sagen kann, ist, dass du die Wahl getroffen hast, die du getroffen hast, und es jetzt deine Herausforderung ist, damit zu leben. Ich wäre traurig, aber ich fürchte, dein Verhalten hat mein Herz zu Stein werden lassen.

M.

Adèle saß lange Zeit mit dem Brief in ihrem Schoß. Das Haus war kalt und sie zitterte. Es fühlte sich für sie an, als hätte sie einen Deckel gehoben und alle möglichen Schrecken wären herausgeflogen, wirklich eine Büchse der Pandora – sie konnte sie immer noch nicht klar sehen, verstand es immer noch nicht wirklich –, aber sie wusste mit Sicherheit, dass sich jetzt alles verändert hatte, und es war keine Veränderung zum Guten.

ES WAR DUNKEL und Maman war noch nicht nach Hause gekommen. Manchmal hielt sie eine Veranstaltung oder ein Treffen in der Schule auf. Manchmal war sie draußen in den Gräben und Wäldern und sammelte Dinge für ihren Naturwissenschaftsunterricht. Der Wunsch, sie zu konfrontieren, war wie ein flackerndes Feuer erloschen, und Adèle stand am Fenster und wartete auf sie, erstarrt, ohne zu wissen, was sie als Nächstes tun sollte.

Also konnte sie Albert nicht haben, dachte Adèle. Na und, Menschen bekommen ständig das Herz gebrochen.

Vielleicht nicht von ihren Schwestern.

Adèle seufzte tief und versuchte, ihr aufgewühltes Gehirn zu beruhigen. Und Michel? Hat sie ihn so sehr verwöhnt, dass er jetzt alles für sie tut? Sogar bis hin zum Mord?

Nein. Nein, Maman hat mich auch verwöhnt, erinnerte sich Adèle. Sie hat mich großzügig zum bestgekleideten Mädchen im ganzen Dorf gemacht. Und all diese Abende, an denen sie mir mit Chemie geholfen hat, die Picknicks im Wald, zu denen sie uns mitgenommen hat, die Schachspiele...

Aber trotzdem. Sie hatte diese schreckliche nagende Sorge, dass Michel... dass Maman und Michel... könnten sie möglicherweise...

Adèle ging in den Flur, wo sie ihre Tasche gelassen hatte, und nahm ihr Handy heraus. Sie zögerte, unsicher, wen sie anrufen sollte.

Sie entschied sich für Molly.

„Salut. Es tut mir leid, dich zu stören", sagte sie, als Molly antwortete. „Etwas ist... Ich bin zu Hause, in Mamans Haus. Ich habe ein paar Briefe gefunden. Es sieht so aus, als ob es etwas zwischen Onkel Albert und meiner Mutter gab, ich verstehe nicht ganz, was passiert ist. Aber Molly..."

Molly wartete, all ihre Sinne geschärft. Sanft schlug sie vor: „Willst du mir ein bisschen davon vorlesen?"

Adèle nickte und ging zurück zum Schreibtisch ihrer Mutter, vermied es aber, sich auf ihren Stuhl zu setzen. Sie nahm das Päckchen heraus und las Molly den Brief in der Handschrift ihrer Mutter vor.

„Als ich zu der Zeile kam ‚mein Herz ist zu Stein geworden' – Ich... ich... ein eisiges Gefühl durchfuhr meine Brust. Ich habe Angst, Molly. Es ist, als hätte sich direkt vor mir ein Abgrund aufgetan und –"

„Ich verstehe. Hast du ein Auto?"

„Nein, nein, ich gehe überall zu Fuß hin. Nicht einmal Maman–"

„In Ordnung, hör mir zu", sagte Molly. „Ich möchte, dass du meinen Anweisungen folgst, okay? Ich möchte, dass du das Haus jetzt sofort verlässt, während ich mit dir spreche."

„Aber Molly–"

„Adèle, es ist dort nicht sicher. Nicht jetzt. Ich möchte, dass du diese Briefe nimmst und dann das Haus verlässt und nach Norden die gleiche Straße entlang gehst. Gibt es nicht ein Café ein paar Blocks weiter?"

„Ja, aber–"

„Triff mich dort. Ich breche jetzt auf. *Bitte*, Adèle."

FRANCES WAR im Cottage und Molly beschloss, ihr eine Notiz zu hinterlassen, anstatt sich die Zeit zu nehmen, es zu erklären. Sie zog sich eilig Mantel und Mütze an und machte sich auf den Weg ins Dorf. Es war ein längerer Spaziergang zu Murielles Haus, und Molly wünschte, sie hätte sich nicht so lange Zeit gelassen, ein Auto zu besorgen.

Sie hatte Angst um ihre Freundin. Sie verstand nicht besser als Adèle, was zwischen den Faures und Albert Desrosiers passiert war, aber sie war sicher, dass es, was auch immer es war, alles mit dem Mord an Josephine zu tun hatte. Nach dem, was Molly gesehen hatte, schien Murielle eine hingebungsvolle Mutter und engagierte Lehrerin zu sein, und verwirrenderweise *war* sie das alles auch.

Aber als Adèle den Brief vorgelesen hatte, bekam Molly ebenfalls den eisigen Stich in der Brust. Und sie dachte, angesichts der begrenzten Anzahl möglicher Verdächtiger in dem Fall, dass alle Zeichen im Moment direkt auf Murielle Faure deuteten.

Der Abend war besonders kalt, in einem Monat, der viel kälter war als jeder Dezember in jedermanns Erinnerung. Molly zog ihren Schal bis zur Nase hoch und steckte ihre Hände in die Taschen, während sie so schnell wie möglich ging. Ein paar Leute waren auf den Straßen unterwegs, aber die meisten in Castillac waren drinnen und bereiteten sich auf das Abendessen vor. Molly nahm ein paar köstliche Gerüche wahr, als sie an einigen Häusern vorbeikam, gebratenes Fleisch vermischt mit dem Duft brennender Kiefernholzscheite.

Sollte sie Dufort anrufen? Sie holte ihr Handy heraus, entschied sich dann aber dagegen. Sie hatte noch keine Beweise, keine Anhaltspunkte dafür, dass Murielle überhaupt etwas getan hatte, außer möglicherweise ihr Herz gebrochen zu bekommen. Aber gleichzeitig, als Adèle ihr vorgelesen hatte, was Murielle geschrieben hatte, hatte Molly gedacht: *Sie hat ihre Schwester getötet*. Einfach so. Die kalte Wut in dem Brief war mit absoluter Klarheit durchgekommen, und Molly dachte keine Sekunde lang, dass Murielle irgendwie über das Unrecht hinweggekommen war, über das sie an Albert geschrieben hatte.

Molly war froh, dass die Straßen nicht leer waren. In einem Moment solch hoher Anspannung wollte sie von anderen Menschen umgeben sein, von lachenden, normalen Menschen, die gewöhnlichen Dingen nachgingen. Ihre Anwesenheit war wie Balsam für ihre Nerven. Denn wenn Murielle Madame LaGreffe getötet hatte, um den ersten Mord zu vertuschen, was würde sie davon abhalten, aus demselben Grund weitere Menschen zu töten? Jeder, der mit den Faures in Verbindung stand, war potenziell in Gefahr.

Und das war ihr Hauptgedanke, als sie so schnell wie möglich zum Haus von Murielle Faure ging.

41

Das Café ein paar Blocks von Murielles Haus entfernt war geöffnet, aber es gab keine Spur von Adèle. Molly spürte einen Stich im Magen, obwohl sie eigentlich nicht erwartet hatte, dass Adèle ihren Anweisungen folgen würde. Sie ging weiter zum Haus der Faures und sah schon von einem Block entfernt ein Licht brennen. Der Bürgersteig war vereist, und sie wagte es nicht, zu rennen.

Endlich erreichte Molly das Haus und eilte die Vorderstufen hinauf. Ihre Hand war schon erhoben, um nach dem Türklopfer zu greifen, als sie es sich anders überlegte und sie wieder sinken ließ. Sie trat zurück auf den Bürgersteig und versuchte stattdessen, durch das Wohnzimmerfenster zu spähen. Sie wollte wissen, ob Murielle drinnen war, bevor sie einfach hineinstürmte.

Sie sah niemanden. Aber sie hörte laute Stimmen – sie hörte Weinen – sie hörte Adèle – konnte ihre Worte nicht verstehen, aber der Ton ihrer Stimme war wie eine Stahlsaite, die so stark gespannt war, dass sie kurz davor war zu reißen.

Molly schlich um die Seite des Hauses, und betete, dass keine Nachbarn zusahen. In der Küche brannte Licht, und das Fenster war hoch angebracht, was es Molly leicht machte, sich zu ducken, um nicht gesehen zu werden, und so nah wie möglich heranzukommen. Die Wände des kleinen Hauses waren nicht dick, und nachdem sie Atem geholt hatte, begann sie, einiges von dem zu verstehen, was Mutter und Tochter sagten.

„Du musst verstehen. Ich hatte keine Wahl. Ich konnte nicht zulassen, dass sie ihn auch noch wegnimmt.”

„Keine Wahl? Machst du Witze? Niemand hat dich gezwungen, jemanden zu töten, Maman!”

Molly holte ihr Handy heraus und rief Ben an.

❦

DUFORT KAM MIT DEM AUTO, ohne Sirene, gerade als Maron auf dem Roller vorfuhr. Molly sah sie kommen und lief hinüber.

„Es ist Murielle − sie ist die Mörderin”, sagte sie atemlos flüsternd. „Ich habe gehört, wie sie es Adèle mehr oder weniger gestanden hat. Küche”, sagte sie und zeigte zur Rückseite des Hauses.

„Decken Sie die Rückseite ab”, sagte Dufort zu Maron. Dann lächelte er Molly grimmig an. „Wie wäre es, wenn du im Café wartest?”

Molly sah ungläubig drein. Solange kein Schusswechsel ausbrach, würde sie auf keinen Fall gehen, es sei denn, er zwänge sie physisch dazu.

„Ich kann vielleicht helfen”, sagte sie. „Du weißt, dass Adèle und ich Freundinnen sind. Ihre ganze Welt ist gerade zusammengebrochen. Lass sie wenigstens eine Verbündete haben.”

Dufort überlegte für den Bruchteil einer Sekunde, nickte dann und ging die Vorderstufen des kleinen Hauses hinauf. „Sei leise”, sagte er zu ihr, bevor er den Türklopfer anhob und hart herunterschlug.

Keine Antwort. Molly glaubte, Stimmen zu hören, war sich aber nicht sicher. Dufort versuchte die Klinke, und die Tür war unverschlossen. „Kein Wort", ermahnte er Molly erneut, als er hineinging.

Das Licht war gedämpft, und alles sah deswegen noch schäbiger aus. Dufort bewegte sich leise den Flur entlang in Richtung der Stimmen, Molly folgte ihm. Er hielt inne, um zu lauschen.

„Ach, sie war alt! Vielleicht bedauerlich, aber wie ich schon sagte, ich hatte keine Wahl", sagte Murielle gerade zu Adèle.

„Nein, Maman", sagte Adèle, ihre Stimme klang dünn. „Nein."

Dufort betrat die Küche, Molly dicht hinter ihm. Murielle umarmte Adèle, aber Adèles Arme hingen an ihren Seiten herab.

„Bonsoir, Madame Faure", sagte Dufort, seine Stimme ruhig und freundlich. „Adèle", fügte er mit einem Nicken hinzu. „Wenn es Sie nicht zu sehr stören würde, hätte ich gerne ein Wort mit Ihnen. Mit Ihnen beiden eigentlich."

Molly staunte über Bens Stimme, deren Ton so sanft war, dass er sie fast in den Schlaf lullte. Er klang so unbedrohlich, so freundlich und hilfsbereit, als würde er mit einem scheuen Tier sprechen.

„Ich habe vorhin schon alles gesagt, was ich zu sagen hatte", sagte Murielle, ließ Adèle los und richtete sich auf. Ihr Gesicht sah grau und ausgezehrt aus, vielleicht verriet es weniger Gelassenheit, als sie zu zeigen versuchte. „Michel mag einige Fehler gemacht haben, aber er hat ganz sicher nicht diese Dinge getan, deren Sie ihn beschuldigen. Nun denn, ich bin gerade dabei, ein spätes Abendessen für meine Tochter und mich zuzubereiten. Wenn es noch etwas gibt, bin ich sicher, es kann bis morgen früh warten."

„Ich fürchte, das kann es nicht", sagte Ben, seine Stimme immer noch beruhigend. „Ich bin nicht wegen Michel hier. Woran ich interessiert bin, ist Ihre Seite der Geschichte, Murielle. Im Dorf kennt jeder die Geschichte von Albert Desrosiers und seiner Erfindung. Jeder weiß, wie Ihre Schwester ihn heiratete, bevor er wohlhabend war, und am Ende im größten Haus in Castillac lebte. Eine Villa, nicht wahr? Aber vielleicht ist das Haus für die

Geschichte unerheblich. Was zählt, sind Sie, Murielle Faure, deren Geschichte nicht erzählt wurde."

Molly hielt den Atem an.

Adèle sah ihre Mutter an und erwartete, dass sie Dufort in die Schranken weisen würde.

Aber Murielle tat es nicht. Tränen glitzerten in ihren Augenwinkeln. „Ich konnte sie all die Jahre nicht erzählen", sagte sie mit leiser, brüchiger Stimme. „Ich versuchte, Adèle zu schützen."

Adèle sah sie scharf an. „Mich? Wie sollte es gut für mich sein, all diese Geheimnisse zu bewahren?"

„Alles, was ich wollte, war, dass du ein gutes Leben hast, ein anständiges Leben", murmelte Murielle.

Die anderen warteten darauf, dass sie fortfuhr, aber sie senkte den Kopf und schwieg.

„Meine Mutter hat Josephine getötet", sagte Adèle zu Dufort, ihre Stimme fest. „Soweit ich das beurteilen kann, hat sie einen Haufen Gründe und Ausreden für das, was sie getan hat, aber sie hat mir gestanden, dass sie es getan hat. Oh, und warten Sie, falls Sie es noch nicht gehört haben? Murielle ist nicht meine Mutter. Um die Situation also korrekt darzustellen: Die Frau, die vorgegeben hat, meine Mutter zu sein, hat meine echte Mutter getötet. Ich weiß, Sie müssen sich vielleicht Notizen machen, es wird sehr kompliziert!" Adèle lachte hart auf, ein Geräusch, das Molly noch nie von ihr gehört hatte.

Dufort streckte die Hand aus und berührte Murielle am Arm. „Ich meinte, was ich sagte. Ich möchte Ihre Seite der Geschichte hören, Murielle. Könnten Sie uns etwas mehr davon erzählen?"

Sie sah dankbar zu Dufort auf, als würde er ihr Wasser anbieten, nachdem sie durch eine Wüste gekrochen war.

Adèle setzte sich auf einen Stuhl und verschränkte die Arme. „Ja, lass es uns hören, Maman. Lass uns alles über dich armes Ding hören und wie du keine andere Wahl hattest, als auf Mordtour zu gehen! Denn vergessen wir nicht, es ist nicht nur deine Schwester, die du beschlossen hast umzubringen, da ist auch Madame

LaGreffe, die du nicht einmal kanntest. Und Madame Arbogast – nicht gerade clever, die Mutter eines Krankenpflegers auszuwählen, oder?"

„Molly, würdest du Adèle für einen Moment ins Wohnzimmer bringen?", fragte Dufort.

Molly nickte, aus Angst, auch nur ein einziges Wort zu sagen. Sie legte ihre Finger auf Adèles Ellbogen, zog leicht daran und warf ihr einen ermutigenden Blick zu. Adèle sagte „Gut", was bedeutete, dass es überhaupt nicht gut war, und ging mit Molly den Flur hinunter.

Dufort sah Murielle in die Augen und erkannte ihren Schmerz.

„Sie müssen verstehen", sagte sie leise, „dass ich ihn liebte. Ich hörte nie auf, ihn zu lieben, selbst nach –"

Dufort nickte und vermutete, dass sie Albert meinte, war sich aber keineswegs sicher.

„Wir hatten gerade begonnen, eine Beziehung zu führen", fuhr Murielle fort. „Das war in den 60ern, verstehen Sie, ein anderes Leben vor langer Zeit. Eine Zeit des Umbruchs, an die Sie sich zu jung erinnern können. Niemand wusste von Albert und mir. Wir waren schüchtern. Es war unsere ganz private Freude, uns zu verlieben und es geheim zu halten, damit uns niemand aufziehen würde. Wir waren keine Kinder, wissen Sie. Ich unterrichtete bereits am Lycée, und Albert arbeitete als Elektriker. Er war dreiunddreißig Jahre alt und nie verheiratet gewesen. Hatte wohl nie eine Freundin gehabt, bis ich kam.

„Es war die Wissenschaft, die uns zusammenbrachte, verstehen Sie. Er war ständig dabei, Erfindungen zu machen, brachte sich selbst Elektrotechnik bei – so ehrgeizig war Albert! Und ich machte dasselbe in meinem Garten, züchtete Rosen und führte andere botanische Experimente durch ... wir hatten viel gemeinsam, also ist es keine Überraschung, dass wir uns so gut verstanden. Aber", und Murielle sah Dufort intensiv an und ihr Gesicht verhärtete sich, „es gab auch eine Menge Leidenschaft neben den gemeinsamen Interessen. Ich liebte ihn bedingungslos."

Dufort schenkte ihr seine volle Aufmerksamkeit. „Ja", sagte er sehr leise.

„Aber dann hat Josephine ... Josephine davon erfahren. Wenn sie sich einfach nur lustig gemacht hätte, wäre das eine Sache gewesen. Aber nein. Josephine konnte den Gedanken nicht ertragen, dass ich Glück finden könnte. Sie ... sie hat ihn *verführt*", spuckte Murielle aus. „Und viel schlimmer noch, sie wurde schwanger von ihm. Denken Sie einen Moment nach, Kommissar Dufort! Ich weiß, Sie haben keine Frau, keine Kinder, vielleicht wollen Sie sie nicht, vielleicht erscheint Ihnen diese Art von Dingen nur schäbig und sinnlos. Aber können Sie versuchen, sich vorzustellen, wie es sich anfühlte, dass meine Schwester, ausgerechnet meine verhasste Schwester, von dem Mann schwanger wurde, den ich liebte? Von dem Mann, der mir seine Liebe geschworen hatte?"

Murielle hielt inne. „*Geschworen*", sagte sie sarkastisch. „Als ob seine Worte überhaupt etwas bedeutet hätten."

Und dann, so schnell, dass sie fast verschwommen wirkte, sprang Murielle zur Hintertür und schlüpfte nach draußen. Dufort hatte es nicht kommen sehen und seine Reaktion war zu langsam. „Maron!", rief er.

Molly und Adèle kamen aus dem vorderen Teil des Hauses gerannt; eigentlich aus dem Flur, wo sie ihr Bestes getan hatten, um zu lauschen.

Sie fanden die Hintertür offen und die Küche leer vor, und die beiden Gendarmen, die sich in der kalten Dunkelheit des verschneiten Gartens anschrien.

$$\text{❄} \quad 42 \quad \text{❄}$$

Dufort und Maron teilten sich auf, um die Nachbarschaft zu Fuß zu durchsuchen. Dufort sagte Molly, sie solle Adèle mitnehmen und nach Hause gehen, und er sprach mit solcher Autorität, dass Molly nicht widersprach.

Sie sprachen kaum, während sie in Richtung La Baraque gingen. Es war kalt, aber sie bemerkten es kaum. Nach etwa fünfzehn Minuten war Adèles Hinken deutlich schlimmer; Molly verspürte den Drang, sie hochzuheben und den Rest des Weges zu tragen, wusste aber, dass sie dafür nicht stark genug war, selbst wenn Adèle es zugelassen hätte, was sie stark bezweifelte.

Auf halbem Weg schrieb Molly Frances eine Nachricht, um ihr mitzuteilen, dass sie kommen würden, erwähnte aber Murielle nicht. Sie war überwachsam, zuckte bei jedem plötzlichen Geräusch zusammen und hatte Angst, dass Murielle jeden Moment aus den Schatten treten könnte, obwohl sie wusste, dass das unwahrscheinlich war. Aber ihr Körper schien sich nicht für Wahrscheinlichkeiten zu interessieren - ihr Herz raste und ihre Hände waren klamm. Soweit sie aus dem Gespräch im Flur gehört hatte, war Murielle völlig durchgedreht, und wer weiß, wozu sie fähig wäre? Wenn sie die unschuldige Madame LaGreffe ermorden konnte, warum nicht auch Molly und Adèle, die ihr Geständnis mitangehört hatten?

Molly hatte eine Million Fragen an Adèle, aber da Adèle nicht sprach, hielt sie sich zurück. Als sie den Friedhof in der Rue des Chênes erreichten, waren beide Frauen erschöpft.

„Molly", sagte Adèle schließlich. „Ist es noch weit bis zu deinem Haus? Und hör zu, es tut mir leid, dass du in das alles hier verwickelt wurdest."

„Nein, nicht weit. Gleich um diese Biegung kommt eine gerade Strecke, und dann sind wir zu Hause. Und bitte, entschuldige dich nicht. Wir sind doch Freunde, oder?"

Adèle nickte, lächelte aber nicht.

Als sie in die Einfahrt von La Baraque einbogen, hörten sie Gebell.

„Was zum Teufel", murmelte Molly, als ein großer gefleckter Hund um die Ecke des Hauses geschossen kam und mit der Wucht eines Güterzugs gegen ihr Bein prallte. „Hey!", rief sie und stolperte.

Frances kam aus dem Cottage und zog sich einen Pullover fest um. „Kommt ins Cottage!", rief sie. „Es ist mollig warm drinnen. Und ihr könnt Dingleberry kennenlernen!"

„Wir haben uns schon kennengelernt", sagte Molly. „Und ihr Name ist nicht Dingleberry."

„Kommt einfach rein, wo es warm ist. Ich habe Glühwein gemacht, wollt ihr welchen?"

Molly und Adèle kamen dankbar herein und ließen sich auf das kleine Sofa fallen. Molly wollte sprechen, wusste aber nicht, wo sie anfangen sollte.

„Meine Mutter ist eine Mörderin", sagte Adèle, und Molly dachte, das sei ein so guter Anfang wie jeder andere.

MOLLY WURDE am nächsten Morgen früh von einem seltsamen Geräusch geweckt, das sie schließlich als ihr Handy erkannte, als sie wach genug war.

„Bonjour, Molly, hier ist Ben. Bist du wach?"

„Ja", log sie.

„Adèle ist bei dir, ja? Könntest du sie so bald wie möglich herbringen? Ich möchte die Briefe sehen. Und ich hoffe, sie kann uns vielleicht helfen, Murielle zu finden."

„Sie ist immer noch auf freiem Fuß?" Molly war schlagartig hellwach.

„Ich fürchte ja. Schwer zu glauben, aber es war sehr dunkel letzte Nacht. Und natürlich kennt sie die Nachbarschaft wie ihre Westentasche; sie lebt seit über dreißig Jahren in diesem Haus. Wir werden sie finden, Molly. Und in der Zwischenzeit wollen wir einige Details des Falls klären, und Adèle wird uns dabei helfen."

„Gib uns eine halbe Stunde. Mach daraus fünfundvierzig Minuten", fügte sie hinzu, während sie sich durch die Haare fuhr. Sie wollte Zeit für eine schnelle Dusche haben.

Sie verabschiedeten sich, und Molly schrieb Frances und Adèle, die letzte Nacht im Cottage geblieben waren, da sie nach ein paar Gläsern von Frances' speziellem Glühweinrezept nicht einmal die wenigen Schritte zu Mollys Haus hatten gehen wollen.

Molly lag im Bett und dachte über den Vortag nach. Der gefleckte Hund legte seine großen Pfoten auf ihr Bett und stupste sie mit der Nase an. „Na, guten Morgen", sagte Molly. „Ich warne dich aber, ich habe kein Hundefutter. Wo kommst du überhaupt her?"

Sie fand ein paar Reste für den Hund, und innerhalb von zwanzig Minuten waren Adèle und Molly auf dem Weg zur Polizeiwache. Für Molly fühlte es sich seltsam an, nicht zu plaudern, aber noch seltsamer, über das zu sprechen, was ihnen durch den Kopf ging, wenn Adèle es nicht zuerst ansprach. Also gingen sie wieder schweigend.

„Wenigstens hat sich nicht herausgestellt, dass es Michel war", platzte es aus Molly heraus, als sie das Dorf erreichten.

„Ja, wenigstens das", antwortete Adèle und stieß dieses harte Lachen aus, das Molly zum ersten Mal am Vorabend in Murielles Küche gehört hatte.

Perrault sprang auf, als sie die Wache betraten, und führte sie in Duforts Büro. „Kann ich Ihnen etwas bringen, vielleicht einen Kaffee?", fragte sie.

„Ja", sagte Molly dankbar.

„Bonjour, Molly. Bonjour, Adèle", sagte Dufort. Er küsste Molly und rief in den anderen Raum: „Maron! Kommen Sie her und bringen Sie den Brief mit!"

„Noch ein Brief?", sagte Adèle und sah aus, als wäre sie sich nicht sicher, ob sie noch mehr Überraschungen verkraften könnte.

„Würden Sie mir die geben, die Sie gestern Abend gefunden haben?", fragte Dufort sie. „Ich denke, der Kern dieses Falls dreht sich um das, was die Hauptbeteiligten geschrieben haben. Lassen Sie uns einen Blick darauf werfen."

„Was ist mit Murielle?", fragte Adèle.

„Maron wird gleich die Suche fortsetzen", sagte Dufort. „Obwohl ich glaube, dass sie momentan für niemanden eine Gefahr darstellt. Jetzt, wo sie bereits gestanden hat, macht es keinen Sinn mehr, weitere Versuche zu unternehmen, das ursprüngliche Verbrechen zu vertuschen."

„Vielleicht handelt sie aber nicht logisch", sagte Molly leise.

„Oh, das wird sie sicher", sagte Dufort. „Es ist zugegebenermaßen eine emotionale Logik, aber all ihre Handlungen bisher ergaben eine Art Sinn, und ich bin zuversichtlich, dass das so bleiben wird. Madame Faure versucht im Moment, den Konsequenzen ihrer Taten durch Verstecken zu entkommen, aber ich glaube nicht, dass sie die Mittel hat, um weit zu kommen.

„Stimmen Sie zu, Adèle?"

Adèle antwortete nicht. Sie schien immer weiter vom gegenwärtigen Moment abzudriften und wirkte körperlich in sich zusammengesunken, als würde sie in sich selbst schrumpfen.

Dufort las die Briefe durch, die Adèle mitgebracht hatte, führte ein privates Gespräch mit Maron, bevor dieser ging, und nahm dann alle vier Briefe aus ihren Umschlägen. Er breitete sie auf seinem Schreibtisch aus, nahm sich Zeit und glättete die gefalteten Seiten.

„Hier ist die Geschichte, für uns niedergeschrieben", sagte er. „Zuerst haben wir einen Brief, der in Josephine Desrosiers Schreibtisch gefunden wurde. Ein Liebesbrief. Wir dachten, der Brief sei von Albert an Josephine geschrieben worden, da er in ihrem Schreibtisch lag und sorgfältig mit einem Satinband zusammengebunden war, als wäre er etwas Wertvolles. Aber beachtet, er beginnt mit ‚Ma belle', nicht mit Josephines Namen. Und dann hier -" Dufort zeigte auf den Brief, den Adèle mitgebracht hatte. „Bist du absolut sicher, dass dies die Handschrift deiner Mutter ist?"

„Ja", sagte Adèle, ohne die Briefe anzusehen.

„Seht, sie beschuldigt Albert, sie ‚ma belle' genannt zu haben - und sagt im Wesentlichen, dass seine Worte nicht zu seinen Taten passen. Der erste Brief war kein Liebesbrief an Josephine, sondern an Murielle. Möglicherweise von der Zeit, bevor Josephine Albert verführt hat, nach dem Ton zu urteilen."

„Vielleicht hat Josephine diesen Brief gefunden, und so hat sie erfahren, dass Albert und Murielle verliebt waren?", sagte Perrault, die mit zwei Kaffees zurückkam.

„Und sie musste dazwischenfunken und es zerstören", sagte Molly. „Ich schätze, das könnte erklären, warum Murielle sie vergiftet hat, selbst nach all dieser Zeit. Aber was ist mit Adèle? Es ergibt immer noch keinen Sinn, dass Murielle ihr Baby als ihr eigenes aufgezogen hat, oder übersehe ich etwas?"

Molly und die beiden Gendarmen schauten Adèle an, aber sie zuckte nur mit den Schultern.

Dufort fuhr fort: „Dann haben wir den zweiten Brief, der in

Claudette Merciers Haus gefunden wurde. Er ist nicht unterschrieben, aber wie Maron betonte, kann jeder mit der geringsten Kenntnis der Handschriftenanalyse sehen, dass er von Josephine geschrieben wurde, da wir ihr unterschriebenes Testament und andere Papiere zum Vergleich haben. Wir würden es ‚Hasspost' nennen, der alte Begriff war ‚Giftbrief'. Ich glaube, er ist für den Fall relevant, weil er Josephines Boshaftigkeit zeigt. Es kann nicht einfach gewesen sein, ihre Schwester zu sein."

Molly warf einen Blick auf Adèle, aber sie schien nichts gehört zu haben.

„Der dritte Brief - danke, dass Sie ihn mitgebracht haben, Adèle - wurde von Murielle an Albert geschrieben. Es sieht so aus, als wäre er nie abgeschickt worden. Sie ist kalt und wütend, verständliche Gefühle angesichts der Tiefe des Verrats."

„Es ist bizarr, dass diese Briefe, außer dem von Mercier, alle über vierzig Jahre alt sind. Kommt darüber hinweg, Leute!", sagte Perrault. Dufort und Molly tauschten einen kurzen amüsierten Blick aus.

„Es ist irgendwie traurig, dass Josephine Liebesbriefe aufbewahrt hat, die ihr Mann an eine andere Frau geschrieben hat", sagte Molly.

„Alle drei Empfänger haben Briefe aufbewahrt, die extrem schmerzhaft gewesen sein müssen", sagte Dufort. „Man fragt sich schon, warum sie sie nicht einfach in den Müll geworfen haben."

„Aber wenn sie das getan hätten", sagte Adèle und stand von ihrem Stuhl auf, „hätten wir vielleicht nie herausgefunden, wer das getan hat. Und Murielle hätte vielleicht weiter gemordet, wer weiß? Vielleicht hat sie angefangen, es zu genießen. Ich maße mir nicht an, es zu wissen. Alles, was ich zu wissen glaubte, hat sich als Lüge herausgestellt."

„Adèle, haben Sie irgendwelche Ideen, wo wir nach Murielle suchen sollten? Irgendwelche Orte, die sie besonders mochte, so etwas in der Art? Wir haben ihr Bankkonto gesperrt und ihr Haus wird überwacht, also wird sie nicht weit kommen, es sei denn, sie hatte zufällig viel Bargeld dabei. Es sei denn, Sie wissen von anderen Ressourcen, von denen wir nichts wissen?"

„Murielle ist besessen von Pflanzen", sagte Adèle, während sie zur Tür ging. „Ich werde Michel suchen, wenn Sie mich nicht weiter brauchen. Ich würde Pflanzen im Hinterkopf behalten, wenn ich Sie wäre."

„Sie muss das Zyanid selbst hergestellt haben", grübelte Dufort. „Hat sie Obstbäume in ihrem Garten?"

„Aprikose, Apfel und Pfirsich."

„Oh ja", sagte Dufort. „Natürlich. Das würde gut passen."

$$\text{❧} \quad 43 \quad \text{❧}$$

Als Murielle am Morgen an Michels Tür klopfte, sprang er
aus dem Bett und zog einen Bademantel an. Er war keine
Besucher gewohnt und traf Freunde lieber an ästhetisch anspre-
chenderen Orten, wo sie ihm vielleicht auch das Mittagessen
spendieren konnten.

„Maman! Womit habe ich diese Freude verdient? Ich glaube,
du warst noch nie in meiner Wohnung!"

Murielle schob sich an ihrem Sohn vorbei und sah sich um.
„Ich sehe, du hältst es schön sauber, genau wie ich es dir beigebracht habe."

„Natürlich", lachte er. „Dein Unterricht im Staubwischen und
Staubsaugen war ziemlich gründlich. Kann ich dir etwas zu
trinken anbieten?"

„Ja, tatsächlich, etwas zu trinken wäre genau das, was ich brauche." Sie griff in ihre Tasche, um sicherzugehen, dass das kleine
Päckchen noch da war, und ließ sich dann auf die Kante des
billigen Sofas sinken. „Es gibt ein paar Dinge, über die ich mit dir
reden muss", sagte sie, und spürte, wie ihre Augen feucht wurden,
genauso wie am Abend zuvor bei diesem verdammten Dufort. Es
war sowohl schwierig als auch seltsam wunderbar, endlich über

die Dinge zu sprechen, die sie so viele Jahre zurückgehalten hatte. Aufregend und doch beunruhigend.

„Setz dich", wies sie ihn an, und Michel reichte ihr ein Glas Wasser und ließ sich in einen abgenutzten Sessel fallen, während er einen Teil einer Cola hinunterstürzte. Dann betrachtete er seine Mutter genauer. „Maman? Du siehst... du hast Blätter in deinen Haaren", sagte er mit verwundertem Ton.

„Kein Wunder", sagte sie und nahm einen Schluck Wasser. „Ich habe letzte Nacht unter meinen Bäumen geschlafen."

„Du hast was?"

„Unter dem Apfelbaum im Garten. Aber lass das, das würdest du nicht verstehen. Michel, ich möchte, dass du endlich alles erfährst", sagte sie zu ihm und war erfreut, als er überrascht und interessiert dreinblickte. „Du denkst doch, du bist adoptiert und deine Schwester ist meine leibliche Tochter, oder?"

Michel nickte.

„Das stimmt nicht. Na ja, du wurdest adoptiert, das ist wahr. Aber hast du dich nie gefragt, wohin Adèles Vater verschwunden war? Ich fand es immer seltsam, dass du und Adèle so wenig neugierig wart. Ich glaube, ihr habt nicht ein einziges Mal gefragt, wo ihr Vater war oder wer er war, sodass ich keine Gelegenheit hatte zu lügen."

„Maman, wovon redest du? Wir haben dich oft danach gefragt! Aber du bekamst dann immer diesen steinernen Blick und hast dich geweigert, zu antworten. Wir dachten, es wäre alles sehr romantisch und dein Herz wäre so gebrochen, dass du nicht darüber sprechen konntest."

„Ich habe überhaupt keine Erinnerung an irgendwelche Fragen. Aber wie dem auch sei, ihr hattet Recht. Mein Herz *war* gebrochen. Ich liebte deinen Onkel, Albert Desrosiers. Ich liebte ihn verzweifelt. Und er liebte mich auch, bis meine Schwester alles ruiniert hat.

„Josephine hat ihn verführt. Nur dieses eine Mal - sie hat ihn allein erwischt und in Versuchung geführt, ihn *betört*, Michel - und dieses eine Mal reichte aus, damit sie schwanger wurde. Albert war ein anständiger Mann, und seine Familie war religiös. Er fühlte sich verpflichtet, sie zu heiraten, obwohl er sie nicht liebte oder ihr Ehemann sein wollte. Wegen des Kindes. Er heiratete eine Frau, die er nicht liebte, für Adèle.

„Natürlich tat niemand etwas für *mich*", sagte sie mit leiser, rauer Stimme.

„Du meinst, Adèle–"

„Sei bitte einen Moment still, Michel. Lass mich meine Geschichte erzählen. Bitte. In dem Moment, als ich von Josephine und Albert erfuhr, bin ich zu einigen Cousins in die Franche-Comté gefahren. Ich hätte nie zurückkommen sollen, besonders nachdem ich hörte, dass sie schwanger war. Ich wusste, Josephine würde durch das Dorf stolzieren, als würde sie bald einen Thronfolger zur Welt bringen – du weißt genau, wie sie war. Ich hätte für immer wegbleiben sollen. Aber ich konnte nicht anders.

„Ich vermisste Albert. Obwohl ich zu diesem Zeitpunkt seine Schwägerin war und natürlich kein Gedanke an eine Affäre oder so etwas bestand – ich war nicht diese Art von Person, wie du wohl weißt. Aber trotzdem wollte ich dort leben, wo ich ihm von Zeit zu Zeit über den Weg laufen konnte. Auch wenn ich mir nicht erlaubt hätte, mit ihm zu sprechen.

„Und dann geschah das wirklich Entsetzliche. Josephine brachte Adèle zu Hause zur Welt. Sie lebten damals in einem kleinen Haus am Rande des Dorfes, ich habe den Namen der Straße vergessen. Adèle wurde mit einem Klumpfuß geboren. Und als Josephine diesen Fuß sah, stieß sie das Baby weg und sagte, sie weigere sich, es großzuziehen. Dass sie keine missgestaltete Tochter haben wolle. Und das war's. Ich glaube nicht einmal, dass Albert viel mit ihr gestritten hat, weil er bereits gelernt hatte, dass Streiten mit Josephine zwecklos war. Sie bekam immer ihren Willen. Die glücklichste Frau der Welt, so nannte sie sich selbst, aber es war kein Glück. Es war Dominanz.

„Jedenfalls setzte sich die Hebamme mit mir in Verbindung und erzählte mir, dass Josephine ihr eigenes Baby abgelehnt hatte. Sie sagte, sie hätte so etwas noch nie erlebt. Nun, was sollte ich tun - zulassen, dass meine Nichte zur Adoption freigegeben wird und ich sie nie wiedersehe? Die Tochter des Mannes, den ich mehr als alles andere auf der Welt liebte?

„Du hast sie genommen." Michel saß aufrecht und hörte seiner Mutter aufmerksam zu.

„Ich habe sie genommen. Natürlich habe ich das. Josephine gefiel das nicht. Aber zumindest dieses eine Mal bestand Albert darauf und setzte sich durch. Sie mussten die Hebamme irgendwie bestechen, und alle erzählten die Geschichte, das Baby sei tot geboren worden."

Michel saß mit weit aufgerissenen Augen da. Er trank etwas von seiner Cola. „Tante Josephine war Adèles Mutter?"

„Ja, Michel - genau das habe ich gesagt."

„Aber das bedeutet... um nicht sofort aufs Geld zu kommen... das bedeutet, Adèle erbt den Großteil von Tante Josephines Vermögen."

„Allerdings tut sie das. Und das ist auch richtig so, keine Minute zu früh."

„Was meinst du mit ‚keine Minute zu früh'?"

„Nach dem, was ihre Eltern getan haben - sie wegen einer kleinen Unvollkommenheit zu verstoßen - verdient Adèle dieses Geld. Sie hätte es von Anfang an haben sollen."

Michel verspürte einen Moment des Bedauerns für all die vergeudeten Abende in Gesellschaft seiner abscheulichen Tante, aber er war niemand, der lange bei seinen Fehlern verweilte. „Also wurdest du einfach ungeduldig, ist es das?", fragte er.

„Und du konntest dich nicht von ihr fernhalten", sagte Murielle und schüttelte langsam den Kopf. „Ich habe versucht, dir einen anderen Weg vorzuschlagen, ich habe dir das Geld gegeben, damit du dich in Paris niederlassen kannst, außerhalb ihrer Fänge. Warum wolltest du nicht auf mich hören, Michel, liebster Junge?"

„Oh, Maman." Er konnte nicht anders, als einen Stich des Mitgefühls für sie zu empfinden. „Ich habe Josephine verabscheut, das weißt du."

Murielle warf Michel einen schnellen, harten Blick zu, dann griff sie in ihre Tasche und zog das Päckchen heraus. „Das habe ich schon einmal gehört", sagte sie. „Du sagst, du hast sie verabscheut, aber du konntest nicht von ihr wegbleiben. Sie war wie eine Spinne, die dich in Seide einwickelte, sich an dir labte, bis du am Ende nur noch eine trockene Hülle gewesen wärst, kein Mann mehr, sondern eine leere Hülle."

Michels Augen weiteten sich noch mehr und er bemerkte ein nervöses Gefühl in seinen Beinen, das er als Angst erkannte.

„Gib mir deine Limo", sagte sie. „Wie du diese widerliche Flüssigkeit trinken kannst, werde ich nie verstehen."

Michel hielt die Dose hin. „Ja, ich weiß, keinerlei Nährwert. Schütte sie nicht aus, Maman."

Sie kippte das Päckchen zur Öffnung der Dose und klopfte darauf, um etwas Pulver hineinrieseln zu lassen. Dann tat sie dasselbe mit ihrem Glas Wasser.

„Was ist das, irgendein neues Vitamin?", lachte Michel und versuchte zu glauben, dass sie nur Spaß machte. „Und erzähl weiter. Ich kann mich nicht entscheiden, ob du mich auf den Arm nimmst oder nicht."

„Es ist kein Vitamin, nein", sagte Murielle. „Aber es wird uns beiden gut tun, glaube ich. Es wird endlich den Schmerz nehmen."

Michel überkam plötzlich ein kaltes Gefühl, das durch seinen Körper fuhr, und er legte seine Hand aufs Herz, als wolle er sich vergewissern, dass es noch schlug. In diesem Moment verstand er sehr wenig von der verworrenen Geschichte, die seine Mutter erzählt hatte, aber er begriff sehr wohl, dass sie zutiefst, zutiefst verstört war.

Und dass er, was auch immer sie in sein Getränk tat, um jeden Preis vermeiden musste.

❧ 44 ❧

„Und wie bist du entkommen?", fragte Adèle Michel, als sie am nächsten Nachmittag mit Molly und Frances im Chez Papa saßen.

„Ihr werdet es nicht glauben", sagte Michel lachend und nahm einen Schluck von seinem Bier. „Ich sagte ihr, ich käme gleich wieder, ich müsste nur kurz raus und eine Packung Zigaretten holen, ich würde vor Verlangen nach einer Zigarette sterben. Und sie fing an, darüber zu schimpfen, wie schrecklich das Rauchen sei und wie dumm ich wohl sein müsse, um in meinem Alter so eine schmutzige Angewohnheit anzunehmen. Da versuchte sie, mich umzubringen – und nörgelte über die Gefahren des Rauchens."

Molly und Frances waren sprachlos.

„Ich schätze, das fasst ganz gut zusammen, wie verloren sie war", sagte Adèle traurig.

„Ich lache, aber es ist eigentlich nichts Lustiges daran", sagte Michel.

„Und so hat sie dich gehen lassen?", fragte Molly.

„Oh, sie protestierte. Meine Wohnung hat nur einen Raum, und ich musste mich vor ihr anziehen, was unangenehm war. Ich zitterte wie Espenlaub. Ihr könnt euch nicht vorstellen ... einen

Moment erzählte sie mir diese verrückte, wirre Geschichte, und im nächsten spürte ich dieses kalte, stechende Gefühl in meiner Brust. Diese *Angst*. Sie hatte diesen Gesichtsausdruck – ich habe noch nie etwas Ähnliches gesehen. Es war ein Ausdruck überwältigender Gewissheit, dass sie das Richtige tat, obwohl es offensichtlich wahnsinnig war. Buchstäblich ... wahnsinnig."

„Hat sie dir erzählt, dass sie Tante Josephine getötet hat?"

„Nicht direkt. Starke Andeutungen. Ich war sowieso schon misstrauisch ihr gegenüber, weißt du. Dir gegenüber auch, Adèle, wenn ich ehrlich bin. Zuerst dachte ich, es könnte Sabrina gewesen sein, weil Tante Josephine ihr zweifellos das Leben zur Hölle gemacht hatte. Aber es ergab einfach Sinn, dass es jemand aus unserer Familie war, und offensichtlich wusste ich, dass ich es nicht war."

Er zuckte mit den Schultern. „Als ich auf die Straße kam, rief ich die Gendarmen an und sie waren sofort da. Aber für Maman war es zu spät." Michel kniff die Augen zusammen und blickte durch die Schaufensterscheibe auf die Straße. „Es wird sich vielleicht ein bisschen seltsam anhören, aber weißt du was? Es tat mir leid, dass sie so allein gestorben ist. Ich blieb draußen, fror mir den Arsch ab ohne Mantel, auf keinen Fall wollte ich wieder zu ihr und ihrem kleinen Päckchen Zyanid zurückgehen. Aber trotzdem ... es tut mir leid, dass sie allein war."

„Michel, sie hat versucht, dich *umzubringen*", sagte Molly.

„Ich weiß", sagte Michel. „Aber die Sache ist, und Adèle wird mir da zustimmen, sie hat ihr Bestes für uns getan. Unsere Kindheit war um einiges besser, als sie ohne sie gewesen wäre."

„Allerdings", stimmte Adèle zu.

„Das war's also? Zwei Morde und ein Selbstmord, und in drei Tagen ist Weihnachten, und alles wird wieder normal sein?", fragte Frances.

„Nichts mehr ‚normal' für Adèle – sie wird reich sein!", sagte Michel und hob sein Glas, um auf sie anzustoßen.

Adèle lächelte verwundert. „Es kommt mir noch nicht real

vor", sagte sie. „Acht Millionen Euro, hat mir Perrault gestern auf der Wache gesagt."

„Das sind eine Menge Handtaschen", sagte Molly grinsend. „Wirst du in die Villa einziehen? Ich wette, Lapin kann es kaum erwarten, diesen Ort in die Finger zu bekommen!"

„Noch keine Pläne, Molly. Es wird einige Zeit brauchen, bis ich mich an so viel Veränderung gewöhnt habe."

Molly nickte und legte ihren Arm um sie, um sie zu drücken.

Die vier beendeten ihre Getränke und gingen dann nach La Baraque, da Molly die Faures zu einem improvisierten Abendessen eingeladen hatte. Molly und Michel gingen den anderen beiden voraus – Adèles Fuß litt noch immer unter den Folgen des langen Spaziergangs neulich und sie kam nur langsam voran – und Molly fragte mit leiser Stimme: „Also Michel, hat deine Mutter irgendetwas darüber gesagt, warum Josephine Adèle aufgegeben hat? Das ist der Teil dieser ganzen Geschichte, den ich nicht begreifen kann. Ich denke immer wieder darüber nach und versuche, es zu verstehen, aber ich komme nicht weiter. Hat sie dir irgendeine Erklärung dafür gegeben?"

Michel schüttelte den Kopf. „Kein Wort", sagte er und zog die Schultern hoch, um sich vor der Kälte zu schützen. „Erzähl mir jetzt, was für tolle Sachen du zum Abendessen zaubern wirst. Frances sagt, du bist eine absolute Zauberin in der Küche – und ich bin Franzose, falls du es noch nicht bemerkt hast!"

„ICH LAG NICHT FALSCH DAMIT, dass die Giftmörderin eine Frau war", sagte Maron zu Perrault, die mit den Augen rollte.

„Ich habe nie gesagt, dass Sie keine Annahmen darüber machen können, was für eine Person ein Giftmörder ist", sagte Perrault. „Offensichtlich ist es jemand, der gerne plant. Jemand, der sich nicht die Hände schmutzig machen will. Der nichts dagegen hat, Schmerzen zu verursachen. Aber man kann nicht vom Geschlecht ausgehen, Gilles, das ist alles, was ich sage. Und daran halte ich fest wie eine Klette. Hey, Chef – ich war heute Morgen bei Madame LaGreffe und traf ihre Tochter im Haus an. Raten Sie mal, was ich auf dem Küchentisch gefunden habe?"

Dufort schüttelte den Kopf.

„Eine Tüte Tannenzapfen!"

„Hm", sagte Dufort. „Das hätte ich nicht erwartet."

„Dieser lose Faden hat mich nicht losgelassen", sagte Perrault.

„Schleimer", murmelte Maron, aber er schenkte Perrault ein seltenes – und kleines – Lächeln.

„Also gut, Sie beide. Sie haben gute Arbeit geleistet. Ich möchte, dass Sie beide für den Rest des Tages auf die Straße gehen, sich amüsieren, mit den Leuten reden, sehen, ob es etwas gibt, das unsere Aufmerksamkeit erfordert. Achten Sie besonders auf die älteren Menschen, die in diesem harten Winter vielleicht etwas zusätzliche Hilfe brauchen könnten."

Perrault und Maron stießen einander scherzhaft an, als sie hinausgingen, und Dufort sank in seinen Stuhl an seinem Schreibtisch und rieb sich mit beiden Handflächen übers Gesicht.

Ich habe mich geirrt, dachte er. Geirrt darüber, was ich mit meinem Leben anfangen sollte. Es gab zu viele Fehler, zu viele Todesfälle, und es ist Zeit, dass ich höre, was diese Fehler mir sagen.

Er wackelte mit der Maus, um seinen Computer aufzuwecken, öffnete ein neues Dokument und begann, ein Kündigungsschreiben zu tippen. Dufort hatte keine Ahnung, was er als Nächstes tun würde, aber was auch immer es sein würde, er würde die neue Versetzung von der Gendarmerie, die er für Januar erwartete, nicht annehmen.

Er würde genau hier in Castillac bleiben.

Das Schreiben war kurz und prägnant. Er speicherte es, druckte es aus und griff dann ohne Zeit zu verschwenden nach seinem Handy, um Molly Sutton anzurufen.

‍❦ 45 ❧

Der nächste Tag war Heiligabend-Abend, wie Molly es als
Kind genannt hatte, und sie ließ Frances schlafen und ging
ins Dorf, um ihre Einkäufe zu erledigen. Sie musste die Gans
beim Metzger abholen und die Bûche de Noël von der Pâtisserie
Bujold, und sie redete sich gerade ein, sich Bio-Foie-Gras zu
gönnen. Constance hatte versprochen, am Nachmittag für einen
Putzwirbel vorbeizukommen, gefolgt von einem Feiertagscock-
tail. Und sie musste daran denken, Hundefutter zu kaufen. Aber
all diese Dinge, die ihr normalerweise Freude bereitet hätten,
fühlten sich ein wenig flach an.

Immer wenn eine aufregende Zeit vorbei ist, gibt es einen
Durchhänger, dachte sie, während sie die Rue des Chênes
entlangging. Molly fand, sie sollte froh sein, dass Murielle
niemandem mehr schaden konnte und dass ihre Freundin zu einer
riesigen Geldsumme gekommen war. Aber irgendwie reichte das
nicht aus, um das Gefühl des Durchhängers fernzuhalten. Zum
Teil lag es immer noch am Unverständnis darüber, dass eine
Mutter ihr Baby wegen eines korrigierbaren Makels ablehnte. Und
zum Teil, wenn sie ehrlich war, genoss sie den Reiz, ein Problem
zu lösen - ein gutes, saftiges Rätsel - und wenn es vorbei war und

sie nichts mehr auf dem Programm hatte außer dem Abendessen, brauchte sie einige Zeit, um sich wieder an den normalen Alltag zu gewöhnen.

Molly besuchte den Metzger, holte die Foie Gras und kam gerade mit einer großen Tüte aus der Pâtisserie Bujold, als ihr Handy in ihrer Tasche vibrierte.

„Âllo?", sagte sie und trat in die Mitte der Straße, wo der Empfang besser war.

„Salut, Molly, hier ist Ben."

Molly lächelte. Sie und Ben sprachen über den Fall und versuchten, ein paar kleine lose Enden zu verknüpfen, und dann redeten sie über Dinge, die nichts mit Mord oder Gift oder Verrat zu tun hatten. Er brachte sie zum Lachen, und schließlich, nachdem sie fünfzehn Minuten mitten auf der Straße gestanden hatte, lud er sie zum Abendessen ein.

„Wahrscheinlich nicht im La Métairie", sagte er.

Was Molly völlig recht war.

ENDE

DANKSAGUNGEN

Lektorat durch den unvergleichlichen Tommy Glass. Korrekturlesen durch . Weiteres Lektorat und Korrekturlesen durch Nellie Baumer. Beta-Lesen durch Nancy Kelley. Ein großes Dankeschön an euch alle, und ich stoße mit einem großen Glas Médoc auf euch an!

ÜBER DIE AUTORIN

Nell hat als Radioredakteurin, SAT-Tutorin, Omelett-Köchin und Bäckerin gearbeitet.

Sie wuchs in Richmond, Virginia auf und hat in Neuengland, New York City und Frankreich gelebt. Sie hat Abschlüsse vom Dartmouth College und der Columbia University.

BÜCHER VON NELL GODDIN

Das dritte Mädchen (Molly Sutton Mysterien 1)

Die Königin des Glücks (Molly Sutton Mysterien 2)

Gefangen in Castillac (Molly Sutton Mysterien 3)

Mord aus Liebe (Molly Sutton Mysterien 4)

Der Château-Mord (Molly Sutton Mysterien 5)

Tödliche Ferien (Molly Sutton Mysterien 6)

Eine offizielle Tötung (Molly Sutton Mysterien 7)

Tödliche Finsternis (Molly Sutton Mysterien 8)

Keine Ehre unter Dieben (Molly Sutton Mysterien 9)

Auge um Auge (Molly Sutton Mysterien 10)

Bittersüße Vergessenheit (Molly Sutton Mysterien 11)

Sieben Leichen schön aufgereiht (Molly Sutton Mysterien 12)

Kein Geheimnis vor Madame Tessier (Molly Sutton Mysterien 13)